慎海雄 主编

当代岭南文化名家

DANGDAI LINGNAN WENHUA MINGJIA

杨之光 杨红 赵旭虹 严秋怡 编著

杨之光

SPM 南方出版传媒 广东人民出版社
·广州·

图书在版编目（CIP）数据

当代岭南文化名家·杨之光 / 杨之光，杨红，赵旭虹，严秋怡编著.
—广州：广东人民出版社，2016.10
（当代岭南文化名家）
ISBN 978-7-218-11083-7

Ⅰ.①当…　Ⅱ.①杨…　②杨…　③赵…　④严…　Ⅲ.①文艺—作品
综合集—广东省—当代　Ⅳ.①I218.65

中国版本图书馆CIP数据核字（2016）第178920号

DANGDAI LINGNAN WENHUA MINGJIA · YANGZHIGUANG

当代岭南文化名家·杨之光

杨之光　杨红　赵旭虹　严秋怡　编著　　　　　　版权所有　翻印必究
出 版 人：肖风华

责任编辑：林小玲　林　冕
责任技编：周　杰　吴彦斌
装帧设计：　书窗设计
　　　　　　赵焜森／钟清／张雪烽

出版发行　广东人民出版社
地　　址：广州市大沙头四马路10号（邮政编码：510102）
电　　话：（020）83798714（总编室）
传　　真：（020）83780199
网　　址：http://www.gdpph.com
排　　版：广州市友间文化传播有限公司
印　　刷：广州市人杰彩印厂
开　　本：787毫米×1092毫米　1/16
印　　张：19　　字　数：300千
版　　次：2016年10月第1版　2016年10月第1次印刷
定　　价：88.00元

如发现印装质量问题，影响阅读，请与出版社（020-83795749）联系调换。
售书热线：（020）83795240

《当代岭南文化名家》丛书编辑委员会

前　言

　　五岭之南的广东，人杰地灵，物丰民慧。自秦汉始，便是沟通中外的重要门户，海上丝绸之路即发祥于此。近代以来，中国遭遇外来侵略，一批有识之士求索救国图强，广东成为民主革命的策源地。进入20世纪70年代，广东敢为天下先，以杀出一条血路的气魄，成为改革开放的前沿地。钟灵毓秀，得天独厚，哺育出灿若星辰的杰出人物，也孕育出独树一帜的岭南文化。谦逊、务实、勤勉的广东人，用他们的智慧和力量，悄然推动着中国历史的进程，也赋予了岭南文化不拘一格、不定一尊、不守一隅的丰富内涵和特质，成为中华文化的瑰宝。

　　改革开放大潮涌起珠江，广东的经济社会发展取得了巨大成就，涌现出一大批德艺双馨的文化名家，在文学、音乐、美术、建筑等众多领域取得开拓性成就，岭南文化绽放出鲜明的时代亮色。今天，我们又面临一个新的、更大的历史机遇——实现中华民族伟大复兴的中国梦。习近平总书记在文艺工作座谈会上指出，实现中华民族伟大复兴需要中华文化繁荣兴盛。广东如何响应要求，创作无愧于时代的优秀作品？省委常委、宣传部部长慎海雄同志就此提出，要按照中央和省委省政府部署，大力推动文化创新，打造岭南文化高地，打造一批弘扬中国精神，具有中国风骨、岭南风格、世界风尚的精品力作，形成一支规模宏大、门类齐全、结构合理的"文化粤军"，并主持策划了《当代岭南文化名家》大型丛书。

　　记录当代，以启后人。本丛书以人物（文化名家）为线索，旨在为当代岭南文化名家提供一个集体亮相的舞台，展现名家风采，引导读者品鉴文艺名作，深切体悟当代岭南文化的独特魅力，提升广东民众的文化自信和地域认同，弘扬新时期的广东精神，为广东全面建成小康社会、书写中国梦的广东篇章提供源源不断的文化驱动力。

为此，我们从文学、绘画、雕塑、音乐、舞蹈、戏曲、影视、新闻出版、工艺美术、非遗传承等领域，遴选出一批贡献卓著、影响广泛的广东文化名家。他们之中，既有土生土长的"邑人"，也有长期在广东生活、工作的"寓贤"。我们为每位名家出版一种图书，内容包括名家传略、众说名家（或对话名家）和名家作品三大篇章，读者可由此了解文化名家的生平事功、思想轨迹、创作理念、审美取向和艺术造诣等。同时，我们将结合多媒体技术，在视频制作、名家专题片、影音资料库和新媒体推广等方面大胆创新，多形式、多渠道地向读者提供新鲜的阅读体验。

我们深信，当代岭南文化名家丰富的文化实践，一定会编织出一幅底蕴深厚、内容丰富、精彩纷呈的文化长卷，它必将成为一份具有重要历史和现实意义的文化积累，价值非凡，传之久远。

《当代岭南文化名家》丛书编委会

2016年6月

◎ 杨之光

　　杨之光，1930年生于上海，原籍广东揭西。早年师从岭南画派高剑父。1950年考入北京中央美术学院绘画系，接受徐悲鸿、叶浅予、董希文等老师指导，毕业后任教于广州美术学院中国画系，历任教授、系主任、美院副院长。代表作有《一辈子第一回》《雪夜送饭》《浴日图》《矿山新兵》《不灭的明灯》《激扬文字》《九八抗洪图》等。1993年获美国加州及旧金山市政府荣誉奖状；1997—1998年间将毕生心血一千余件作品分别捐赠给北京中国美术馆、广东美术馆、广州艺术博物院、广州美术学院，文化部为此特颁发"爱国义举"奖状，广州艺术博物院建立"杨之光艺术馆"专馆。2002年创办"杨之光美术中心"；2009年"与时代同行——杨之光从艺从教六十年回顾暨杨之光美术中心作品展"在北京中国美术馆隆重举行；2010年获首届"广东文艺终身成就奖"；2012年举办首届"杨之光杯"青少年创意美术大赛，同年获"美中杰出贡献奖"；2012年获"中国美术奖·终身成就奖"；2015年第二届"杨之光杯"青少年创意美术大赛与"扬时代之光——杨之光艺术研究展"在广州美术学院举行。2016年在广州因病与世长辞，享年86岁。

目 录

第一篇

杨之光传略

杨红　赵旭虹　严秋怡

杨之光是新中国成立之后成长起来的第一代新人物画家，具有强烈的社会责任感和民族使命感。与时代同行，反映现实生活，是他几十年艺术创作的主线，也是他一生恪守的原则。同时，他在没骨人物画艺术的探索上，透露出借鉴古今、融合中西、再超越、再综合创新的自觉意识。作为一个热爱时代、具有个性风格和独特造诣的人物画艺术家，其艺术成就让艺坛瞩目。

　　作为新中国成立以来具有代表性的美术教育家，杨之光无私奉献的爱国义举、敏锐的时代精神与强烈的历史使命感，早已融成一股憾人的力量，超出了艺术的范畴而进入了文化史的创造与书写之中。杨之光不仅以其多年的艺术创作丰富了对新中国历史的个人视觉建构，在每一个年代都创作出有代表性的形象语言，而且以其教育家的身体力行，成为时代精神的传播者，以更新的艺术教育观念提升了社会的认知。桃李满天下，让后辈从艺者获益匪浅。

　　他的一生，既展示了中国知识分子成长的艰苦历程，是中国画人物画发展史的一个缩影，也是新中国艺术发展史的一个重要代表人物。他的精神，将鼓舞广大文艺工作者始终坚持正确方向，以人为本，坚持锐意创新与德艺双馨，并更加自觉、更加主动地承担起用社会主义先进文化引领社会进步、推进文化创造的历史责任。

▎生于乱世

杨妙成（杨之光之父）是一位医生，在抗日战争爆发后，投身蔡廷锴将军指挥的驻守上海的十九路军，任少将军医处长，参加了闻名中外的淞沪会战。奋战33天，他英勇抢救伤员，立下战功。后来在十九路军主要将领的资助下，他回到上海从事医务工作，先开诊所，后办"妙成医院"，并兼在各医学院校讲学。他医术精湛，对危急病者，无论贫富都设法抢救，并常以济人利物，被上海市百姓和各界人士称为"济世良医"。

1930年10月11日，杨之光出生了。对于杨家第一个男丁的诞生，父亲杨妙成欣然为他命名为"之光"，后来的三个儿子则接着命名为"之荣、之邦、之国"——以"光荣邦国"寄托自己的爱国情思。爱伦（虞湘如，杨之光之母）则把她深沉细腻的母爱，倾注到呵护爱子的每一个细枝末节。

杨之光两岁多时出麻疹，时值上海的盛暑。为了避免让风吹着，爱伦将他安顿在一床经过特殊加工的大蚊帐里。怕孩子孤独、寂寞，她也钻进帐子里整整一个多星期，用吴侬软语为杨之光唱童谣，讲童话……当杨之光病好后，她从帐子里钻出来时，熟悉她的人都几乎认不出来了：满身洁白红润的肌肤，早已长满了红红的痱子。

父亲是军医，母亲是护士，在医生家庭长大的孩子，不免更讲究卫生。别人吃苹果，可能在衣服上擦擦就吃了，而杨之光则先用清水洗干净，再用开水烫，然后用酒精擦完才吃。哪怕后来在干校的时候，他也宁愿早点起床洗澡，保持干净。以至于后来，讲究卫生被批判成"娇气"而受人诟病，也是与他的童年背景与成长烙印分不开的。

▎ 求学路漫漫，恩师谆谆教导

从小开始，追逐美神

早在两三岁时，杨之光就喜欢抓一些空白的纸，乱涂小动物的图案，画狗、画猫，还常常问小叔叔杨道仪："像不像？"并让叔叔帮他修改。后来，飞进弄堂里觅食的麻雀、响着喇叭跑在街上的汽车，也都成为他涂鸦的对象。他的表姐与表姐夫常给他捎来《儿童画库》的刊物，又耐心地教杨之光临摹画库中的图像，如飞机、坦克、大炮、《三国演义》中的人物，逐渐培养起他对绘画的兴趣。

刚进小学时的一次课后，同学们已将黑板擦得干干净净。杨之光灵机一动，以最快的速度在黑板上画了一幅将军骑马画。原来，自从小时候在福州骑马时摔了一跤，杨之光便牢牢记住了马这种雄强奇特的动物。在杨之光的即兴创作中，马很大，高昂着头，正跳跃奋蹄。韦老师看到后，并没有责怪他乱画黑板，而是和颜悦色地说："噫，画得不错呀。"杨之光后来说，因为韦老师这次偶然的鼓励，影响了他以后把美术定为终身坚定不移的事业。

拜师学艺：从曹铭、李健到高剑父

1943年，杨之光就读于上海世界中学。一次，负责美术课程的洪祖超忙不过来，便请青年画家、篆刻家曹铭过来代课。上课第一天，曹铭当场向学生们示范国画创作。杨之光对国画并不陌生，因为在生母离异后嫁进著名律师吴凯声的家中，继父吴凯声经常在客厅与书房里挂古色古香的书法和绘画作品，定时更换，并邀朋友们前来鉴赏。但对于中国画是如何画出来的，杨之光仍一无所知。他紧紧盯着曹铭的每一个动作，不禁大觉新奇，连忙走到老师面前说："我也要学国画。我要到你家里去，向你学国画！"

在曹铭的指导下，他临摹了石涛、八大山人、吴昌硕、齐白石等人的作品。大约在1945年底，经曹铭引荐，杨之光正式拜上海著名书法家李健为师，成为李健门下年纪最小的学生。自从跟了李健学习书法，杨之光主动给自己"上苦刑"。每天从世界中学放学回家，他便将自己的"宛真斋"反锁，在完成当天功课之外，还没日没夜地临摹李健布置的书法作业。在六年时间里，他将《散氏盘》《毛公鼎》《石门铭》《石门颂》《张迁碑》《十七帖》《圣教序》等不知临了多少遍，尤其下苦功临摹王羲之、王献之的书法作品，临字的废纸高达数尺，奠定了其传统艺术的技法基础。在练字写画之时，就连自己最爱的母亲来敲门，也不让她进来。

1948年，杨之光考入广州市立艺术专科学校西画科及南中美术院，并向岭南画派大家高剑父拜师。高剑父细看了杨之光的书法、绘画及篆刻作品后，欣然同意收他为徒。他便成为高剑父最后一个入室弟子。第一次给他布置的作业，就是让杨之光为师母刻一方"翁芝长寿"的印，杨之光受宠若惊。同时，还让他进春睡画院学习中国画。

一次，他参观了"高剑父师生作品展览"，发现高剑父的一幅山水画中居然有一架在山谷中飞翔的飞机。杨之光当场惊叫起来。事后，又不止在一个场合说："对于写生，现在讲起来可能没有一点了不起，可是，当时对我来说是一件石破天惊的事。高剑父先生那架飞机对于我的震动，竟然影响了我整整一生，我从此有了闯禁区的胆量，这就是我在日后的艺术实践中敢于去表现一般国画家不大去碰的题材的原因。"

带着跃跃欲试的心情，杨之光曾与学友结伴，到与象岗山紧邻的观音山（今越秀山）采石场写生，画出他最早的一张国画写生作品《碎石场的女工》，描绘三个正在采石场艰辛劳作的女工。后来，他开始留意周围工农兵大众的形象，或写生，或速写，或制作木刻作品，不一而足。

听徐悲鸿的话，从零开始，以大师级画家为师

1950年，杨之光带着苏州美术专科学校上海分校校长颜文樑的推荐信与刚出炉不久的画集《杨之光画集》，准备投考由徐悲鸿主持的国立艺专研究生班。徐悲鸿看了他的画后说，"我劝你不要考研究班，而是投考中央美术学院一年级，从头学起，从零开始。打好基础，先学好造型的基本功，怎么样？"杨之光对此深感意外。"他的话对我震动很大，要我从头学起，当我不懂绘画。自己在感情上很难接受。"但是徐悲鸿不仅是大画家，而且是中央美术学院院长，于是杨之光决定，弃考研究生，并在同年9月进入中央美术学院绘画系，成为中央美术学院第一届学生。当时，指导老师是蒋兆和、叶浅予、李可染、吴作人、萧淑芳等人，是当时国内大师级画家组成的最佳教育阵容。杨之光在此接受了严格的西方美术造型基础训练，为以后的艺术创作打下了扎实的造型基础。

杨之光晚年分析比较高剑父与徐悲鸿两位导师对自己艺术创作的影响时说："徐先生对我的影响，与高剑父有共同点，也有不同的侧重点。共同点就是中西融合法，给我做了一个很好的榜样，大量吸收西洋画的营养，大胆改革中国画的传统，这个方面两个老师是一致的。不同的侧重点是，徐先生对我们年轻一代在造型基础方面的训练要求相当严格，而高先生则在国画吸收外来营养方面的启发比较具体。这方面当然徐先生也有，但我接受的国画创新的理念是从高先生处来的，这是不可磨灭的。"

得益于近现代多位艺术巨擘的精心指导，再加上自己在艺术领域中孜孜不倦的探索，杨之光很好地解决了师辈高剑父提出的"折衷中西"，开拓现实题材，以及徐悲鸿在中国画《愚公移山》中还不能圆满解决的，如何把西方的写实图式更好地融合到中国画的表现形式上的问题，并在他们的实验基础上把中国画的表现力往前推进了一大步。

▌与时代同行的主题性创作

《一辈子第一回》，初尝成功

杨之光清楚记得，新中国成立后，他领到选民证时的激动心情。他生怕把它折坏了，便小心翼翼地把它放在纸盒中，锁在抽屉里。他永远忘不掉，全校集中到省委大礼堂投票时，有些白发苍苍的老爷爷、老婆婆也怀着庄严而又喜悦的心情，投下了神圣的一票，由衷渴盼着真正的民主权利。一种强烈的欲望驱使他用中国画的形式表现这一历史性的时刻。

1954年，他创作了中国画《一辈子第一回》。"这幅反映人民翻身做主人的喜悦心情的画，其实也是我自我生活的写照。因为青少年时期我的生活很坎坷、很艰辛，新中国成立以后一切都变了。人民当家作主了，而我也是主人之一，这个心情很容易理解，的确是很激动。画这幅画我就想通过劳动人民翻身做主的这喜悦心情寄托我自己的感受。"杨之光说。

其实杨之光在开始重大题材创作的前夕，曾挑战了一个前人没有做过的事——用宣纸水墨技法临摹了19世纪俄罗斯巡回画派著名画家列宾的一张油画名作《萨波罗什人给苏丹王写信》，以"第一个吃螃蟹"的心态，摸索用传统毛笔与水墨是否可以表现出与油画相媲美的写实人物题材。

《一辈子第一回》作品面世，好评如潮，杨之光也像作品中的主人公那样，真真切切地品尝到成功的喜悦，真是"一辈子第一回"。他乘胜扩大战果，更加注重深入生活，熟悉工农群众，于1956年利用暑假休息，深入广西大瑶山地区采风写生，画了四十余幅中国画速写，回来后创作了《瑶山虎影》《瑶山清溪》等作品。他的写生习惯，就是从这一时期开始形成的。

时代炼狱之痛，妻子鸥洋用爱鼓舞

1958年，杨之光与鸥洋结为夫妻。但新婚第七天，杨之光就被迫走上了劳动改造的道路。他们经常每天清晨5点多就起床下田，午饭有时在田里吃，一直干到晚上六七点才收工，往往一天要劳作十几个小时。遇上刮风下雨的日子，仍要整天在泥里、水里跋涉，苦不堪言。每天收工，脚几乎都是拖着回来的。在那个缺乏理解、缺少温暖、每天受着等于严重体罚折磨的时候，妻子鸥洋的每一封来信，每一句鼓励的话语，都成为他每次濒临崩溃时"起死回生"的强心剂。

去劳动的时候，一有闲暇，哪怕是喝水休息的几分钟，还是上车后等车发动的几分钟，杨之光都会拿出他的速写本进行创作。而他最让人印象深刻的形象，就是穿着长裤，腰上挂着一个装了盐的瓶子，还有一些奇怪的瓶瓶罐罐。因为，他的保护工作总是比别人做得好些，如果看到蚂蟥，他就抓住它放进瓶子去，防止蚂蟥再去咬别人。他的腰带上还挂着红药水、碘酒、药丸等，如果有人被蚂蟥咬伤或者晒晕了都可以马上得到治疗。虽然很多人都笑话他，说他"保命""少爷作风"，但别人一遇到问题，就会马上喊："杨之光，红药水！"以寻求他的帮助。有一次，鸥洋听到他们又在取笑杨之光时，马上生气了，便骂他们说："你们这些人太不像话了，药物那些用就用了，怎么用完还要损人家呢？"鸥洋一直觉得，杨之光太纯真了，又不懂得伪装自己，只会傻傻地挨批，只好在看到他被欺负的时候多为他说几句。

1958年，周矶农场的党委突然决定：抽出中南美术专科学校下放的十几个干部脱产半月，搞一个名为"在荒地上建立农场"的画展。有了"光明正大"的时间，杨之光画得更理直气壮了。在特别珍贵的这半个月里，他以前所未有的热情，创作了《暴风雪》《雪夜垦荒》《抢救我们的家》《合作社的农场拜年》《在小块土地上使用拖拉机》《争取棉花丰收》及《暴风雪夜给拖拉机手送饭》等多幅作品。

据杨之光晚年回忆，《雪夜送饭》最先是一幅水彩画。当年，迟轲在农场里主编一份墙报，专门表扬农场里的新人新事，杨之光就把《雪夜送饭》最原始的草图交给迟轲。画幅一尺斗方左右，画的是一位女性带来了饭，准备把饭送到田里去，远处还绘有一台拖拉机。后来，他根据这幅水彩画草图，发展成为后来的《雪夜送饭》。这次画展结束后，学校决定紧急调他回武汉，参加"社会主义国家造型艺术展览会"的创作。就是在回武汉这一个半月的时间中，杨之光最后为《雪夜送饭》定稿，他的爱妻鸥洋成为画中女主角的模特。

情系军旅，用国画表现新事物

1962年春天，在南海舰队榆林基地，政治助理员黎顺洪奉命安排和照顾由杨之光带队的广州美术学院师生到舰上画画写生。自从登上军舰，杨之光就发现，在甲板上，看到的只有直直的线条，大海的反光和斜插半空的高射钢炮，还有统一着装的军人……绝对找不到中国传统绘画要求的那一波三折的笔墨变化的趣味。但要不要表现这种生活？还是停留在明清画家所表现的那一类东西，停留在表现黄山松树那一类的美？对于杨之光来说，回答永远是"不"。于是，他利用国画所长、创造国画所长，不断钻研如何表现出一种崭新的人物和崭新的美。

天天与黎顺洪打交道，杨之光便发现这位海军少尉有着相当独特的海军军人气质。国字形的脸上，双眉紧锁，眼窝深陷，面皮乌黑，颧骨突出，这正是年年月月在海上披风沐霜、在烈日下煎熬所留下的深刻印记。杨之光不但让他摆姿势画了好几幅速写，有一次还让他穿好军装，扶着栏杆，面对黄昏夕阳中的大海，留下魁梧的背影……《浴日图》就是这样诞生的。"我有意借鉴齐白石画墨荷技巧来表现人物衣服、画荷梗的笔法画军舰栏杆；用齐白石画河虾的没骨技法来表现甲板、画池水的简练线条来表现滔滔的海水。它既是地道的大写意手法，所表现的又是前人未曾表现过的生活……"

用国画反映新时代、新事物、新人物，必然困难重重。就拿简单的飞行帽来说，杨之光开始对飞行帽的结构、每一个零件的作用都不理解，画起来不是比例不对，就是关系交代不清楚；想放开笔墨，就会丢了质感；注意了结构，就使不开笔墨。经过反复实践探索，才渐渐使笔墨与形象统一起来。喷气式飞机恐怕是最难画的。它身上严格的比例关系及微妙的不圆不直的线条变化令人难以捉摸，稍一疏忽，即形神俱失。他先是画了大量的铅笔速写，把飞机的特征摸熟之后，再用生宣纸来表现，终于克服了比例上的困难，也似乎表现出了铝合金那种特有的质感。

再历炼狱，折磨身心

杨之光是在1966年5月间回到广州美术学院的。之后不久，到处是大字报的海洋，猎猎作响的战旗，呈现着惨淡的白、沉重的黑、刺目的红。杨之光再遭炼狱。11月中旬，广州美术学院革委会当局迫于压力，才分期、分批释放了部分"牛鬼蛇神"回家，但被释放者的"牛鬼蛇神"帽子并没有摘掉。杨之光有气无力地提着行李走回家中，只见被抄过家的现场依旧，造反派认为应该搬走的东西都已搬走，未搬走的画稿、书籍、文件、书信等物件狼藉一地，盈数尺厚。杨之光突然血往上涌，痛苦得一时之间说不出话来。好久好久，才铁青着脸，跺着脚，阴沉沉地说："我这辈子再也不画画了！"

当时，由广州美术学院的造反派精心组织的一次大型"黑画展览"已经开幕，有一个造反派头头却绕开"什么才算黑画"这个焦点，冷冷地说："这个黑画展览怎么没有杨之光的画？"鸥洋决心与他们举行一场辩论会，论述"杨之光到底有没有画过黑画"。然而，学校的造反派们辩论不过她，便找茬子将杨之光重新打回"牛栏"，蓄意报复。

杨之光又一次狼狈了：挑土时躬着又瘦又长的腰身，双手紧紧插进肩中以尽量减轻身体的负荷；除草、间苗时双膝裹着厚厚的棉布，在泥里水里跪呀、爬呀。在水田里拔秧苗时，为了站起来时省下搬凳子的气力，还绞尽脑汁将小板凳用绳子拴牢在屁股上，远远望去，真像一个不伦不类的怪物。虽然辛苦，但也没有办法改变现状。

1971年早春的一天，杨之光忽然接到广东省文艺办公室发下来的通知，终于可以回广州画画了！重拾画笔的日子一开始，杨之光也许因被束缚了许久，忽然就想轻松一下。他竟然挥笔画了不少与那个时代气氛不大协调的舞蹈作品，如三个背影的《斯里兰卡罐舞》等，追求畅快和飘逸的感觉，借舞蹈摆脱自己的苦涩。

《矿山新兵》

为了响应"迅速改变北煤南运"的号召，1971年，他在遮浪创作了《女民兵》《不爱红装爱武装》等作品。7月23日，他到达汕尾，开始尝试用整张大宣纸对着渔民写生，画人物肖像，留下了《汕尾渔家女》等系列作品。

当有了深入矿井的艰苦体验后，他深感女矿工们不简单，开始留意她们的一举一动。最让他深受触动的是，女矿工杨木英新婚不久的丈夫在事故中遇难了。她抹干眼泪后，就向矿党委表示，要接过丈夫的矿灯，继承丈夫的事业，完成丈夫未竟的心愿。最终，矿党委批准了她加人矿山新兵的行列。她也因此成为了杨之光笔下《矿山新兵》的原型。

六易其稿，成就经典

早在1959年，杨之光奉调到北京的雨儿胡同齐白石故居中，已创作过巨幅革命历史画《毛主席在广东农民运动讲习所》。画面选择了广东农民运动讲习所旧址（原番禺学宫）正门庭园，一株开得正灿烂的英雄树下，毛主席穿一袭长袍，正在数着指头，耐心地向簇拥在他周围的七八位农民学员细算地主阶级的压迫账。这幅作品画幅巨大，场面人物多，融肖像画与故事画创作于一体。当年还没到30岁的杨之光，之所以敢于创作这样一幅表现领袖形象的巨幅作品，勇气与信心完全来自于对俄罗斯大师列宾的杰作《萨布罗什人》进行过一次移植性的临摹。他说："国画从来没有试过表现大场面。我一直在想能否用国画不仅表现一种场面，而且表达一种叙事的深度。临摹列宾这张名作就是这么一个想法。坦率说，有了这个经验，对我画《毛主席在广州农民运动讲习所》大有帮助，我就想在这张画里表达一种叙事的深度和恰如其分的现场感。"

1971年，他奉调到广东农民运动讲习所修改"革命历史画"，主要任务就是修改这幅作品。他抱着对领袖纯朴而热烈的感情，沿着毛主席当年的革命足迹，从湖南沅江经安源煤矿，上江西的井冈山、黄洋界，体会毛主席当年武装夺取政权的思想，进行广泛的采访、写生。为了使画面的每一个头像、故事中涉及到的每一位农民兄弟都有所依据，他还为自己定下这样的规则：湖南的学员到湖南考证，河南的学员到河南考证。他还专门访问了一批当年曾在广东农民运动讲习所学习过的革命老人，或是他们的后代，为每一个头像收集了至少七八个头像的素描材料，避免创作过程出现肖像公式化的毛病。他觉得第一稿中对毛主席形象的设计太"温良恭俭让"了，便将毛主席穿着的长袍换成中山装，正在算细账的手，也变成了紧握的拳头。第二稿画出来后，杨之光虽然高兴，但仍觉差强人意。

在1972年至1976年的数年时间中，他对此画进行了反复修改，数易其稿。画面中的毛主席，拳头握得更紧了，学员也显得更成熟，握刀背枪，就像要跟毛主席去冲锋陷阵的样子，画面气氛也显得更红、更亮、更热烈。他又先后将此作易名为《枪杆子里面出政权》和《刀对刀，枪对枪》。遗憾的是，他总觉得越改越糟，越来越改不下去，最后干脆以一幅《红日照征途》作为了结。

《九八英雄颂》

他曾说："中国知识分子对祖国的一片赤诚之心，是全世界都少有的。"正是这种心态，使他老骥伏枥，壮心不已，毅然决定谱写《九八英雄颂》。

但面对这样一个重大历史题材，不该是心血来潮，不是想画就能马上执笔挥毫的。他悄悄地对鸥洋说："如果我这张画画砸了，人家就笑我江郎才尽了。既然以前的画已经给人们留下好的印象，那么最新的创作搞不好，还不如以前，那就最好不画。"但他最后决定还是要画。如果不画，不为后人留下抗洪英雄高建成等人的高大形象，不留下"1998中国抗洪"这一重要的历史脚印，他的良心将感到永远不安。他想好了，先画出来让妻子女儿看，再请广州美术学院的老师学生来看。如果这第一道关也过不了，就只好自己"枪毙"自己。他的心情真有一点儿悲壮，也获得了一种意外的放松感。

计划中的创作是一幅丈二的巨幅制作。他特意加大了画桌，决定用自己近年来掌握得比较娴熟的没骨法来表现这一重大题材。而以没骨法来表现重大历史题材，又是史无前例的。他说："自己的晚年创作，如果要有突破的话，就突破这一点。"但显然，"用没骨法画重大题材，比画舞蹈、人体难度要大得多"。况且，要在那么大的画幅中，表现出波澜壮阔的抗洪场面，塑造出栩栩如生的英雄群像，要求每一笔画下去，都必须成形，不能重复，更不能挖补，这样的难度就更难想象了！杨之光深深感受到一种无形的压力。这种压力来自他的良心，来自他的自我挑战。为了保证落笔万无一失，他先出了许多详细的小草图，敲定构图方案后，再进行放大，并刻画形象，画了不少形象的色彩效果图。构思中的抗洪英雄高建成是画面视觉的中心，在繁杂的资料中，只找到他一张正面照片，而在画幅中，他是一个侧面的形象。杨之光只好根据这张正面照来转换，刻画出来的这个形象便等同于创作了。做足一切案头准备功夫后，他才开始在丈二匹宣纸上，正式营造自己称之为"跨世纪"的巨构。

从对角线上的第一个人物开始，一直到第九个已被巨浪吞噬的无名英雄的阴影；从视角最前端的滔天巨浪，到远景白茫茫的水天一色，杨之光真的一笔成形地画下去，大胆落墨，小心收拾。如走钢丝，如履薄冰，不敢有稍许差池。当他一气呵成画完《九八英雄颂》后，三个月已经过去了，人也累得快散架了。

画幅经装裱出来后，效果出奇的好。画面洋溢着勃勃的朝气，涌动着澎湃的激情，凝固了壮美的崇高，有一种力能扛鼎的笔力。画作首先打动了妻子女儿，也打动了广州美术学院先睹为快的师生。这幅作品最终捐给了广州艺术博物院永久收藏。

曾经"诘难"过他的刘曦林在致杨之光的公开信中说："我心想，你在80年代完成了肖像系列之后，在耳顺和古稀之际，已经找到了适合于你、也适合于国外市场的舞蹈人物和人体艺术，会进一步完善和升华你的没骨人物画技巧。没想到，你还像青年时代那样，敏感于社会性的大主题，还那么具有社会责任感，这是我最为佩服之处。"

杨之光也说："我的作品要与时代同行，我要用我手中的画笔去反映和记录中国发生的重大事件，目的是为我们后代了解我们共和国的成长过程提供一条途径，让他们知道我们中国是怎么一步步走向繁荣。"

杨之光的艺术世界是生命的世界，从领袖人物到普通劳动者，他塑造了许许多多鲜活的个体形象，同时赋予形象以鲜明的时代风貌，从而为中国当代人物画留下了可观的视觉文献。

▍不懈探索，屡屡创新

边陲绘画实验，再登高峰

启程于1978年10月的西南行，诞生了《阿诗玛》《撒尼族的姑娘都像阿诗玛》《阿诗玛的村里人》和《雨后石林》等一系列佳作。在甘南藏族自治州，杨之光有意识地直接用四尺整的宣纸进行现场写生，写生与创作同步进行，一次过完成。在此之前，国画界很少有人这样大胆。杨之光用这种现场写生、创作结合的方法，接连在甘南黑河牧场创作了《草原牧歌》《草原之花》，在新疆创作了《亲亲》《塔吉克的老妇人》《妈妈的衣服宝宝的被》《维族女工》《葡萄熟了》《摘葡萄舞》等一系列脍炙人口的作品。

发轫于西南、西北边陲行的大规模绘画实验，标志着杨之光的绘画艺术进入了一个高峰阶段，创作力旺盛，艺术思想活跃，更加强调笔墨抒写神采和性灵的自由度，艺术境界获得一种崭新的升华，艺术语言也更为丰富纯净了。

舞蹈人物，充满旋律

杨之光的舞蹈人物画像是一束束妍丽的鲜花，引人入胜。他的这些作品多姿多彩，源于对生活的长期积累和审美视野的开拓，不宥于一个国家，一个民族的一两种舞蹈。在他笔下的舞蹈，其表现范围的广泛性为同行中所罕有。然而，构成作品的吸引力固然不在于舞蹈品种的罗列，重要的是他善于发掘舞蹈美的特质，找到了表现舞蹈美的钥匙。他以描写独舞最为突出。通过个体形象表现出不同的个性：西班牙舞的奔放豪迈，节奏快速；日本舞的缓慢柔和；朝鲜舞的优美舒展；西藏牧民之舞的强劲粗犷……形象鲜明，是精妙洒脱、以少胜多的典型。不过杨之光也坦言，画舞蹈人物画并非那么轻而易举，需要对舞蹈笔墨、规律了然于心，比如：画裙子要有书法味道；对舞蹈音乐要熟悉，因为朝鲜和西班牙的舞蹈节奏不一样……难就难在，要用笔墨的节奏感展现出音乐的节奏感。

　　杨之光是具有极高品赋的画家，善于发现优美形体构图的理想公式，不为细部而忽略美的总体神态。他能从舞蹈的重心在"稳与不稳""坠而复起"中揭示出人体运动的瞬间，使人产生出对它前后变化的联想，令有些舞蹈家观看后也觉得颇有趣味。这类作品的另一成功之处，是他能将水彩的技法与传统水墨画的技法结合得水乳交融，使所画的形体丰满而有立体感。过去，他曾立下决心："将传统的书法、大写意花卉的技法与西洋画运用色彩的经验巧妙地结合起来，创造出一种如同八大山人挥洒自如而又笔简意赅的人物画。八大山人侧重在水墨，而我则想偏重在色彩上做文章。"这一愿望经过他多年实践终于实现：他在矛盾的两者中寻求统一，使水墨与色彩神遇而迹化。他笔下的形象，既不是前辈们的"单线平涂"，又不是西洋画那种多层次、多笔触的明暗画法，而是一笔下去就能分明暗，做到一点一个脸、一笔一只胳膊，即便是任意挥写，肌骨犹见。

　　1997年创作的《西班牙舞蹈》是其晚年的代表作之一，没骨技法和书法用笔在此类作品中得到充分的发挥。"没骨造型的特点是用笔简练、色彩丰富，加上衣服、长绸等处理，可充分运用书法行草富有节奏感的用笔，而这种笔墨的节奏感对于表现舞蹈的节奏感十分有利。当艺术语言完全达到传神的要求时，才能获得最大的满足。"杨之光说。

肖像长廊，主张画美的对象

1981年至1983年，是杨之光进行文艺家肖像画创作的第一阶段，较集中地画了几十幅肖像画。他回忆这段经历时，颇为感慨地说："画肖像是一件很艰苦的事情。那时，我不知从哪里来的精力，在很短的时间里，就画了这么一大批人物肖像。这批老人已经一大把年纪了，李苦禅、新凤霞、蒋兆和、黄胄、杨沫等不少人，在我画后不久就谢世了。看来我抢时间不仅抢对了，而且很有价值。这批肖像现在看起来是基本成功的，里面有个别作品，在我一生当中都是最优秀的。"

中国艺术界在对外开放、打开视野的过程中，引发了一场轰轰烈烈的"85美术新潮运动"。杨之光曾说，他一生所画的画，都较少丑的对象。发掘生活的美，才是他最大的愿望。"要不然，怎么叫美术？我不反对人们去追求各种风格，处理各种对象，但我本人是主张画美的对象、画美的人生，让老百姓看得懂，能欣赏，这是我在'85美术新潮'中所抱的一个坚定主张。这种主张也体现在我创作的一系列肖像画作品中，包括60年代创作的那一批工农兵肖像，和80年代创作的那一批文艺家肖像。"

其中，《石鲁像》无疑是杨之光肖像画的一个高峰。石鲁是位画家，也是杨之光的知心朋友，在"文化大革命"中含冤而死。杨之光一直想通过肖像来纪念他，也曾先后两三次画石鲁像，一幅是《病中的石鲁》，一幅是《横眉冷对的石鲁》，但总感觉未能淋漓尽致地表现石鲁"遗世独立，横而不流"的独特精神气质。在美国旅居时，杨之光再次执笔为石鲁造像，并题诗画上："妖孽横行百卉落，未逾花甲死不服。任性痴狂对尘世，石公笑时我则哭。"他说："我画的石鲁在笑，实际上他是在哭，他的笑比哭还难受。"一笔一泪，心有未已。中央美术学院美术史论家孙美兰说："杨之光近年在美国期间，完成了这个无字碑的巅峰——《石鲁像》。其复杂的精神世界、其凝聚度、其艺术深刻的力度、其语言的洗炼、其震撼力，可与'哭之笑之'的八大艺术媲美。而其精神内涵与时代历史性的思索，超越了八大山人。"1990年12月，杨之光在美国康州第一次展出访美新作时，《石鲁像》就被美国康州学院收藏。

此外，杨之光一直有个遗憾，就是画了很多的名人肖像，唯独没有画过自己的恩师徐悲鸿。2005年，适逢纪念徐悲鸿诞辰110周年，杨之光创作了《恩师徐悲鸿》，一改以往多次作画的风格，一气呵成，画成后不再修改。这可能是他长达半个多世纪肖像画创作中的收山之作。此画吸纳了晚年杨之光不断试验臻于成熟的没骨技法，整幅作品笔墨酣畅淋漓，造型生动准确，惟妙惟肖，是同类题材当中的精品，甚至是他整个艺术生涯中的巅峰之作。

《恩师徐悲鸿》的题跋写道："一九五〇年夏我初访悲鸿老师，提出我想报考中央美术学院研究生班的愿望。老师先审阅了我的作品，并表扬我年纪这么轻就出了画集。接着他的表情开始严肃起来，问我愿不愿听他的话。我说一定听。他说，我劝你不要考研究生班而是考一年级，从头学起，从零开始。这八个字的忠告竟影响了我的一生。我听了。我做了。在我半个世纪的教学生涯中，我将这一忠告又传给了我的学生，传给了我学生的学生。饮水思源，我们今天所以能有所作为，全靠恩师的引路。七月十九日是悲鸿老师一百一十周年诞辰，在此前夕试为老师造像，以寄缅怀之心。"

"没骨女人体"，大胆拓荒

唐宋时期中国的人物画曾达到高峰，却没有人体画的地位。敦煌壁画受犍陀罗艺术影响，出现了半裸的神佛，已属相当开放，却也非人体艺术。宋元以来，人物画衰退，裸体形象更难以进入艺术之林。这与封建礼教的束缚有关，也由于当时不可能对人体解剖作科学性的研究。

对女人体画的尝试，杨之光开始于上世纪90年代中叶，而大规模的笔墨演习则发生在他向国家捐赠了所有作品之后。杨之光对人称，这是自己"再一次从零开始"，是"置之死地而后生"。与自己过去的辉煌告别，重新摸索一副更具现代意味、又不离传统法度的笔墨，这的确需要一股巨大的勇气。从心态上讲，退休后的杨之光心态变得放松而自由，行为显得潇洒而大器，具备了这次再探索的优势。

杨之光在1998年创作的《浴女图》题跋中说："作水墨人物画最难，人物画中又以人体画难度最大，而以没骨法作女人体写生可谓难上加难。一笔直落，既求合乎人体结构，又见色彩之冷暖变化，笔笔定局，甚少重复。中国画笔墨功夫固然重要，然造型色彩速写书法诸基础缺一不可。没骨法可谓综合性技法。明清以降，没骨法用于花卉画已达登峰造极地步，而人物画之进展不甚理想。50年代余已初探此道，并大胆吸收西法，被人斥之为水彩加线。殊不知水墨与水彩并无严格分界，中法与西法可以兼收并用，余等非慈禧辈，何苦作茧自缚。近年来我行我素，不计中西，但求神韵，八大山人之花卉可以做到，今日之人物画亦可达到笔墨简而意赅之境地。"这段长长的题跋，可视作他进行这场新的艺术探索的宣言。

杨之光在其题画文字中说："认识与表现虽不可分割，但学习之初阶段与高阶段可有所侧重。若无初阶段之严格，则难获得高阶段之自由。"此乃经验之谈。在上世纪90年代中叶，他的人物画没骨法已到相当纯熟的地步，在薄而脆的山东桑皮纸上，往往一笔下去，就出一条胳膊或一条腿，既栩栩如生地画出人体结构，也画出人体活动的筋络，是一种浑然天成的艺术效果。有了心理和笔墨这两大优势，杨之光的"没骨女人体"系列探索获得了深层次的突破。

杨之光毛笔下的女人裸体艺术，是以严谨的态度，追求人物体态的准确，追求形神结合，真实地表现出女性裸体的优美柔和，光洁温暖，肌体轻盈而骨力俱在的美感，更蕴含着作者审美意趣的健康活力和高贵优雅。正如美学教授迟轲先生所评说的："它们的美质是健康纯正的，是青春的赞曲，是革命之诗，是人类的花朵。"

杨之光这批"没骨女人体"系列作品，与早期的主题性创作、人物肖像系列和舞蹈人物系列，构成了支撑起他的艺术殿堂的四根重要支柱。

花卉、动物、山水画系列

概而言之，杨先生的花卉、动物、山水画，在语言风格上，是其严谨的写实主义人物画的延伸，从笔法、结构中，可以看到杨之光追求形神兼备的一贯宗旨。譬如为岁朝清供的一盆兰花写照，用的虽然是传统的没骨手法，但调色和墨，一如其没骨人物画一样，一笔之中兼顾了阴阳向背，形、态、质、神。杨之光的动物题材作品奠基于长期以来的速写训练，摹形绘状起来得心应手，在体积结构的准确把握中呈现对象的神采。

山水，在杨之光的作品中经常作为人物背景出现。为了强调场景氛围，他把西画的光影效果直接引入中国水墨画中，而其早年熟习的水彩画法在这里也派上了很大的用场。虽然，独立的山水画作品为数不多，但令人遐思的空间很大。如《水都威尼斯》和《银色的小城》等作，笔墨似乎获得了更充分的自由；而异域风光令人迷离恍惚之感，在水墨的淋漓恣肆中得到更为贴切的表现。

书法、刻印、诗歌系列

除了擅长的中国画之外，杨之光在书、印、诗等艺术领域也有一定的造诣。他师从上海书法名家李健，临碑读帖勤奋夯基，《石门颂》《礼器碑》《曹全碑》《兰亭序》……篆隶行草，均能在他的书法作品中看到传统的风骨和影子，找到源流。他的书法徐疾舒缓，运笔自如，有潇洒清雅的面目，有干脆优美的线条，有变化得体的章法。因有几十年的艺术修养，他的书法作品总能给人们带来视觉上的平坦中出神奇、雄劲中藏天趣的艺术享受。

杨之光的篆刻也得到了李健先生的指点、真传，无论白文还是朱文都颇有造诣。如白文《黄胄印》，刀法峻爽顿挫，粗细变化微妙。章法平稳而不觉呆板，既有刀味，也有石味。又如《周思聪印》，用刀如用笔庄重古厚，结体严谨。朱文《徐坚柏印》，亦是用刀如用笔，线条苍劲，左边利用字的笔画为边，右边若断若连与之协调，颇有心思。《迟轲印》的简法似密不透风，却不会给人以窒息的感觉，反而觉得处处通透、疏朗，真气流畅。用刀和用笔虽然有所不同，但杨之光却兼擅刀笔，这是他的过人之处，也是他的成就辉煌之处。

至于诗，杨之光自谦为"洗澡堂歌手"，诚如他自己所言："不善写诗好句来"。不专善写诗，却偶有好句。其实，他的诗词在中学时就受过南社著名诗人顾大漠的悉心指点。杨之光的诗，多为有感而发，譬如《思母》，表达了对母亲的思念，尤其是最后两句："蓼蓼枝头青尚在，不知家园几经霜。"令人一读一回肠。又如《北归》："莫怪老亲增白发，故园景物也萧条。"愁肠百结，哀伤不已。再如《朝起见雪》："何方高手真能事，醉后长吟几欲痴。拂袖挥毫鲜用墨，一盂铅白泼寒姿。"诗中有画。他还常常用诗表达自己对画道追求的主张，"借鉴古洋寻我法，平生最忌食残羹"。这两句诗就是杨之光艺术创作的座右铭。正是在这理念的指导下，他完成了一系列让人感动的作品。"印画书诗融一体，大师自古是通才"，如此赞誉，一点也不为过。

教育耕耘数十载，桃李满天下

圆梦敦煌，临摹作品留校

杨之光一直希望到敦煌走一趟。1961年8月5日，杨之光一行人在广州启程，沿陆路辗转北上。经过十三天的长途跋涉，终于到达。那时的莫高窟，所有洞窟都是全方位开放的；但所有的洞窟，都像今天一样，不准点灯和照明。杨之光每天都怀揣着几个窝窝头和一壶水，到选准的洞窟中，借着微弱的自然光线，最多打打手电筒，一临摹就是夏季沙漠长长的一整天。洞窟往往很小，自然的亮光很多时候照不到壁画最精彩的部分，这时眼睛就受罪了。但临到精彩处，眼睛的痛苦常常被杨之光置之脑后。

这次到敦煌，他除了临摹好70多幅风格各异的各代壁画和局部细节，利用窟内剥落在地下的墙壁进行"几可乱真"的壁画临摹外，还重点临摹了156窟晚唐的《张议潮统军出行图》。杨之光用一张五尺宣纸，花了十九天时间临摹，相当传神地将此壁画浩大而精彩的场面再现。通过对此画中对动物的临摹，他有了一种特别的启示："画工对动物极有研究，特别是画马。如今的写生画都比不上它。虽然画工不一定有我们画的速写那么多，但至少他们观察对象时十分认真，真是尽精微致广大。"　杨之光一回到广州，就把《张议潮统军出行图》的临摹品送给了广州美术学院资料室，供教学研究之用。

"橡皮擦"论争，与关山月不同的教学方法

1953年，中央美术学院在江丰的主持下，拒绝中国画。而党委书记胡一川却独具慧眼，将杨之光视为中国画（当时称彩墨画）的主要骨干，带他赴武汉创办中南美术专科学校，后来又及时将他从下放的周矶农场抽调回已经易名并南迁的广州美术学院。后来，同样独具慧眼、敢于担当大义的关山月，在参加国务院文化部的一次会议上，力主把彩墨画课恢复为中国画课，与潘天寿等人的主张不谋而合。他们的意见得到文化部的高度重视，彩墨画课被恢复为中国画课后，对已处颓势的中国画命运起到极大的挽救作用。广州美术学院于1957年2月新学年开始时，将彩墨画系改为中国画系。又于1962年5月在国画系分设人物、山水、花鸟三科。杨之光在中南美术专科学校、广州美术学院，一直都是中国画教学的主要骨干力量，更于1960年岁末时被提升为讲师。国画系分设人物画科后，杨之光又担任了人物画科教研组组长。

杨之光在总结教学经验时提到，国画系人物画科要贯彻"四写"，即写生、速写、默写、摹写。这其中就有徐悲鸿的教学经验。为了加速素描训练的进程，徐悲鸿的素描教学有一个特点，就是设置默写与速写课。默写课是在学生完成每张作业后，背着自己的作业，默写完后必须对着自己的作业校对，用粗而黑的线条，纠正默错的部位，以加深印象。徐悲鸿认为这样做一遍，可顶得三张写生，并且培养了凭记忆和想象作画的能力。杨之光曾写过《扭在一起锻炼——国画系人物科贯彻"四写"教学的体会》美术教育论文，"四写"教学法在广州美术学院也一直沿用至今。

素描到底对中国画基础训练有没有用，杨之光认为："高剑父先生创立的岭南画派，虽然不很景气，但也不排斥学习素描，道理是很简单的。那么，橡皮到底有功还是有过？我认为是有功的。为什么有功？这是否定之否定的原理，人们对事物的认识就是这样，你在擦的过程中不

断否定对象，便在最后获得肯定。我认为用不用橡皮不是本质的问题，本质的问题是认识对象，需不需要纠正你错误的认识。如必须纠正，在纠正画面的过程，才能寻求到正确的表现方法，这是很科学的。如果学生仅仅有果断的愿望，而没有果断的基础，他就不会画得准。我的愿望就是通过橡皮的训练来锻炼、培养人的准确的观察力与表现力，然后鼓励学生直接用毛笔来表现对象。其实我一生的实践，也是这么做的。"

春风化雨，相信学生，留住人才

杨之光在出任国画系副主任期间，到1982年升为正主任，先后邀请了著名书画艺术家朱屺瞻、黄胄、黄永玉、唐云、司徒奇、陆俨少、李苦禅、陈大羽、田世光、刘文西、罗铭、郑乃光、王子武、谢稚柳、陈佩秋、汤文选、林墉、李新魁、黄子厚、黄文宽、李曲斋等人，来广州美术学院国画系开设专题讲座，进行学术交流。1986年，广州美术学院的国画专业被评为广东省高等院校的重点科目。

而在1981年，与梁如洁、陈振国同一届的花鸟画研究生陈永锵，是当时广州美术学院最具争议性的人物之一，因为他莫名其妙地成为一宗实属子虚乌有的校园风化案的男主角。毕业时，不少不明真相的老师对他深感失望，坚决不同意他留校任教。杨之光认为，没有任何证据证明陈永锵的品质败坏，为他据理力争。但那时杨之光还只是国画系的副主任，人微言轻。杨之光说："我想留陈永锵也留不住。"最后，陈永锵被冷酷地"踢"出了广州美术学院的大门。

"那些日子我好苦闷，好失落，躲在老家西樵山脚下，终日用酒精麻醉自己。"陈永锵回忆道。忽然有一天，杨之光的女儿杨红，带着一瓶洋酒和一张杨之光写的字条，与黄胄的女儿梁缨和几位同学，浩浩荡荡地找到西樵山来。只见纸条上写着：

永锵：

请接纳我的女儿为你的学生，现叫杨红来向你拜师，这瓶酒就是拜师酒。

之光

陈永锵看完信后，呆愣得一时不知说什么好。杨红便说："你不信？喏，我还有一群同学作证！"陈永锵非常感动，他说："在别人怀疑我，瞧不起我，受到不公正对待的时候；在我龟缩回西樵山，不知如何面对世界的时候，杨老师让他的女儿来拜师，表面上看是一件很简单的事情，实际上却很复杂。他一时战胜不了谰言，就让他女儿向我拜师的方式，向全世界宣布：陈永锵是值得信赖的！"

真相大白于天下的时候，遭诬者们不胜唏嘘。陈永锵也没有让杨之光失望，躲回西樵故土磨砺四年之后，举办了一个不同凡响的个人画展。后来，他出任广州画院院长。

杨之光总觉得，国画系花大力气培养研究生的目的，是为了发展教育、扩充师资力量、实现教师队伍正常衔接的需要。眼看着辛辛苦苦培养出来的四个研究生，艺术素质都颇高，但出于同一原因，陈永锵、阳云、梁如洁都没留住，让他感到很恼火、很遗憾。眼看第二届研究生又毕业了，他很看好的周彦生，却坚持要回洛阳发展，杨之光便急了起来。

周彦生是专攻工笔花鸟画的，未读广州美术学院研究生之前，就是洛阳著名的"牡丹王"。毕业后，周彦生也讲不清楚自己为什么坚持要回洛阳，也许他不太习惯南方的生活，也许他的太太拖他的后腿，也许他在洛阳已经有较好的人际关系，不大愿意在广州重新拓展。为了留住周彦生，杨之光不惜屈尊降贵，三顾茅庐，对着学生的太太，一口一声"嫂子"。首先，做通她的思想工作。然后，说服周彦生不要满足于做洛阳的"牡丹王"，应从更高的层次上树立自己的人生目标。接着，又为周彦生的太太从河南农村户口转为广州城市户口。周彦生深受感动，终于答应留下来，成为广州美术学院国画系工笔花鸟画的教学骨干力量。

桃李满天下，不改终身从事教育的初衷

在他尚未退休的时候，杨之光为了给少年宫的孩子讲一下午的课，足足备课了两个星期。换作是其他活动，他怎么愿意花这么多的时间呢？当他收到作品稿费时，还会拿出一部分去接济贫穷的学生，每年都会投一笔钱在扶助贫困学生的公益活动中。他没有太多钱，也没有设立奖学金，只想着能帮一点就多帮一点。纵观他的一生，只要是对学生、对教育有益的事情，他都会特别重视，义不容辞。

杨之光没有私心杂念，打破了"文人相轻"的习惯。他对所有的画家都很尊敬，也不会贬低别人，抱着广学、勤奋的态度，总能发现别人的好处。他会邀请名校老师到广美讲课，也会把好的学生送去其他学校讲课，只要是对学生好的事情，他都乐于去做。

后来，他创办美术中心最重要的原因是，虽然从教育岗位的一线退下了，但不改变其终身从事教育事业的初衷。平时别人的展览、剪彩等各种活动，他能不去就不去。但是，杨之光美术中心一有活动，他无论身体多么不好，都会拄着拐杖高高兴兴地去，风雨无阻。学生的展览、学生的委托、小朋友的期望他都十分重视。每次去完回家，他还会激动地说："小朋友们都很开心，可爱得不得了。"他重视教育，重视学生，重视自己作为教师的身份，在教学事业上，他从来不曾退休。

创新艺术教育理念，造福后人

"我是一个艺术家，但首先是个教育家。"这是杨之光最经常挂在嘴边的话。

杨之光一生赢得荣誉无数，但在所有的身份中，他最看重的是教育家身份。"我认为自己真正的贡献是在教育，我在教育方面的成就感超过了画画。"在广州美术学院从教几十年来，杨之光培养了一大批享誉岭南乃至全国的艺术中坚，像中国美协原副主席林墉、广东画院原院长王玉钰以及谢志高、钟增亚、陈永锵、方楚雄、陈振国、"卡通一代"创始人黄一翰等艺术家。给予杨之光在教育方面成就感的，还有致力于激发儿童创意思维的"杨之光美术中心"，这是他人生中的第二次创举，是其晚年的伟大事业。

1990年10月，杨之光与夫人鸥洋去美国过起退休生活。出于一个艺术家的敏感，即使在闲适的日子里，杨之光也不曾停止对艺术的思考。"我们国家的教育特点和国外的教育有反差，比如我们创造能力比较差，我们的技巧强，但是创新的思维少。我一直觉得解决这个问题很重要，那怎么解决呢？我在美国生活了近十年，这是我一直思考的问题。"于是他在作画之余，开始考察北美的艺术教育状况，研究其中的理念。研究的结果让杨之光陷入思考：他发现，北美大陆美术教育的核心不是技术，而是一种创新观念的培养。更让杨之光感到由衷认同的是，对于社会而言，艺术的重要性不在于艺术家及其作品本身，而是作为一种创新意识，渗透到全体人民的脑海里，成为他们心智健全发展的一个内在指标。更有意义的是，当艺术作为一种创新意识进入儿童教育后，艺术学习就不仅仅以成为职业艺术家为目的，而是作为开启儿童创造力的良好途径，让他们从小就习惯一种创新思维，从而让创意成为终生的品格，并对人生产生举足轻重的影响。

　　杨之光年轻时就强调创新，强调走自己的路。正是这种创新意识，使杨之光在晚年产生了思想突变。他不再仅仅着眼于个人的艺术创作，而是把事业推进到全新的领域，在美术教育中发展出一种以创意为宗旨的儿童美术教育理念。杨之光说："我们在上个世纪从事的美术教育是一个比较传统的模式：强调技法、步骤和写实观察能力，更多地体现出科学思维的特征，承担着反映生活、提高审美的责任，培养出来的人才已为新中国做出了很大的贡献；而在这个世纪，一个创意经济的时代已经来临，上个世纪的教育理念与体制在今天已经不可避免地凸显它的不足与落后，美术教育在其中的定位和扮演的角色就非常值得我们重视与反思。现代美术教育最重要的意义和作用是培养现代化创造型人才，而创造型人才的观察力、想象力、创意思维乃至表达能力都必须从小培养，这也是我为何年近八旬仍致力于少儿美术教育的一个重要因素。强调创意思维的美术教育更贴近艺术思维的特点，更符合现代社会竞争能力培养的需求，是一种非常值得研究和推广的全新教学方式。"

　　2002年，杨之光在广州番禺创建"杨之光美术中心"，并特意让在美国具有少儿美术教育经验的女儿杨红回国主持工作。他说，要让艺术回归艺术本体，让艺术成为创意的同义词。"杨之光美术中心"不再以培养未来的艺术家为目的，而是把艺术作为人生成长初期的一种创意思维训练，让少儿从小就熟悉创意的价值，养成创意的习惯，并灵活地应用到未来的生活与工作当中。作为"杨之光美术中心"校长的杨红把这一教育理念研发成《少儿创意思维训练美术课程》，英文为Training of Creative Thinking（简称《少儿TCT美术课程》）。围绕这一理念，首先做好师资培训，让那些从美术学院毕业的年轻老师了解、熟悉并最终掌握TCT的价值原则与培训要诀，从而脱离原先的模式。同时以儿童心理学为基础，设置符合少儿心性发育的阶段课程，逐步启发他们隐藏于心的创意想象，鼓励他们去除既成定式，让他们在学习过程中发现自己的才能，从而确立一种自由的心性，让创意成为意识的基础，成为性格的一部分。

杨之光说："我一生是搞教育的，但对我来讲教育比画家还重要，我宁肯少画一批画也要培养下一代。我办这个中心，就是要启发青少年的创造力，启发他们敏锐的观察力和丰富的想象力。我一直强调教小孩子画画绝非'小儿科'，他们的创意思维一旦被开发出来，将来做艺术家、做科学家都可以。所以需要千千万万素质高的少儿美术教育的园丁全心投入，毕生奉献。这是一个素质教育工程，这个很重要，非常有意义。"在人生的暮年，杨之光成为了中国少儿美术教育战线上的一名新兵，他又重新出发了，带着自己最后的愿望：为创建一个全新的现代中国少儿美术教育体系而努力。

如今，杨之光美术中心已经在广州、上海、佛山、东莞、珠海、江门、阳江等地开设了18个校区，拥有数十个教学点，"现在做得比较成功，专家、社会和家长都很认可"，杨之光自豪地说。该中心主要由他的大女儿杨红主持管理，杨之光会不定期去学校视察、指导、参与重大决策。鸥洋表示，一个老画家把晚年的精力奉献给儿童创意思维的发展培养，尤其是在十多年的时间内形成一套比较完整系统的青少年创意教育体系，这在全国可以说绝无仅有。"杨之光美术中心"的这套青少年创意教育体系不仅顺应了中国社会发展的实质亟需，更显示出杨之光作为一个真正的教育家的前瞻性。

杨之光的前半生走向了一个艺术家的高峰，而晚年则再次走入了另外一个人生的极境，一个教育家的博大境界。

为艺术事业奉献，泽被后世

旅居美国，传播中国艺术

1990年，杨之光从进入美国格里菲斯艺术中心后，便与外国艺术家不断交流，使作品"有了美国色彩"。

1992年，杨之光在美国亲属的鼓励下取得绿卡，与太太鸥洋和小女儿一同移民美国，在洛杉矶定居。之所以申请绿卡，是因为他早就想在美国办一所中国画学院。当他真正住到美国后，才发现中国画要想在美国占领一席之地，不能光靠一两个名画家的画展，而应该靠教学传播。杨之光以满腔热情，不遗余力地向美国公众推介中国画艺术。几年时间里，杨之光先后到美国各地做了几十场有关中国画艺术的演讲，还与作为国内著名油画家的太太鸥洋，联袂在美国洛城等地多次举办画展，积极参加当地华人社区的各项进步活动。

淡泊名利，捐赠毕生心血

1995年，杨之光想将画展开到北京去，对从艺四十年作全面总结。10月6日，"杨之光四十年回顾展"在北京中国美术馆隆重开幕。特别引人注目的，还有几位贵宾：徐悲鸿夫人廖静文、蒋兆和夫人萧琼、李可染夫人邹佩珠——她们都是杨之光的师母。专程从外地赶来参加开幕式的还有杨之光中学时代的启蒙老师曹铭、书法家李健的女儿李家松，还有来自上海、湖北、香港、澳门和加拿大等地的艺术家近五百多人。

杨之光曾经写过一首诗纪念吴作人，其中有一句是："要做画家先做人"。在熟悉杨之光的人眼里，他的一生也正是这样实践的：低调谦虚，平易近人，平等对人，不看重物质利益，不计较个人得失，人品艺品俱佳。

1995年，中国美术馆向杨之光表达了希望将其一批展览画作整体收藏的意愿。杨之光欣然同意，他的这一决定得到妻子和女儿的鼎力支持。1997年6月3日，杨之光捐赠作品及授奖仪式在中国美术馆举行，文化部向他颁发了"爱国义举"奖状。仪式举行期间，中国美术馆还收到了美国中华艺术学会及美国保护野生动物艺术基金会等机构发来的贺电，他们也对杨之光向祖国无私捐赠作品的义举深表敬意。大会还当众宣读了杨之光大女儿杨红、大女婿何建成和小女儿杨缨发自美国洛杉矶的贺电：

> 1997年6月3日这一天，是爸爸期待已久的重要日子：爸爸把他这辈子创作的一百八十件精品全部捐赠给北京中国美术馆。我们在海外的子女们特藉此传真向爸爸表示我们最衷心的祝贺。这批作品可以说是爸爸毕生的心血。几十年来这些作品伴随着我们姐妹出世，伴随着我们成长，伴随着我们全家经历了多少风风雨雨，跟我们全家有着密不可分的关系。如今，这批作品要离开我们的家了，尽管我们有一种与兄弟姐妹骨肉分离时那般千万个舍不得的感觉，但我们支持爸爸、妈妈这个决定。这批作品能因为被中国美术馆收藏而变成祖国的财富，这远比放在家里或留给子女要更有意义，我们认为这也是一个真正的艺术家的作品的最好归宿。
>
> 在祝贺爸爸的同时，也希望中国美术馆好好保存、定期展览并全集出版这批作品，让爸爸这一百八十件精品发挥它们应有的作用，这是我们全家人最大的期望。

就这样，中国美术馆如愿接收了杨之光这批四十年来最具有表性的作品。这一事件不但震动了美术界，感动了艺术家的后人，它的意义还超越了一定的历史时空。美术史论家李伟铭说："事实已经并且将继续证明，中国美术馆做出了一个意义深远的明智选择——在我们以及后人在寻访现代中国特别是现代中国人物画的发展历史的时候，既不能忽略杨之光，也不能忽略中国美术馆所拥有的在杨之光艺术生涯中具有代表性的这批捐画。"

　　之后，广东美术馆、广州艺术博物院等部门相继表示希望能收藏杨之光的其他作品。杨之光明确表示："只要你们有决心收藏，我就有决心捐赠！"他于1997年至1998年间，分别向广州美术学院中国画系捐赠作品67件，向广东美术馆捐赠作品232件，向广州艺术博物院捐赠作品635件。广州美术学院中国画系接纳的是一批具有示范意义的课堂教学教材；广东美术馆接纳的是他各个时期的写生作品与一些重要代表作的创作草图，其重要性被认为是仅次于中国美术馆所接收的作品；广州艺术博物院接纳的巨量作品，占有更重要分量的是一大批速写，还有杨之光于1954年用中国画笔墨，将俄罗斯巡回画派大师列宾的杰作《萨布罗什人》"翻译"摹移过来的巨幅习作，被专家认为"既生动地表明现代中国人物画家在积极学习西方视觉经验方面所作的努力的方式，同时也显示了中国画作为一种表现媒介在再现生活的复杂性和准确性方面所具有的潜力"，因而具有意义非凡的收藏价值。

　　1998年，广州市政府在广州艺术博物院设立"杨之光艺术馆"，中国美术馆举办"杨之光捐赠作品展"，廖静文特意去参观，并给杨之光留言："今天来看你的作品，流连不忍离去。你的画有着十分强烈的魅力、简练、生动，人物肖像既肖又妙，感染力很强。你所画的这些人物肖像我都熟悉，每一张肖像都令我驻足惊叹。"这些朴实而深情的文字，足以证明徐悲鸿夫人对中国美术馆收藏的这批藏品的珍视。

　　1997年到1998年间，经过几次大规模的捐赠，杨之光将毕生近1200件心血力作分别捐赠给中国美术馆、广东美术馆、广州艺术博物院和广州美术学院，他几十年积蓄下来的创作精品已经"荡然无存"，连他的一些朋友都觉得他捐得太彻底了。"我现在是一无所有，又要从零开始了。"他语意双关地笑着说。他也表示："艺术的价值不在金钱，我留给国家就是留给日后子孙万代来认识我的艺术，通过我的作品来认识中国，通过我的艺术使中国画走向世界，这个意义就大了，别人了解中国也要通过艺术来了解。我们后代下一个世纪来看我的画，就像我们到故宫了解当时的社会和当时的人物一样，永远流传下去多有意义，这是流芳百世的好事。"当别人再次问他为何能有如此高的境界时，他答道："我所有的艺术创作动力来自人民，那么我将自己的艺术成果交还给人民，这是理所当然的。现在，我人虽在国外，但我始终热爱自己的祖国，把祖国的利益放往第一位。"

杨之光真的很纯真。他把自己最好的作品都捐给了国家。捐完一批后，每当再画出好的作品，或者在家找到好的作品时，他还会继续补捐。他把自己的身家全部捐出了，没有给自己的子孙后辈留一张画。其结果是，当年曾全力支持父亲捐画的杨之光儿女们只能用自己的积蓄向藏家及拍卖行购画以作纪念，有时还会因价格太高而不得不放弃。画家子女购买父亲作品，成为艺术圈的一大美谈。

"与时代同行"在北京开展

2009年12月，"与时代同行——杨之光从艺从教六十年回顾暨杨之光美术中心作品展"在北京中国美术馆举行。展览分成两大部分，第一部分展示杨之光上半生的主要人物画作品，让人们认识到，一位老艺术家，是以何等的热情与智慧，投入到艺术创新当中。第二部分则展示"杨之光美术中心"的教学成果。这一部分的特色是，通过多元的展示，全面阐发艺术与创意的关系，呈现少年儿童通过专门的艺术教育，其智性之发展与建构。

办画展的时候，家人都觉得应该有件大幅作品支撑这次展览。于是，决定让他写一件巨幅书法。杨之光决定，把座右铭"借鉴古洋寻我法，平生最忌食残羹"写上去。当时，四张丈二的宣纸竖着拼在一起，家里几个人都在为他拉纸。墨汁用一个大缸子盛着。杨之光的大毛笔蘸满墨汁后，移动到宣纸上写时还需要用盘子接住滴下来的墨。第一张写了一半，他觉得不太理想。第二次他重新调了墨色，但写完还是觉得墨太淡了，又写了第三次。这一次，有浓淡、有变化、有笔法，一个字的长和宽各70多厘米，十分成功。这件作品后来在中国美术馆用一整面墙来展，约8.6米宽、3.6米高，观众无不感到震撼。正因他有扎实的基本功，才能写出如此好的大字。杨之光有这一件巨幅书法留世，也可谓是他晚年的重头戏了。

开幕仪式由著名主持人杨澜和中国美术馆馆长范迪安共同主持。据杨之光介绍，三个展厅自己的作品占一个，根据美术中心孩子们的创意作品而做出的实物占了两个厅。在孩子们的思维里，汽车是长翅膀的，太阳可以是绿色的，浴缸就是荷花池。从1954年创作《一辈子第一回》，到1999年画大型主题画《九八英雄颂》，杨之光一直与时代同行，不离不弃。本次展览展出杨之光60年艺术生涯中的代表作100余幅，而曾经轰动一时、被骗而复得的两张画作《恩师徐悲鸿》以及《女人体》也在馆内醒目位置作特别展出。

本次展览的策展人之一，中国美术馆馆长范迪安指出：杨之光是新中国培养出来的第一代中国画人物画家，在他这一代画家群体中，他是坚持现实主义艺术信念最为坚定的一位；另一策展人中山大学传播学院新闻系主任杨小彦则认为，杨之光是中国革命水墨的代表，在对传统中国画进行水墨革命的同时，从事革命水墨的创作。在某种程度上，杨之光所创作的作品，是共和国发展的形象节点，与共和国同步，成为整整一个时代的艺术写照。

两位策展人的评价道出了杨之光艺术的最大特征：坚定的艺术信念与鲜明的时代视觉符号。而他对信仰的自觉选择与坚守，则超出了艺术的范畴而成为那个火红的年代特有的精神印记。尽管这种选择与坚守带给杨之光本人的是太多的磨难、太多的坎坷。

屡获大奖，深受肯定

2010年12月，杨之光荣获广东文艺最高荣誉奖——"广东文艺终身成就奖"。设立"广东文艺终身成就奖"是广东省加快建设文化强省，推进具有岭南风格、广东特色文化建设的重要举措。当时，与杨之光同时获奖的，还有粤剧表演艺术家、粤剧红派艺术创始人红线女，雕塑家潘鹤等文艺界著名人士。

颁奖现场，杨之光遇到了著名主持人杨澜的"尖锐"提问："如果把艺术比作一位女性，您和她是什么关系？"他慨然应答："我全心全意地爱她，至死不渝，永不变心。"

在一片热烈的掌声中，杨之光讲出他的获奖感言："我觉得我今天得的奖是我这一生的最高荣誉，我爱我的祖国，我爱我的人民，如果没有这份感情，我做的这些工作就毫无意义。我总结我一生做了四件重要的事：第一，我画了一批与时代同步的国画作品，去年我已在北京举办了我六十年的回顾展；第二，我培养了一大批学生，学生当中有很多优秀的人才以及当今的美术界领导，这是我最安慰的；第三，我捐出了我所有的重要作品给国家，我并没有考虑留给我的孩子们作为个人的财产，我捐的画难以用金钱来计算。在做这事之前，我征求了我的太太、我两个女儿、女婿的意见，家人全部支持我这个行动。我的艺术来自于人民，又回到人民当中，这是最好的归宿；我做的最后一件事，是我在我的晚年创办了'杨之光美术中心'，这个中心就是为了培养青少年，因为'少年强则中国强'这个信念是我最重视的，我一定要把我最后的一段生命献给这个事业。我在这里要感谢美术中心的全体老师，今天他们都来了，我衷心地感谢他们，我决定把今天获得的奖金全部捐出来繁荣我们的美术教育事业。"

2012年11月，杨之光荣获美中商会颁发的"美中杰出贡献奖"。"美中杰出贡献奖"设立于2010年，是由美中两国关心美中友谊、热衷美中共同和平发展的有识之士召集，并由美中商业协会监督和执行，在公平、公正的原则下进行的杰出人物评选表彰活动。"美中杰出贡献奖"的获奖候选人的提名、筛选、评定、核准，是不受任何政府、政党、团体、媒体及社会舆论影响的。当时，与杨之光同时获奖的，还包括美国第39任总统吉米·卡特、国际影坛巨星成龙等，他们都是在中美外交、金融、商贸、文化、艺术、传媒、科技等领域的交流和合作中有重要贡献的杰出代表。

主办方认为："著名的中国国画大师、美术教育家杨之光教授毕生致力于美术创作及教育，自1991年开始了长达十多年的穿梭中美两地的文化艺术交流，通过讲学、展览、论坛等交流活动向美国推荐中国文化艺术之精髓，同时他又把美国灵活、创新的美术教育方法带回中国，创建了'杨之光美术中心'，为促进中国教育改革起到了积极的推动作用，为中美文化艺术交流作出了杰出贡献。"

　　2013年1月，杨之光荣获中国美术最高奖"中国美术奖·终身成就奖"。"中国美术奖"是中宣部批准设立，文化部、中国文联、中国美协主办，并由中国美协承办的国家级美术最高奖，含"创作奖""理论评论奖""终身成就奖"三个子项。"中国美术奖·终身成就奖"的设立，旨在表彰为推动中国美术事业的发展做出卓越贡献、德高望重的著名美术家。

　　尽管因身体原因未能亲临现场领奖，但杨之光在后来坦言："我一生获奖很多，但在众多的奖项中，这一次的终身成就奖分量最重，是我一生中最高兴也最感安慰的一件事情。因为这个奖对我一生工作的成就、贡献做了一个总结，画上了一个句号。"

网络打假，维护艺术净土

　　杨之光一生勤奋作画，除了捐给国家的近1200件成品外，家里还有数以千计的小速写画稿。此外，藏家手里的人物画作品也有几百张。而且他的作品在拍卖市场也很走俏。正因其作品在书画市场上备受认可，一些唯利是图者不惜铤而走险制假售假。杨之光曾说："市场大肆流通赝品，不但会破坏市场的环境，更重要的是混淆艺术家的真伪之别，拉低艺术家的水平与成就，破坏了艺术家及民族文化艺术的形象。"为此，已届耄耋之年的杨之光仍然不遗余力地维护着艺术这片净土。

　　打假，其实是他一直以来都在做的努力。每当看到拍卖行的画册有假画，他都会打电话告诉人家哪些是赝品，并让人家把图片换下来。有一次，一位汕头的欧老板拿了一本画册给他看，他当面指出了哪些是假画并让他取下，谁知道最后出版的画册还是把假画印上去了。当时他就十分生气，于是在报纸上把这件事披露出去。之后，记者的访问接踵而来，他每每讲起，都觉得假画对读者、拍卖行、藏家都不公平。于是他便决定，在家里免费给送画上门的人鉴定，作品真伪由他自己把关。

　　而在2012年的五一期间，82岁的杨之光偶然在拍卖预展中发现了很多赝品，于是把经他本人认定为赝品的40余幅作品通过女儿杨红的微博发布出来。其实，早在2011年9月和2012年1月，杨之光就曾在个人官方网站披露多处造假现象，其中一次涉及将赝品混进经过他本人认证为真品的画册，另一次则是因为市面上出现一本伪称由包括他在内的广州美院教授编纂的《岭南画派技法范本》画册。

"很多人觉得这没什么意义，很多人劝我爸，说这么大年纪了，还不如眼不见为净，但是当你看到却视而不见都很难做到，看到自己的作品被仿成那样也很不开心。"杨红曾在接受雅昌艺术网采访时说，虽然动用各种传媒方式，但是也只能看到一幅鉴别一幅，更多流散在市场中的恐怕无法一时汇集，一一鉴别。

为了维护自己的权利，杨之光还注册了"杨之光"商标及著作权。"我现在在艺术品、印刷、教育等领域都注册了，任何人未经我同意在这些领域使用'杨之光'三个字都是侵犯了我的商标权和著作权，我都可以依照法律程序，提请工商部门进行查处。不管作品是临摹的还是复制的，只要是不经我同意却署上我的名字，一概可作侵权处理。这是目前画家自己打假维权一个不得已而又有效的办法，可供其他艺术家借鉴。"

鉴于艺术品市场赝品泛滥，杨之光准备对目前市场上流通的他的作品进行整理，将真品和赝品进行归类，建立数据库。杨之光说："这个工程所耗精力太大，而这个只看照片判断真伪的做法也只能打假，不能保真，保真还是要看真迹。所以我计划将我的传世之作都整理成集，分集出版，只要是我鉴定过的我的作品就可以入编，不分时期不分水平高低。这是一件功德无量的事情，所以我的家人都很支持，以后大量的工作需要由他们来承担。我无法去一一顾及市场上所有有我署名的作品的真伪，只能说在我这本画集中出现的作品，肯定是真的。"

杨之光还认为，市场造假泛滥的根源在于教育的缺失。应试教育是"求同"，从这种体制出来的人不掌握"求异"的方法，在艺术创作上，就表现为没有创新，只能模仿、抄袭。所以他创办杨之光美术中心，就是要以艺术为手段，将创新的观念灌输给孩子。他所倡导的教育，不完全是为了追求艺术，更多的是传授一种学习的态度和创新的方法，引导孩子拥有自己独立的思维能力。如果这种创新的思想能够得到认同及巩固，那么对一切山寨、模仿、抄袭的东西，都会引以为耻，这才能从根源上杜绝造假。

对于造假的猖獗，杨之光直言："书画造假，政府一定要管，必须要打假，现在政府在这方面太手软了，措施也不够有效。"他认为政府应该出台更多的相应政策和法规来规范艺术品市场秩序、保护著作人知识产权、维护消费者合法权益，从而引导艺术品市场形态的合理发展，促进艺术品交易的健康有序进行，推动艺术品市场诚信体系的建设。

而在2012年年底，在雅昌"中国艺术品鉴证备案服务"的官方网站上，挂出了这样一则"寻人启事"——中国国家画院院士、岭南画派存世艺术家的领头代表杨之光将联合雅昌面向全球征集，鉴定认证、技术备案自己的毕生所作。自2012年12月授权并开启全球征集以来，2013年正式启动首轮杨之光作品鉴定认证备案。作为第一位授权雅昌鉴证备案服务的艺术家，在短短的两年里，杨之光16次亲自参与到雅昌鉴证备案中，亲自鉴证作品近八百件，倾力维护艺术品市场的健康有序发展。

同年5月，北京市文化局办公室发布了《北京市艺术品鉴定工作试点方案》，提出将分试点进行司法鉴定、艺术鉴定和技术鉴定的具体操作流程。北京雅昌文化发展有限公司等五家单位成为北京艺术品鉴定首批试点单位。

2013年初，北京雅昌文化发展有限公司启动了名为"中国艺术品鉴证备案服务"的为在世书画家作品进行鉴证备案服务的工作。几年间，从"打假"到"存真"，从"坚守诚信"到"捍卫艺术真诚"，从"收藏价值"到"新的收藏意义"，一路走来，鉴证备案的热浪可谓席卷整个中国艺术圈。

而在2013年3月14日，杨之光美术中心与雅昌艺术网、广州美术学院美术馆围绕艺术品造假问题，联合举办了座谈"雅昌圆桌：中国艺术界遭'造假'困扰第一场"。杨之光提出："一个人一辈子做几件好事不容易，我发现我这次做的事情真的很有意义，跟雅昌合作打假。如果不做这个事情的话，不得了，假画满天飞，这样下去怎么办呢？所以，用高科技来抵制高科技，他用高科技来造假，我们用高科技来打假，我们也想点对策。这是一定要做的，而且要做就要做好，坚决做到底。"

"扬时代之光"，带病公开亮相

2015年10月，"扬时代之光——杨之光艺术研究展"在广州美术学院美术馆举行，展出杨之光自20世纪50年代以来创作的作品、手稿、文献共1000多件。第一部分"回到激情岁月"以219件作品、近千张文献及手稿的13个经典案例为线索，通过杨之光各时期重要创作及相关草图，展示杨之光严谨的创作过程；第二部分"重返教学现场"以89件作品及大量相关文献呈现其教学示范手稿以及教学理念形成。可以说，此次展览不仅展现出杨之光精彩的艺术作品，更展现其严谨的创作过程及其教学理念的形成，同时以多线索方式呈现其与时代同行的特性。

值得一提的是，展览完整呈现了杨之光自1959年起至1974年所作的《毛泽东同志在广州农民运动讲习所》。其间，他一共画了正稿四幅，两幅半成品，以及围绕创作所作的大量速写和草图。从这一时间跨度长达十几年的持续创作中，观众可以看到一种紧随时代的艺术轨迹，这一创作也是新中国类似案例中独一无二的。

策展人李劲堃表示："其实从字面上我们就能看出这是一个不一样的展览。这不是'杨之光艺术回顾展'，而是选取了杨之光先生在教学、研究、创作、创作过程中的所有素材，是把这些资料积聚而成的展览，具有课题性和研究的深度。这种研究不一定能很全面地反映他的全部作品，但最起码会把深度与广度控制得较为到位。因此我认为，研究展都指向一个方向，即收集、整理广东近现代美术所发生的事情，收集所有能够收集的资料以供后人研究。"

而在展览前，鸥洋曾让杨之光自己写致辞提纲，动动脑筋。当他写到"今天我能来到这里，要特别感谢我的两位护工"时，鸥洋就笑话他了，怎么可以只写感谢护工呢？于是，便帮他修改为"……要感谢各位领导，各位医生、护士，还有两位护工"。而在此之前，他写东西的逻辑已经出现问题了，每次他交出去的稿件鸥洋都要拿回来看一遍，并从中发现内文中前后重复出现的语句。他写文章时，句末的字会越写越往上，字也会越写越小。

开幕式上，杨之光带病出席。当天，他的精神状态不错，一声中气十足的"大家好",让久违于公开场合的他赢得观众们热烈的掌声。在家人和朋友的陪伴下,他坐在轮椅上慢慢浏览了一遍展览,才依依不舍地离开。

晚年的磨难

晚年受骗,骗垮了身体

杨之光的身体变差,与他受骗的经历有很大关系。2007年7月,杨之光收到了"第三届中国画全国画展"特邀参展的函件,邀请他拿出2件作品参加9月10日在北京举办的展览,并承诺展完后退还,收件人为"顾正主"(中国画艺委会副秘书长)。函件上还盖有"中国美术家协会"、"中国画艺委会"两个大红印章。

收到这份邀请函,杨之光本不打算参展,但在鸥洋的劝说下,决定从自己近十年仅有的少量作品中挑出最具代表性的巨幅肖像画创作《恩师徐悲鸿》及探索没骨技法的精品《女人体写生》送去参展。于是,两幅作品按"邀请函"的要求寄给了"顾正主",收件地点在北京丰台。

2007年9月底,该是画展结束的时候了,作品却迟迟没有退回。鸥洋在女儿杨红的催促下,致电中国画艺委会的王玉珏。谁知,对方回复说:"杨之光没有参展啊!"鸥洋一听,全身都软掉了。她再三打听后才相信,该次展览邀请对象主要以中青年画家为主,杨之光并没有收到邀请。当时,杨之光还在上海,尚未知情。这时,杨家才发现,原来已经落入了一场书画骗局——画展从未采取过发送邀请函的方式,也没收到杨之光的画。收件人"顾正主"是冒充的,公章也是假的,"特邀函"上的办公电话和手提电话都已经无法打入。杨家震惊了,由于轻信和大意，杨之光最重要的两幅作品被骗走了！

11月中旬，杨之光女儿杨红愤而赶赴北京丰台区公安局报案，公安机关将其列为刑事大案，并出动了最强的警力撒下天罗地网。2007年12月中旬传来了好消息——办案刑警通过周密侦察，已查找到犯罪嫌疑人的踪迹落在江西省偏远的进贤县，北京警方立即派出数名办案强手赴江西，与南昌市公安局联手布控抓捕罪犯的行动。

当时，犯罪嫌疑人100多个同伙把警车紧紧包围了，一些警察见状，马上打出租车追捕逃走的嫌疑犯，连夜开车到了南昌。当时杨家还提出了协商条件，只要对方把画交出来，警方就可以给他减刑。所幸的是，当时两件作品还没出手，买家还在路上，不然就真的追不回来了。

鸥洋和杨红连夜赶到江西确认这两幅画。当看到画作包装上熟悉的记号时，鸥洋便确定，这两幅作品终于完璧归赵了！杨家悬着的一颗心终于放了下来。只是，当时也瞒不过杨之光了，当他知道受骗后，一气，身体就垮了，从此便患上了高血压。

自从得了高血压，其他病也接踵而来。因为腰椎间盘突出，医生建议杨之光多卧床休息，少站、少坐。但是，他太听医生的话了。当时，朋友送他的那张好地毯放在画室里，他每天一起床就躺地毯上看新闻、看电视，吃完午饭、午休起来后，他又躺回去了，一整天都不怎么活动。到最后，腰椎盘是好了，但身体其他机能却退化了，稍微动一下，他就会觉得累，画画也更加吃力了。

而他晚年停止画画，不光是腰的问题了，还有头晕。因为高血压，一画画就会血压飙高导致头晕。他晚年最受瞩目的没骨人物画讲究一气呵成，要高度集中精神，难度很大。但是现在，他一画画就头晕，所以后来只能停笔了。

一边养病，一边努力

杨之光后期写书法，不是为了探索艺术的新高度，而是为了动动手、动动笔而已，给别人题字也只是满足社会的需求。社会上有不少人向他求字，但写完后他又躺回去了。杨之光晚年曾经有一个抱负，就是要专门突破"书法入画"的课题。因为此前的没骨画已到达艺术顶峰了，现在更需要放开来画，以书法入画。其实他在以前也探索过，比如《西班牙舞蹈》《吹唢呐》等，都是发挥书法的韵味，用书法的线条表现国画。后来他也做过很多设想，包括把大大的宣纸钉在墙上，然后在墙上放开地画，像写书法一样写人物。但因为身体不好，自始至终没有系统地做好，一直没有画成。

后来他在病床上画油画，则是鸥洋的建议。他身体不好，不可以弯腰，于是鸥洋就给他准备了油画布。画油画时，他的腰可以直起来，而且画完可以随时停下来，不像画水墨画要一直弯腰，也不像画没骨人物一样一气呵成会头晕。他画的兰花油画，和一般油画家的作画风格不同，他用国画力透纸背的方法来画，有种"力透布背"的感觉。鸥洋觉得作品不错，于是又给他准备了更多的油画框。可惜他的状态越来越差了，最后只画成了4幅油画，都是小小的作品。

直到在病房里奄奄一息时，杨之光还在坚持打假。只要雅昌把画送来做鉴定认证，他都挣扎起来细细鉴定。签名的时候，他的手一直在抖，最后，连"光"字最后一笔的勾都勾不起来了，他仍在坚持。最后一次鉴定时，他有气无力，但还是坚持看了，却讲不出话来，只能竖起个拇指示意这是真画。因他无力签名，最后一批证书上的签字也变成由鸥洋代签了。从开始到最后，他一直在坚持打假，这是一种多么难得的责任心啊！

身体状况每况愈下

2014年，家人们发现，杨之光的吞咽出现问题，吃什么都容易呛到。7月初，家人送他去上海华山医院照肌电图，确诊为多发性神经根神经炎，可能是缘于一次病毒感染而伤了神经末梢。后来，来探病的学生只好安慰鸥洋说："杨老师'平生最忌食残羹'，现在他患的病也与其他的老人家不同，也可以说是杨老师的一种创新啊。"

在广州住院的时候，广东省多位领导都十分关心他的身体状况。时任广东省副省长的雷于蓝多次到医院探望他，并特地安排专家给他治疗。杨之光住院期间乐观活跃，经常和护工聊天，还给她做各种思想工作。晚上起来上厕所的时候，为了让护工好好休息，他还会自己一个人去而不吵醒她。经过三个月的治疗，他能正常吃喝了，于是在完成激素疗程后便康复出院。10月底回到番禺祈福新村住时，他在家里还会画点小兰花、写写字。

2015年春节后，他走路时经常跌跌撞撞走不稳。送院治疗后，他又继续激素的疗程，对周围的变化十分关心。当时，鸥洋每天都到医院陪他。每次鸥洋一离开，他都会问："你什么时候来？"每次鸥洋回来，他就会问："学校有什么事？家里有什么事？"他还一天到晚叫鸥洋给他讲故事。于是，鸥洋把微信里的新闻、段子、笑话、故事，还有学校、家里的大小事统统说给他听，他也听得津津有味。学生去看望他时，他经常谈笑风生，琢磨着出院后做点什么来回馈社会。

杨之光的手一直很有劲。2016年的春节，家人把他接到番禺祈福新村的家过年，他亲笔写的"惠风和畅"四个大字，苍劲而有拙味。直到他临走前的一个星期，虽然全身无力，但他与别人握手时，捏人的力度让人深感神奇。

后来，为了防止肺炎反复，他什么都不能吃，连水也不能喝。渴到不得了时，家人就用喷瓶往他嘴巴上喷雾，让他的嘴唇湿润一下。由于无法解渴，他就天天求着护工让他漱口。后来护工才发现，他把门关了，趁着漱口的空档把嘴里的水吞下去。结果又肺炎了，于是以后连漱口都不被允许了。晚上有时候，他还会哀求护工说："求求你啦，让我漱一下口，我咕噜咕噜之后就会吐出来的。"鸥洋每忆起这些情景，便会心疼地说："那时，他真的太可怜了，连喝一口水，竟然都变成一种奢望了。"

最后一次换尿管，加速了他离开的步伐。当晚一直到第二天，他一直都是高烧39度。5月14号下午5点多，医生把杨家孩子都叫过去了。杨红赶到医院时，哭着把他最爱的橘子水往他嘴里倒，满足他生病两年来最大的愿望。

整整两年，他承受了很大的苦痛。他总是有所抱负，总相信有希望，相信恢复后还能吃东西，还能继续创作、回馈社会，所以他一直很配合治疗。中途病情反复的时候他也曾灰心，家人还鼓励他说，要他看着杨之光美术中心继续兴旺，看着小外孙长大并听他的演奏会……只可惜，天不遂人愿。

大师陨落，一片唏嘘

2016年5月14日19时30分，中国著名画家和教育家、第二届"中国美术奖·终身成就奖"获得者、首届广东省文艺终身成就奖获得者杨之光先生，与世长辞，享年86岁。

父亲去世后，杨之光大女儿杨红哽咽地说：

"感谢大家的关心，我爸爸走得很安详。我们不准备在家设灵堂拜祭，我妈妈不想打扰大家，她老人家也想安静一下……爸爸之前曾进ICU，我们只能透过ICU的窗户看孤伶伶的爸爸躺在病床上备受煎熬，心很痛，所以最终就再也不想让他进ICU了。

"那天下午，我还在给学生上课，突然接到妈妈的电话，她哽咽着说爸爸的生命体征突然急速衰退，现在瞳孔已经放大了。我傍晚6点多赶到医院时，爸爸的眼睛已经睁不开了。医生说，他还会听到家人讲话的，快多些和他说话吧。我的小儿子拿出手机，用手机扩音播放自己唱歌的录音。以前，外公最喜欢听他唱歌了，每次听都会竖起大拇指。这一次，他希望外公听到他的歌声后，不要这么快离开。我的大儿子说，公公您不是很想去俄罗斯吗，我今年7月会去那里拍电影，到时候我会拍些俄罗斯芭蕾舞照片回来给您看。我妹妹、妹夫和5岁的儿子闻讯后从香港连夜赶回来，在路上也一直通过手机和我爸说话。5岁的小孙子一遍一遍地说：公公我好爱你，公公我好爱你……爸爸虽然看不到，但是他应该听得到我们的声音，他会知道我们一家人都在他身边的。但爸爸的眼睛就是一直没睁开，不断衰弱的心电图最后拉成一条直线。爸爸的样子很平静。护士说，你们继续和他说话，他还没走远。9点多的时候，5岁的小孙子赶到了医院，以为公公像往常一样睡着了，还继续说着：公公我爱你……

"我握着爸爸的手，感受到从柔软变僵硬，脑门也从温暖变冰冷的变化。突然间，爸爸的额头又热了起来。妹妹杨樱一家是9点多赶到医院的，她笃信佛教，安慰大家不要太悲伤，因为按佛家解释，人往生后有三条路要走，分别是上天堂、下地狱和投胎做人。爸爸额头最后由冷变热，是上天堂的征兆。

他一生做了那么多好事，我们相信爸爸上天堂了，这也是我们全家人的愿望。"

▎斯人已逝，艺术永存

送别与祝福

杨之光辞世的消息，杨家只告诉了学校领导，打算简单操办他的后事。结果，消息一出，各界朋友在微信中广泛传播这个噩耗。广州美术学院非常重视，成立了治丧小组。告别仪式确定后，很多朋友便闻风而动，自发而去。

5月23日上午，杨之光遗体告别仪式在广州殡仪馆白云厅举行，社会各界人士纷纷从其他国家、地区赶赴告别仪式现场，包括杨之光的众多学生如林墉、陈永锵、陈振国、黄一瀚等，还有广州美院许多昔日同事与晚辈们，评论家于风是拄着拐杖、坐着轮椅来到现场送别老朋友，就连以前跟杨家做过木工、电工、维修工的人都来送他最后一程，至少有上千人出席了告别仪式，人多得一直排队到了大厅外。也许，正因为他善结良缘、与人为善、体谅底层人民，才让他如此令人惦记于心。

告别仪式现场如同一片白色鲜花的海洋。大堂两侧悬挂的主挽联"书学传薪火明灯照耀南北，椽笔谱英雄彩墨贯通中西"是由杨之光生前的学生们奉上，概括了杨之光老师一生的成就。整个仪式简朴而庄重。仪式开始后，先播放由杨之光大外孙制作的《献给外公》4分钟杨之光生平纪录短片，影片配乐是杨之光生前最喜欢的德尔德拉小提琴曲《回忆》。每一位告别仪式的出席者都会收到一份广州艺术博物院"杨之光艺术回顾展"图文并茂的简介，通过一系列脍炙人口的代表作，全面回顾了杨之光不平凡的艺术人生。

广州美术学院院长黎明在致辞中总结了杨之光一生不平凡的艺术成就。他表示，杨之光坚持走一条立足传统、关注现实、融合中西、坚持创新的创作道路，为当代中国画的勃兴和发展作出了重大贡献，"他的逝世是广州美术学院的重大损失，是中国美术界和美术教育界的重大损失"。

"杨老是一位了不起的画家。"被问及杨之光给岭南美术带来的贡献，著名画家陈金章禁不住竖起了大拇指。在他看来，杨之光之所以能取得高超的艺术成就，根本源于他受到扎实的素描训练。这一传统也是杨之光给广州美院留下的宝贵遗产之一，值得后学们继承。

已届九旬高龄的著名雕塑家潘鹤也出现在送别的人群中。尽管腿脚有些不便，他仍坚持在助手的搀扶下，走到杨之光灵前致意。"虽然现在身体有些不好，但今天我还是必须过来。"潘鹤说，他与杨之光是数十年来的老邻居。杨之光对于绘画高度的执着与专注，给他留下了深刻的印象。

"不管处在顺境还是逆境，杨老想得最多的是他的创作、他的特长、他的事业。即使身处异国他乡，他的心永远向着祖国，关注着人民。"广州美术学院院长黎明不无感触地回忆道。在他的印象中，杨之光关心学校、提携晚辈，却从不向学校提任何个人的要求。

"不但艺术界在悼念杨老师，来自各界的群众都在自发表达自己对杨老师的敬意。"黄一瀚表示，在筹备告别仪式的过程中，有素未谋面的工作人员听说是为杨之光举办的追悼会，连装裱与运输的费用也分文不取。"我可以感受到，老百姓对杨老师有着很深的感情，很不舍。"

在追悼会现场，一些年轻的面孔也分外引人注目。在送行队列的前排，就有30多名今年刚刚步入广州美院的大一学生。其中，一名陈姓同学说，自己过去虽然没有接触过杨之光，但大师的作品一直吸引着他们。"他对人物的刻画十分精细，尤其能将人的内在情感表现得淋漓尽致。"她表示，同学们都是自发前来，希望通过自己的行动，向大师致以最后的敬意。

杨之光夫人、画家鸥洋说，杨之光在晚年开创的杨之光美术中心，是他一生的得意之作。直到病重之际，他仍对美术中心各项事业的开展念念不忘，"他用他的一生，为艺术教育贡献了自己最大的努力。"

大女儿杨红说："过去几天，无论大人还是孩子，大家都用各种形式怀念杨老师、杨爷爷。" 追悼会现场，不少花圈上都写着"杨爷爷一路走好"的字样。而在杨之光美术中心里，孩子们的心愿卡也被铺成了一面墙。"我们会努力学习您的艺术，让您对我们十分满意。"一名孩子用如此稚嫩的笔触，表达他的悼念。杨红深受感动："父亲常说，这辈子最幸福、最骄傲的一件事，就是有这么一班好学生，值了！"

而在回顾视频的最后，杨之光背向镜头缓缓踱步远去，留下了意味深长的背影。看到这里，不少来宾情不自禁流下热泪。

怀念与追思

5月23日下午，为了表达对著名艺术家、教育家杨之光的思念、缅怀与追忆，"杨之光先生追思会"在杨之光美术中心海珠校区举行。追思会在小提琴曲《送别》中缓缓拉开帷幕。会场内素白色的长桌上，点放着一排素净的白蜡烛，点点烛光寄托着亲友的哀思。在亲友与学生的动情忆述中，一代人物画大师德艺双馨的形象，渐渐重现在人们眼前……

追思会上，不仅有从全国各地赶来的美术界著名人士、杨之光生前好友与学生，还有许多特意赶来的普通市民。众多发言者回忆了杨之光的言传身教，他兼容并蓄的教学理念、耐心细致的教学风格、坚持创新的教学思想，以及对学生无微不至的关心，留给后学极其重要的精神财富。

广州美术学院教授张弘表示："杨之光老师虽然离我们而去，但他的德艺双馨的人格力量将永驻我们心间。"

画家林墉说："怎么样对杨之光的艺术做出真正的研究，给他准确的定位，这项工作还没有真正开始。从另外一个角度来说，我觉得广东的美术累积得很多，但是实际上把它系统地累积反而显得比较薄弱，并不是没人做，但是比较零碎。

"杨之光晚年的时候，他连线都不练了，照亮他的是光，他在中国画中的深度跟厚度，我认为真的是不可多得。如果我们具体来研究他在人物画上面的画，你就会发现那里头好像很简单的几笔，他一辈子留下我们就是那么几笔。什么叫大写意，就应该看看杨之光老师。他到晚年用笔更加辣，形上面他一点都不放松，可是他的笔墨越来越简练，就是那么几笔，一两笔。"

广州艺术博物院院长陈伟安说："为缅怀杨之光先生，我们馆精选出86件（套）代表作品进行展出，以纪念这位艺术大师86岁的生命历程，表达我们的追思和景仰。展览是18号就已经向公众开放了，在今后的日子里面，我们广州艺术博物院作为唯一拥有杨之光艺术个人专馆的公立机构，我想起码有三项工作一定要做好：

第一，要保护好杨之光先生捐献给广州市人民政府的艺术品和非常珍贵的文献资料。

第二，要展示好他的作品，让他的艺术能让广州人民，乃至全国、乃至世界人民都能看到。

第三，要研究好他的作品。这个研究除了我们广州艺术博物馆来研究，因为我们资料比较丰富，同时也是向全社会所有的学者们给以最大限度的开放和配合。

我想唯有做好这三方面的工作，才是对先生最好的缅怀和最好的祭奠。"

深圳关山月美术馆馆长陈湘波说："岭南画派的精神还是存在的，杨之光绝对是一个杰出的代表。用国画表现现代生活的，杨之光的成就非常突出，另外杨老师的没骨人体画得那么透，很难找出第二个人，在中国美术史上有杰出的地位。另外他作为杰出的教育家，奠定了中国人物画技法的教学基础，至今仍是不可超越的经典。"

画家朱光荣说："中国评价一个人的伟大，往往从'仁智勇'三个方面来评价，我觉得这三个字套在杨老师身上非常合适。

仁，杨老师对社会各界的人士都非常的关怀和体贴的。不光是对他的学生，他还建立了杨之光美术中心，让孩子们有可以画画的地方。

智，他充分发挥他的智慧。从两个方面来看，一个是画面里面瞬间的美，无论是《一辈子第一回》，还是《雪夜送饭》，还有《矿山新兵》，都表现了人的神态和神情，看到画面都是一种希望的未来，所以说用瞬间之光和希望之光来概括杨老师，我觉得也挺有意思的。

勇，他勇于变革，从一开始的重大题材或者是现实题材，到后来人物肖像，再到舞蹈人物、没骨人体，都在不断自我超越，这是杨老师非常了不起的成就。"

一直以来，让人深感好奇的是，著名画家林墉曾经是杨之光的学生，但他的作品却鲜见老师的影子。一直被当成花鸟画家看待的梁如洁，本身却是杨之光的人物画研究生。杨之光的学生杨诘苍、黄一瀚，与他本人的艺术风貌完全不同。就连一直坚持写实造型的著名画家陈振国，也似乎有意无意地在风格上与老师拉开距离。

对于这一现象，陈侗很快得出了自己的答案："很简单，杨老师不提倡别人学他。或者说，他更希望看到他的学生走出一条跟他完全不同的艺术道路……杨老师经常在我们面前称赞黄一瀚，尽管他在风格上离杨老师最远。"值得一提的是，无论学生与自己的艺术风格差异如何明显，杨之光都会一如既往地加以爱护。"对待晚辈，尤其是我们这些儿女般大的学生，杨老师就像一个父亲。"陈侗动情地说道。

画家梁如洁回忆，自己曾师从杨之光学习人物画，后来却想要改画花鸟，原以为老师会反对，没想到老师却心甘情愿为她筹办花鸟画展积极奔走。"杨老师的教学很宽容，无论学生有怎样的艺术倾向，他总是给你鼓励、给你扶持……我觉得杨老师就像是我人生的导演，虽然我们走的每一步都很艰难，但他都能让我们坚持下来，让我们的人生道路找到方向。"梁如洁至今还记得，经典教案起初成书的艰难。"最初的教材都是杨老师亲自油印出来的：他亲自将教案一个个剪出来，贴到一个本子上，贴了整整11本，我们就照着这些教材学画。"而比教案更宝贵的，则是杨之光的身教言传："他的写生比我们许多学生都要勤奋。跟着老师写生的经历，让我们终身受用。"

"父亲总是事无巨细地关心着他的学生。"追思会上，杨红向师兄师姐们分享了父亲留下的笔记本："比如，父亲会在笔记本写道：黄小敏（即黄一瀚）的画干净，但是卫生最差、最脏。这些事情可能琐碎得不得了，但学生成长的一幕幕全都在里面，让人感到他是那么温暖的一个人……"说到这里，杨之光的学生们不禁莞尔一笑，眼眶里却都闪烁着泪光。

"杨老师教会我们'学艺先学做人'。"除技艺之外，广州美术学院教授王大鹏深深感佩杨之光的为人。他表示，杨之光对年长和同辈的艺术家都有着发自内心的尊重："他每一次去拜访蒋兆和先生、叶浅予先生都总要带上一些礼物。他用行动教会自己的学生尊师重教。"

"杨老师一生有很多名言，每次听到感觉都不一样。"陈侗的发言引起了不少与会者由衷的共鸣。"我从来没有想过，杨老师所说的每一个字、每一句话，背后究竟有着多大的分量。现在想到这些，我的内心充满了后悔，过去老师的教诲听得太少了……"著名画家林墉不无哀伤地说道。

回顾展不断

虽然斯人已逝，但世人仍铭记着他的毕生贡献。

2016年5月，由广州市文化广电新闻出版局主办、广州艺术博物院承办的"杨之光艺术回顾展"在广州艺术博物院中国历代绘画馆展出。据广州艺术博物院院长陈伟安介绍，1998年杨之光先生捐赠了654件精品和一批珍贵文献资料给广州市人民政府。2000年，在新落成的广州艺术博物院特设"杨之光艺术馆"，长期展示其艺术，同时亦作为国内收藏、研究杨之光艺术的主要基地。广州艺术博物院按题材曾举办过杨之光笔下的劳动者专题画展、从人物肖像到没骨人体画、风景这边独好——院藏杨之光风景写生画展等专题展。此次展览精选出86件（套）代表作品进行展出，包括以《一辈子第一回》为代表的民生题材、"以《浴日图》为代表的军事题材，以《打毛线》为代表的劳动者题材，以《瑶族少女》为代表的少数民族题材、以《九八英雄颂》为代表的英雄主义题材、以《黎雄才肖像》为代表的名人题材的中国画、油画、水彩、素描、版画、书法等，以纪念这位艺术大师86岁的生命历程，表达大家对他的追思和景仰。

2016年6月，中国美术馆"典藏活化"系列展"不朽之光——中国美术馆馆藏杨之光作品陈列"开展。中国美术馆特意从馆藏作品中精选出杨之光的代表性作品，举办展览以作纪念。作品集中反映了杨之光对中西绘画技法的融合，及其在题材上的突破创新。作品内容涵盖社会各阶层人物形象、少数民族形象、舞蹈题材以及异域描写，体现出杨之光用毕生精力所真切叙写的一个时代的变迁。

感动与安慰

对于大家的心意，鸥洋很受感动，却总觉得无以为报。"虽然他走了，但是有这么多人来送他，有这么多人记得他，他这辈子也值了。北京大展现在用'不朽之光'做题目，对他高度肯定，广州艺博院也紧急为他筹备大展，我们都很感动。虽然他吃了很多苦、受了很多磨难，但能得到的大家惦念，我们觉得很安慰。对大家的感谢，我真的不知道该如何报答。如果他在世，还可以送点墨宝，但现在他不在了，我总觉得对大家有点过意不去。杨之光走得很安心，也没有什么遗憾，但他应该也没有想到会有这么多人来送他吧。如果他灵魂有知，一定也会很安慰。"

第二篇

众 说 杨 之 光

彩墨之光把现实照亮

从杨之光的成名作看现实主义的类型学

冯 原

　　《一辈子第一回》是杨之光先生创作于1954年的彩墨①人物画，此画以当年的全民普选这一重大事件为题材，成为一幅以传统形式表达宏大现实生活的成功作品。纵观杨之光先生漫长的创作经历，《一辈子第一回》虽然并不能算是他的最佳作品，但是，作为杨之光的成名作，以及它被公认为新中国美术史上的新人物画的开山之作的地位来看②。个人角度的"成名作"与历史角度的"开山之作"正好显示了一种相关性，它为我们研究革命现实主义创作方法的形成过程提供了一种类型学上的参照。所以，本文打算就以此幅作品为中心来分析和讨论如下几个问题：50年代初期彩墨画的基本处境是什么？杨之光先生在用彩墨表达现实题材上做了什么改进？他又是如何做到这一点的？最后，我将会论及《一辈子第一回》在新中国的现实主义类型学上的示范意义。

彩墨画困境

　　首先，让我们从50年代初彩墨画的处境开始谈起。在这里我想强调

---

① 关于彩墨和水墨的定义问题，有诸多说法，在本文中，我大体上根据杨之光先生的自述和50年代的语境来使用这彩墨一词。

② 见郎绍君《杨之光和新人物画》，载《守护与拓进·二十世纪中国画谈丛》，中国美术学院出版社2001年版。

一下，讨论彩墨画的初始处境①，其实并不是要从内部来梳理传统水墨画的源流史，恰恰相反，以50年代作为一个社会转型期的大环境来看，我想要讨论的是一个画种在特定年代中的外部社会条件问题。

50年代新中国的社会转型首先是发生在政体和社会性质上面。从延安时代就已形成的文化艺术政策到了新社会阶段，富有效率的意识形态相当积极地重组和干预全社会的文化领域。这种做法与"旧社会"在意识形态上的懈怠形成很强的对比。不过，新的意识形态虽然力图去清洗旧文化，推进新的文化类型，但是，在社会转型之初不大可能马上制造出与之相匹配的文化艺术类型。现实的条件只能是这样，各种在新旧社会形态交替过程中存在的艺术类型都将面临新的意识形态的重新考核。在新的社会条件下，起码有四种具有可识别特征的视觉艺术类型，我把它们简约地概括为"左、苏、延、国"②。我之所以把它们称为艺术类型，是因为它们在媒材、技术、传承和创作理念上都有所区别。站在艺术行动者的立场来看，每一个处在新中国初期情境中的艺术行动者都应该能体认到这四者的不同，而且，要么他们本身就出自于其中一种类型，要么就得决定进入到哪一个类型中去，再或者，在类型之间尝试个人创新和改进，这些改进当然也涉及到新的艺术类型的演化。

问题在于，新社会意识形态极欲创造新的社会文化的内驱力作用在这些艺术类型之上，对于处于某一类型之中的艺术行动者来说，这种驱动力表现为外部的社会条件。联系到特定的社会情境，讨论这些社会条件的作用要好过于单纯从艺术的角度来讨论艺术类型之间的优劣短长。最起码，我们从演化的机制——外部条件和内部适应的相互性上面来观察视觉美术的历史，就能够发现演化过程中的一些重要的突变因素。这样，我们就把类型学上的变化与个人的独创性联系到一起来考查，比如杨之光在《一辈子第一回》中的创新和中国画的新人物画类型，本文的

---

① 这里所说的初始处境是以新中国的诞生为界限的，以区别于新中国之前的传统艺术源流史。

② "左"是指国统区的左翼美术，"苏"是指50年代引入的社会主义艺术的样板——苏联艺术，"延"是指在延安时期发展成形的解放区艺术，"国"是指没有受到新社会意识形态规训的传统水墨艺术。

目标正在于此。我相信，作用于艺术类型之上的社会条件也会在具体的艺术行动者身心中发生作用。最终会产生新的创造和适应，以至于影响到艺术类型的演化路径。

新中国初期的社会政治条件派生出一种对于艺术生产的压力机制，这个机制的通常定义是以革命现实主义命名的创作美学，实际上，它涉及到一系列艺术工具化的措施和对策，简单来说，我把这个机制归纳为一种用艺术干预现实的倾向性。在可量度的意义上，哪一种艺术类型在干预现实表现的力度愈大[1]，就愈是能够得到意识形态的青睐，成为占有优势的类型，反之亦然。据此我们也可以观察到，四种既有的艺术类型并不是相互独立或平等以待的，以意识形态的偏好为基准，它们之间呈现出一种等级差序。这种差序起码有两个项量是可以测量的：1. 干预现实以及艺术工具化的倾向性（也可称为题材优势）：在这一项量中，"左、苏、延、国"中的力量排序应该是延、苏、左、国；2. 艺术反映现实的技术性含量（技术优势）：在这一项量中，排序则可能改变成苏、左、延、国。从中我们不难看出，无论从题材优势还是技术优势出发，传统水墨或彩墨画都是一个最为劣势的艺术类型，因此，也是一个亟待改造的问题画种。

新中国初期的"彩墨画困境"可以在杨之光先生的自述中找到证据。[2]彩墨画之所以是个问题画种，原因在于它在表现生活的技术性上不如油画（不如苏联艺术和左翼美术）；在表达意识形态偏爱的现实题材上不如版画（延安艺术）。甚至，从画种的分类来说，它在表达时效性题材上不如宣传画……各种情况都证明，彩墨画是个远离现实生活的"老古董"。许多当年的学生都重油画不重彩墨，这种选择其实间接地证明了彩墨画这个"老古董"前途不大，当然，也正因为存在着这个"彩墨画困境"，它才为后来敢于进行改良的人预设了创新的可能性。

---

① "干预度"的意思既可以是指题材上的选择，也可能指在表达现实的技术含量上，在本文的意义上，更多是指后者。

② 杨之光《关于〈一辈子第一回〉的创作经过》。

"彩墨—宣传"的边界融合

郎绍君先生把杨之光的艺术道路划分为三个阶段，把学艺之初的1943年到1953年定为奠基阶段；而把1954年定为他创业阶段的起头。这个划分不仅是因为杨之光在1953年进入中南美专任彩墨画教师，可能更多是因为他的成名作《一辈子第一回》在1954年问世。从杨之光的早期经历来看，他的教育背景虽然很有些跳跃性，但是大致上可以归类到"左"和"国"这两个类型之中。不过，他在中央美院的三年学习正逢"左、苏、延"汇流的时期，按道理，他应该有条件做出更有优势的选择。也许选择以彩墨画为业有着现实性上的缘由，可杨之光的过人之处在于，当许多同学放弃彩墨画转而投奔油画等更有前途的画种时，他却能够认真地把目标放在了如何改良彩墨画的题材与手法之上。从个人际遇和社会条件这个互为作用的关系来看，杨之光的《一辈子第一回》就包括了两者之间诸多的相关性在内。

要放弃油画而坚持彩墨画的形式，就不得不面对前述那个"彩墨画困境"。而要消除这个困境，最好的办法莫过于把彩墨画用于表达现实生活的实验。如前所述，"彩墨画困境"显示了在题材性和技术性这两个项量上的弱势，杨之光的解决之道就是从改变这两个项量入手。简单来说，一个是题材改良，另一个是手法创新。在第一个项量上，杨之光为他的彩墨画创作选择了一个时效性的重大事件题材——1954年的全民普选。

要了解美术作品与重大事件的时效关系，我们不妨把当年的《人民日报》看成一个大事件的参照系，再对照那个年代的宣传画作品，就不难观察到两者之间的契合关系。显然，从美术内部的分类法来看，与时效性的匹配度最高的画种类型是宣传画，但是从美术史自身的场域出发，处于这个美术金字塔顶端的类型却是离宣传画最远、最不具时效性的历史画。尽管宣传画和历史画两者都处于意识形态严格掌控的范畴，不过，由于存在着宣传画与历史画之间的"价值距离"，我们仍然不能简单地把美术生产归于对政治效用的依附关系，还应该看到专业性的价值对政治效用的提升。换句话说，以宣传画和历史画为两极，以干预现实的程度为指标，题材选择上的变量规律在于：选择偏向宣传画的时效性题材，将会获得意识形态颁发的政治资本，但不易获取专业资本；选择偏向历史画的宏大题材，不仅能获得政治资本，还能获得更大量的专业资本。

毫无疑问，全民普选是1954年的一个重大事件。因此，以这个应景事件为题材的创作其实很接近于宣传画的一极。我们可以参照50年代的宣传画的图式，想象出要表现普选的宣传画的画面感，通常是一个美术字的大标题加上画面，仅仅想象一下标题吧，我们大致上不难猜想到这类标题的类型，比如，"选民光荣""让我们参加选举去""选举是公民的责任和义务"，等等。然后，让我们尝试一下把这种图式转换成传统彩墨画，50多年前摆在杨之光面前的难题就出现了。因为，传统彩墨画的笔墨、程式和章法都与宣传画的图式感大相径庭。而且，起码就50年代初的状况看来，用彩墨画的形式画现代人物都还是一个不太成熟的题目。那么，杨之光选择了一个通常应该用宣传画来表现的时效性题材，这样为难自己的好处在哪里呢？

回到当时的语境中，杨之光的选择无疑是要挑战传统彩墨画不能、或难以表达现实生活这一备受意识形态推崇的领域。还没有证据说杨之光是否真的受到当时流行的宣传画图式的影响，不过仅从《一辈子第一回》的画面感来推断，他的题材选择显然是要在彩墨画和宣传画之间创造一种新的临界状态。两者间确实存在着相关性。在《一辈子第一回》取得巨大的声誉之后，该画在"彩墨—宣传"上的临界性并非没有被察觉出来，甚至也引发了一些批评。[1]有意思的是，批评的争论正好位于前述的"宣传画—历史画"这个"价值表尺"之内。我们不能说杨之光的这种选择是完全没有损失的，不过很显然，杨之光把彩墨画这个问题画种纳入到政治宣传的总体框架中，大大提升了这一画种干预现实的力

① 见郎绍君《杨之光和新人物画》：某位老先生曾批评《一辈子第一回》"取半身的构图不是中国画的特点，而是宣传画"。他觉得像宣传画也没什么不好，便用国画形式创作了一幅题为《耐心教，虚心学》的宣传画作为回敬。1956年夏，杨之光的写生作品因吸收水彩方法而引起争论，有人提出"杨之光的画到底算不算中国画"的问题。他回答说："如果说杠杆的两头一边是'生活'，一边是'传统'，那么，我的态度肯定是侧重在'生活'"……

度，也在总体上增加了该画种的政治资本。两相比较，个人和画种共同体所获得的总体收益要大过于对于传统彩墨画程式的破坏，实际上也促成了"新人物画"从彩墨画的阵营中分化出来，关于这一点，我们留待最后一节再谈。

"人—物"转换与"复数叙事"技术

按照革命现实主义的题材优先原则，杨之光一旦选定了全民普选这个时效性的重大事件题材，他就必须从技术上入手来解决"彩墨画困境"中的具体问题。我们可以根据绘画的运思规律，把构思、构图和创作的过程分解成一个问题集合，例如：1. 用彩墨画来表现全民普选；2. 将全民普选转换成一个具体叙事；3. 叙事主体的选择，单个人物或是多个人物；4. 人物与场景组合，是突出主体还是人景交融……当然，上述的这些步骤最终必须通过笔墨颜色的掌控，以形成那个完整的画面。由于本文的目标是要解析个人创造与社会条件的相互关系，而这种关系更多体现在艺术行动者的构思过程和创作的叙事模型之中，所以，本文不打算详解分析笔墨颜色的技巧性问题，而是把要点锁定在叙事模型的建构、选择和排斥之上。

要找到一个重要的时效性的题材并不难，只要养成每天读《人民日报》的习惯，就能形成对政治动向的敏感性。但是，《人民日报》也许能够提供了大事件的重要性索引，但来自《人民日报》的信息却很少，或不太可能为艺术行动者提供具体的"形式导引"。这就是说，就算艺术行动者选中了一个重大题材，他也必须运用某种艺术构思来对事件的概念进行转化，由于这个转化过程，艺术行动者就从重大事件的"场域"转到现实主义美学的"场域"之中。基于这个道理，我们的分析焦点就应该以从事件—题材转入到画面—视场中来。美术工作者毕竟得面对着画面来工作。在这里，我必须引入一个视场逻辑的概念。从绘画反映或表达现实的假设出发，这个假设建立了事件与画面的对称性，在对称的意义上，我们就能找到分别从属于两个场域的逻辑性——从属于事件的现实逻辑与从属于画面的"视场逻辑"①。现实主义的美学正是让我们相信，某画反映某事，两者间会形成某种互证关系。就这种互证关系而言，现实主义美学提炼了一个衡量美术作品的成功率的简单公式：1. 视场逻辑大于现实逻辑②，即是表现生活，高于生活；2. 视场逻辑等于现实逻辑，这就是照搬生活，没有提炼；3. 视场逻辑小于现实逻辑，在特定的语境中，这种做法等于是歪曲了生活，从历史现象上来看，此类作品大约只能成为反面教材，它们的成功之处正在于它们受到批判。

有了以上的评价系统，我们就可以具体来分析或重组一下杨之光先生的构思过程。下面，我们尝试运用一套视场逻辑的推理法来描述这一个构思选择与排除的进程。

1. 叙事的基本模型——单人还是场景：要表达现实生活，首先涉及到对人物和场景的选择。全民普选的题材可以用很多人的场景来表达；也可以用典型人物——人民的单个形象来表达。在1954年之前，用彩墨画来表达现实生活的宏大场景也并非没有先例，蒋兆和先生的《流民图》应该是用彩墨画形式表现众多人物场面的代表作。但是，《流民图》以长卷的形式所呈现的人物场景依然不能形成一种场面的聚焦，若要从严格的意义（或以油画的标准来看）上比较，《流民图》只能是多个单一人物的集合体，还不能算是真正意义上的场景叙事。

场景叙事在表达重大事件题材上的好处是很明显的，而这一点正是油画的强项和彩墨画的弱项。1954年以前，杨之光就曾经用彩墨画的形式临摹列宾的鸿篇巨制《查坡罗什人写给土耳其苏丹的信》，这个举动暗示了他试图用传统彩墨画建构宏大场景叙事的实验目标。但是，杨之光虽然已经有过临摹上的成功尝试，却并没有为《一辈子第一回》选择多人物的场景叙事，也没有模仿蒋先生的长卷人物形式，而是采纳了形式难度较低的单一人物叙事。关于这一点，杨先生的自述中提供了解

---

① 参照冯原《正面照相机与挡路者的影子》，载《美术批评论文集》，河北美术出版社 2009版。

② 按照现实主义美学的通常说法，现实逻辑就是"生活"，视场逻辑就是"表现"。

释①。我们的问题是，只画一个人物，虽然在形式上降低了难度，但对于表达重大事件来说则是有问题的（这在另一个方面又等于加大了难度）。所以，选择单一人物叙事必须有充分的技术理由，这层理由就涉及到如何组织和提炼画面的视场逻辑。

2. "人—物"符号——选民与选票的双重转换：放弃场景叙事，就等于排除了表现普选场面的可能性，就普选这个全民事件的逻辑性而言，这种选择无疑是加大了表达现实的难度。杨先生的自述透露了一个相当关键的构思来源。起初，他作为选民中的一分子也拿到了选民证，并小心翼翼地把它锁在抽屉里。从心理分析的角度来看，这一举动只能说明杨先生是个性格谨慎、行事小心的人，自身的行为还不能构成画面以组成与普选事件相对称的视觉逻辑。倒是另一位同学的生活经验加深了他对选民和选票的认识，这位同学的母亲曾经留学美国，平素不太关心政治的她却相当珍视参加普选时拿到的选票，她用纸把选票包好后放进了存放贵重物品的首饰箱里。从自身经验到他者经验的换位思考法让杨之光获得了表达宏大事件的最小叙事模型：一个老妇人，把选票当成珠宝一样爱惜……在这里，杨之光选择了一个人物（选民的意指符号）和一张选票（普选的意指符号），并用爱惜选票的行为来突显普选事件的宏观意义。

然而，此时杨先生的构思发生了一个重要的转向。要解释这个转向，我们必须把这个初始模型重新置入50年代的社会语境中加以还原。初始模型有两个敏感的问题，一是老妇人的旧贵族身份，饶有意味的是，老妇人对选票的重视显然来源于她的留美经验，而在新社会的阶级分层中，老妇人的留美背景即使没有构成大的政治疑问，也不能代表新社会的典型选民身份；另一个问题是她的首饰箱，它是老妇人的旧贵族身份的物证符号。我们可以想象一下，如果如实对初始模型进行表现，画面中应该是一个身着旗袍的优雅老妇，正在把共和国的选票放进资产阶级的珠宝盒里，这样的画面，无论如何也不能表达新社会关于人民的政治理念。

① 杨之光《关于〈一辈子第一回〉的创作经过》。

所以，接下来的问题是，怎样才能通过两个单独的意指符号构成的行为与意识形态的偏好进行对接，要做到这一点，艺术行动者必须对新社会的"美学政治"有着敏锐的直觉。杨先生显然具有这方面的敏感性，于是他灵光一闪——把另一种经验置入到初始模型的结构中，这种经验来自于他自己对太行山农妇的观察，山区的农妇在赶集前把钱整齐地叠放在手帕里。于是，初始模型中的旧贵族妇人把选票当成珠宝一样爱惜的情节，就被改造成符合政治要求的创作模型——山区的农妇把选票当成钱财一样包在手帕里……①在这里，主体身分的转换等于把旧贵族的经验置入到人民群众的经验模式之中，这样，重新组织过的视场逻辑也就实现了全民普选中的全体人民参加选举的政治正确性。

3. 无我、无景——单人叙事的复数化：即使实现了前述的符号双重转换，这也只能确保政治上的大方向，但仍然不能消除单人叙事在表达重大事件上的局限性。怎样才能通过一个典型人物来表现千千万万个普通群众的共同意愿呢？如果做不到这一点，我以为《一辈子第一回》不太可能取得后来的历史地位。而这幅作品的巨大声誉反过来证明，杨之光一定找到了某种方法，并成功地解决了单人叙事的局限性。怎样做才可以表达和放大这个重大事件的"事件性"？有关这个问题，我沿用方慧容针对革命现实主义文学研究中的一个概念，把它称为事件的"复数化"。②在视觉艺术中，我们必须把作品的标题与画面看成是一种组合结构，才能认识到单人叙事如何通过一种命名的联想发生"复数效应"。

无论是旧贵族妇人还是山区农妇，在画面上只能是一个人物。但是，适当的命名可以扩大或倍增观众对于人物主体的认同和联想。在杨先生的这幅成名作中，我们就不得不佩服他在选择命名上的文学能力。首先，让我们考虑一下主体的时间问题，"一辈子第一回"这个命名出现了两个时间概念，在50年代之初，一个老妇人的一辈子不言而喻地处于两个社会的转折点上，那时，跨入新社会也就不过四五个年头。而"第一次"的强调则把新社会的全民普选与旧社会中的选举完全区别开

---

① 杨之光《关于〈一辈子第一回〉的创作经过》。

② 见方慧容《无事件境与生活世界中的"真实"》，载《空间、记忆、社会转型》，上海人民出版社2001版。

来了，并暗示了新社会的四五年完全不同于旧社会的若干个十年。然后，再让我们思考一下命名中的人称指代，这里透露了更加关键的细节。按照现实逻辑的推定，单一人物的画面必须界定出身份主体，即现实中的"我"或"他"，艺术行动者才能引导或强化观众的主体认同，并藉此来获得画面中视场逻辑的合理性。但是，也正因为在现实逻辑中存在着"我"或"他"的身份界定，也就限制了视觉艺术中用单一人物表现重大事件的可塑性。

然而，杨之光先生通过两个"无之境"消除了单一人物叙事的局限。第一是"一辈子第一回"的无我之境——人称指代的省略具有相当重要的修辞学含义。如果把题目改为"我这一辈子的第一回"或"老区人民的心愿"，无疑会把第一人称或第三人称的指代置入到视场逻辑中，从而也就限定了单一人物的"复数化"规模。"一辈子第一回"的命名却暗示了从旧社会走到新社会的整一代人的共同际遇，从单一个人到所有和这个单一主体相类同的人民，人称指代的省略等于把单一人物的叙事承载力发挥到最大限度。第二是无景之境——杨先生在自述中说，原来在画面中是有村庄群众作为背景的，后来有些同志提意见把背景省略掉，他承认"果然效果好得多了"。[①]不过杨先生没有解释是什么原因使得省略掉场景人物之后会好得多，实际上，与取消掉人称指代的标题修辞学一样道理，取消掉画面中单一人物身后的背景和衬托性人物，就等于取消了限定人物时空的定语，从而对单一人物产生超时空的"复数化"带来了巨大的好处。

彩墨之光把现实照亮

《一辈子第一回》所获得的广泛赞誉奠定了杨之光在新中国美术领域中的地位，这个结果是有着充分缘由的。正如前面对于该画构思过程的分析，《一辈子第一回》建构的叙事模型不仅满足了意识形态的偏好，甚至在视场逻辑的组织上创造了一种新的模式，我可以把这种模式的特征简单归纳为：画种虽老，直指现实；人物虽少，事件很大；行为

[①] 见杨之光《关于〈一辈子第一回〉的创作经过》。

很小，意义深远；画中一人，画外万人。在远离50多年前的社会情境来重新评价这幅名作，话虽说得容易，但我们不应该忘记，要在当时的情境中做到这些可绝非易事。在某种意义上，杨之光的创作与新中国艺术的紧密关系已经超越了美学或艺术的范畴，说到底，杨之光的重要性既在于他的画，更在于它有助于我们重新去回顾新中国艺术的演化进程，这个进程不仅渗透了艺术行动者的个人选择，它还是总的外部社会条件作用在艺术领域中的结果。因此，我也非常认同杨小彦对杨之光先生所下的"其意义怎么评价都不为过"的中肯评语。①

杨之光在50年代初的实践成功地提升了彩墨画干预现实的表现能力。当然，无可否认的是，当彩墨之光把现实照亮之时，从现实主义模式中获得的政治资本的增量同时也多少损害了传统彩墨画的专业价值。所以，合乎情理的结局就是这样，当《一辈子第一回》从传统彩墨画中脱颖而出之后，它也不再属于这个传统了，郎绍君先生把它定为新人物画的"开山之作"的论证，事实上也等于在类型学上面重新界定了新人物画类型和传统彩墨画的类型。从《一辈子第一回》之后，一种在新社会的条件下演化出来的"新人物画"艺术类型与"旧彩墨画"或"旧人物画"逐步分野，走上了不同的演化之路。

---

① 见杨小彦《杨之光的意义》，载《民族画志·人物卷》，天津人民美术出版社2008年版。

▌超越传统　综合创新

——人物画艺术家杨之光

孙美兰

　　《杨之光四十年回顾展》在北京落下帷幕，继之在广州开幕。南北呈现一片盛况。一位早在50年代崭露头角的人物画艺术家，首次在京举办个展，本意不在轰动效应，却给画界以震动和兴奋。画展以其严格的选择性，编年史序的学术感，特别是一系列走向辉煌的人物画本身，展示了杨之光四十年奋力攀登的足迹。画展还从一位人物画艺术家不断求索、不断自我更新的独特角度，触及了中国画整体发展中的历史性课题。

　　杨之光17岁出版中国画集，24岁以其成名之作《一辈子第一回》肯定了中国画在写实人物画领域具有的无可取代的表现力和艺术魅力。在那个"金奖""大奖"绝少仅有的年代，杨之光却不止一次榜上有名。50年代末、70年初，我国文化发展曾先后遭到滚烫泥石流的袭击，严峻冰川的涤荡。杨之光恰在此时，以深层心灵体验和巨大热情，创造了《雪夜送饭》《矿山新兵》，一展当代中国青年男女神鹰般的矫健雄姿，为一种不避艰险、无私忘我的创业精神写下无法泯灭的一笔。从观念到艺术本体，预示了一位优胜的继承者、大胆的超越者所独有的锋芒与潜力。

　　追踪杨之光的足迹，自然不该忘记最早的恩师高剑父、徐悲鸿。自然会引首遥望本世纪初叶中国新文化先驱的忧思和改良、折衷主义者的历史身影。同样不应忽视的，杨之光是属于艺龄与共和国同生的那一代画家——他们有共同的艺术潜质与品格。也许正是滚烫的烧灼，冷却的凝冻，劳其筋骨饿其体肤的磨炼，沉淀着浮燥，淡化着趋时，强化着自信，升华着进取的民族魂。在改革开放的新时期，并不扭曲，也不异化，像早已有了准备动作，杨之光以开放的观念、开阔的视野、开朗的胸襟，进行深沉的反思，导引着自己对中国画人物画高难课题重新实践、重新总结、重新探索。以他手中一支中国毛笔，一张中国宣纸，以那神秘莫测、变化流动的玄墨五彩交相杂揉，写下中国当代有突出贡献的、有意思的文化人系列肖像——在苦难中重新崛起的东方文化的无字碑。中国现代文明、社会主义文化诞生过程中，人们的奉献和自强，痛苦和自尊，沉默和自信，徬徨和寻求，痴愚和大智，深思和希望的无字碑。杨之光近年在美国期间，完成了这个无字碑的巅峰——石鲁像。其复杂的精神世界，其凝聚度，其艺术深刻的力度，其语言的洗炼，其震撼力，可与"哭之笑之"的八大艺术比美。而其精神内涵与时代历史性的思索，超越了八大山人。与此同时，杨之光在没骨人像艺术、没骨淡彩人体艺术的探索上，透露出重新继承传统，再超越、再综合创新的自觉意识。

整整一代人，在青壮年的岁月里，被超常劳动、超效应改造吞食着短促一生的黄金时刻。之光却依然能够"风筝不断线"，始终默默打基础：素描和色彩、中国画和西画、理论和创作，书法、诗词和篆刻的基础——"画内功""画外功"的基础。攻克着、完善着以"四写"为核心的中国画造型体系。这需要多少才华、多少勤奋、多少毅力，更需要立多大的"远志"才能不畏"近难"、锲而不舍呵。整个20世纪，整整40年，每当一次新旧交战之际，每当一次重大政治事件起落之际，中国画无不处在生死交界线上，人物画始终处在前沿与波涛起落的浪尖上。回过头来重新认识杨之光，他是一代艺术家中有代表性的一个，他的成就无论巨细，都有如"转圆石于千仞之山"，贵在取势，贵在不停歇地寻找"力"的支点。正因为重视打基础，所以"后劲"足——他跨南北、渡重洋、孜孜矻矻、苦心孤诣地求索，1984—1994年，近十年光景，在最佳历史文化大背景下，他终于突破了中西合璧——中西折衷——中西融合的单层双向模式，走出漩涡形"怪圈"，踏上跨世纪的继承传统、超越传统；多层次、多方位、大时空、广视角、综合创新之途。一个热爱自己时代，尊重现实人物对象，具有个性风格和独特造诣的人物画艺术家脱颖而出，受到国际艺坛瞩目。

半个世纪以来，"宁方勿圆""宁拙勿巧""宁刚勿柔""宁丑朴勿娇娆"的法则，成为艺术殿堂尖端、正统支配性的经典。杨之光依乎天性，顺乎自然，入法出法，在艺术创造中转化为"圆转自如，圆里带方""飘柔潇洒，柔中寓刚""巧而不纤，娇娆而不俗"的审美格调，功力端稳而约束不了天然的灵秀之气，使得一种"严肃艺术"，获得新鲜活泼的人生感，使得一种"高雅艺术"踩着土地，渗透着人性的温暖与天真。笔墨游动，如指在弦上，恰到是处，引人聆听。

人类新世纪即将到来，这是一个"综合的时代"的开端。综合的才能、综合的个性品质、综合的修养，对于催化新时代新文化艺术的发展是极其可贵的精神、心灵和素质结构。继承传统，超越传统，综合创新，这是一个趋向21世纪中国和世界的现代型艺术家的深层标志。他将离开20世纪初叶先驱者对中国画的忧思、痛苦的呼声渐远；他正在跨向东方曙光反射着的新世纪门槛。

▍与时代同行
——杨之光简论

梁 江

　　1948年，18岁的杨之光进入广州市立艺专西画科学习。接着，他在辗转求学中遇见了影响其一生的两位老师——高剑父和徐悲鸿。作为一个与新中国同行的甚具代表性的人物画家，杨之光成就斐然。而今，杨之光已到耄耋之年，从艺经历也已超过60载。正如李伟铭先生所说，他是我们叙述二十世纪中国绘画史必然要提到的那一类艺术家。

　　换句话说，杨之光以及他的艺术，已成为当代中国艺术史一个绕不过去的学术文本。事实上，多年来他都在评论界和新闻媒体关注的视野之内，有关杨之光的不同角度的论评已经林林总总。而我以为，对于研究杨之光，对于释读他的艺术特色和风格要素，最直接最有帮助的资料无过于他的自白。

　　2004年，岭南美术出版社印行了来自收藏界藏品的《杨之光》画集。杨之光为此书写了一份简明而重要的《自序》，其中说：

　　"我从中央美院毕业至今已有50余载。虽然在中央美院学的是绘画专业，素描、油画、水彩、版画、雕塑、白描等无所不学，但从小接触美术的启蒙应是中国传统书法与水墨花鸟、山水，并下了相当的功夫。这早期的中国画基础与后期在中央美院的西画基础，形成了我日后的画风。

　　"影响我的老师包括书法家李健及徐悲鸿、高剑父老师。使我受益最深有两点：一是始终面向生活，二是创新角度。我的画不论是人物、花卉、山水都从不放弃在生活中写生。

　　"我的座右铭是：'借鉴古洋寻我法，平生最忌食残羹'。

　　"我十分尊敬我的老师高剑父、徐悲鸿，但我不会去步他们的后尘。有人问我是属于徐悲鸿的学院派还是高剑父的岭南画派？我说：我只做'杨之光派'。

　　"近些年我重点尝试用传统的书法用笔及没骨花鸟画技法来画人物。我的水墨人物画中体现的是我综合的基础，包括造型、水彩、书法、没骨花鸟画等功底，形成了我个人的画风。"

　　这几段话要言不繁，既阐述了自己的从艺经历、知识结构、艺术主张，也谈到了他的创作方式、技法要素、风格特征，还说到了他近年所致力的新探索。这样，便给我们深入、准确地释读杨之光的艺术提供了难得的参照。

　　杨之光是随着新中国一同成长的第一代新人物画家。自上个世纪50年代初崭露头角，数十年来致力于新人物画的开拓和推进。而他更以一种创新悍将的气势，激励和鼓舞了无数的观众和青年画家。

　　而今，我们回顾他几十年不凡的艺术之旅，有几点是特别值得关注的。

　　一、生活与题材。对于艺术创作，杨之光有着一以贯之的明确态度。他在面对电视、报纸等各种媒体记者访问时多次说到："我一直关注现实题材，感情的根和艺术的触角始终扎在祖国这一片热土之上，我的作品是与时代同步的。"

　　这是他的坐言起行。1954年春，杨之光四易其稿，创作了《一辈子第一回》，参加了第一届全国美术作品展览，这是杨之光进入人物画坛打响的第一炮。《一辈子第一回》着力刻画了老大娘"刚领到选民证时脸上和双手激动的心情"，画面简洁而质朴，由内容到形式都至为吻合那样一个时代的特征。其后，新中国每一重要阶段的历史行进，杨之光的作品中都有直接的体现。1958年的《雪夜送饭》，以一个富于人情味的普通镜头描绘了大跃进时代的生活。之后，他有一系列深入社会一线写生所得的工农兵题材作品。70年代初有《矿山新兵》，接着是《难忘的岁月》、《红日照征途》和《激扬文字》等重要作品。这既是视觉艺术作品，又是一个时代的载体，其中蕴含着一段逝去历史的重要而丰富的信息，其功用绝非其他记录手段所能替代。

一个很好的例子是《矿山新兵》。杨之光曾说："我始终追求生活中的美。所以我想应该表现乐观的，像朝阳一样的，阳光灿烂的场面，引导人们积极向上，奋发图强。就像《矿山新兵》的女青年那样，对未来充满了希望。"他甚至主动说到一般人所避讳的"政治性"："我的画有很多是政治性比较强的，可是我觉得艺术不是政治的图解，政治体现在生活里头，体现在我们很平凡的日常生活里头。"

显然，他的艺术理想是坚定的。那种积极、向上、健康、灿烂，有如朝阳一样让人感到美好的东西，又岂可因"政治"二字一概简单地抹去呢？

与时代同行，反映现实生活，一直贯穿于他的艺术追求中，这是他几十年艺术创造的主线，也是杨之光在艺术创造上信守不渝的基本理念。他恪守着现实主义艺术的原则，表现出强烈的社会责任感和文化使命感。由于从题材、内容、心理情怀到语言形式均紧扣中国社会发展前行的现实走向，他的创作具有鲜明的时代气息，其作品也因而能在变革与创新中展现出个性风貌。

二、中法与西法。正如杨之光说过的那样，他的知识是综合的，技能是多样的。在徐悲鸿、蒋兆和、叶浅予等大家云集的中央美院，素描、油画、水彩、版画、雕塑、白描等技艺无所不学。而启蒙和从小下工夫的则是中国传统的书法与水墨花鸟、山水等。得之于李健、高剑父的笔墨技法和诗书画印知识，得之于徐悲鸿学派的写实观念与素描、水彩、造型技巧在杨之光身上不仅不生牴牾，反而相得益彰。中国传统艺术基础与中央美院"从头学起"的西画基础，成了他日后创造的坚实依托。

他对自己有清晰的定位："我的主要观点是通过我的作品来体现的"。确实，《雪夜送饭》隐含着他娴熟的水彩画元素，《矿山新兵》使用了从未之见的逆光手法，《浴日图》以花鸟画的大写意笔法画人物。类似作品在题材和意境突破的同时，在技法语言上也有明显的的突破。

在长期的教学中，他要求学生必须以摹写、写生、速写、默写的"四写"能力为基础。艺术没有固定的模式，但万变不离其宗，造型能力是首要的。有了纯熟的笔墨造型能力，下笔才能胸有成竹，才能准确造型和刻画精神特征，才能充分表达艺术意韵与发挥笔墨符号的感染力。由此，杨之光在中法与西法的不同体系中找到了一个契合点。

"形神兼备"本是中国人物绘画的一贯传统，而在他的作品中，除了做到"形神"的统一，还把"意"与"趣"溶汇。可以说，"形""神""意""趣"四字，是杨之光新人物画的魅力所在，是他在艺术上的最大特色，也是他"借鉴古洋寻我法"对当代人物画发展的贡献所在。

三、光影与色彩。熟知杨之光的理论界前辈迟轲先生曾有这样的分析："程十发走的是民间艺术装饰化的路子，黄胄基本上是从速写发展过来的。而杨之光的特长是引进了西方的光和色。"

看杨之光的画，不难发现其中一种不加掩饰的"水彩味"，在用色、用墨方面常呈现出一种别人所无的光感和透明感。晚年的没骨人物画，更可说一半是水彩一半是国画笔墨。1953年7月，杨之光毕业于中央美术学院，来到武汉的中南美术专科学校，任教素描、中国画和水彩，还是水彩教研组组长。他在水彩画方面有长期积累的素养，因而有可能自辟蹊径，将中国书法及水墨的笔法与西洋光色造型手段整合，使之成为一种新的，超越既往人物画笔墨技法体系的新画风。

在50年代，曾有人批评杨之光是用国画画水彩。而他的态度也很出人意料："其实我真的是用国画画水彩，我当时就是想这样去改变传统的。"

四、有骨与没骨。在新人物画创作这个队列里，杨之光是最少程式化，最丰富多变的。他经年累月写生，坚持面向生活，从大量生动的人物素材中提炼出艺术形象。为表现不同人物的形貌、性格、气质、生活经历和精神特征，他总是想方设法寻找最适合的表达形式，从不屑使用那种以不变应万变的程式化手法。

如何在实践上使传统的线条表现体系与西方的写实造型手法得以整合，成为一种创新性的中国人物画语言形式，对任何人来说，都是一个具有极大难度和风险的课题。而杨之光似乎天性中便有直面挑战的基因。到了晚年，杨之光更不拘一格，把传统花鸟画的没骨写意法与西画光影明暗造型技法熔铸一体，创作出一系列别具特色的没骨写意人物画。这种没骨写意画法有素描、水彩、书法的影子，同时具有令人信服的笔墨韵味。它已达到一种炉火纯青的，不易企及的境界。

这是一个与时代同行的艺术家。杨之光曾说："我这一辈子都在找难题，每张作品都在寻找闪光点"。因为这样不懈的追求，杨之光的人生是和闪光的艺术连在一起的。

2009年7月19日于北京

（作者系中国美术馆副馆长、中国艺术研究院美术研究所所长、博士生导师）

▎一个时代的审美

——杨之光艺术的典型特征

卢 缓

近代以来的中国人物画发展，是中国画领域中较早面临现代转型的课题。一方面，自晚清以降的传统人物画中的艺术趣味，很快地在沿海开埠之后华洋杂处的市井风貌中渐渐脱离了时代的需要；另一方面，西画东渐所带来的在表现方式、审美趣味与创作观念上的变革，较早地为人物画创作所呼应。这其中既有人物画与写真术的交织所带来的思维方式的便利，也是相对于山水、花鸟而言，人物画更加社会性、对象性与表现性的功能使然。可以说，一是原有传统的式微与内源性的变革动力的逐渐枯竭，二是西洋绘画的砥砺与激扬的社会现实对于艺术家的现实感与使命感的召唤，从帝王将相、才子佳人到身边的名人与凡人，从传统的"成教化、助人伦"到为新中国的社会主义建设写真，中国人物画率先走进了从表现主题、创作观念到形式语言的转变道路。杨之光的艺术道路，就诞生于这样的大背景之中。

从传统的美术史脉络而言，杨之光无疑是岭南画派的艺术家，然而，我们却不宜以一种贴标签的方式将杨之光的绘画艺术归到一种针对岭南画派的叙述范式中去，这必然会导向一个由"中西融合"概念统摄下的大而无当的文本逻辑。同时，需要指出的是，在岭南画派的人物画传统中，并不能包容催生出杨之光这种绘画样式的所有元素，反之杨之光的创作样式与典型风貌，却开拓了这一画派范畴中的一个新的传派，在我们寻找一种类型学意义上的岭南画派地域共性的同时，也丰富了审美维度上的岭南画派人物画的视觉特征，这正是由杨之光开拓和完成的。

作为新中国培养出的第一代人物画家，杨之光身处中国画集体转型的大潮之中，而且还经历了广东、上海、北京三地的游学经历与高剑父、徐悲鸿南北传派的相继濡染，因此，在他的绘画中，时代性因素要强于地域性因素，而艺术语言与表现形式上的时代要求又强于某一个具体的师承所带来的风格化特征的影响。事实上，这一时期诞生了一批能进入美术史的人物画家，包括杨之光、方增先、刘文西、黄胄等等，他们之所以一直被相提并论，除了已经逐渐形成定论的艺术成就之外，就是在他们身上都有着这样的双重影响的共同作用。他们的艺术价值，正是在所有年老的、年轻的、成名的、新生代的中国画家都必须共同面对的一种崭新的创作转向时，以一种真实的时代热忱与特殊的艺术敏感，开创了一种国画的视觉特征与创作特性，以及与时代化的表现领域相结合的新范式。他们的艺术语言各有不同，所汲取的传统类型各有千秋，但是其所开创的艺术范式，一方面逐渐消解、转化了笔墨加素描、彩墨代国画所带来的中国画的主体性危机；另一方面又摆脱了以画院为中心的成名的人物画家所不可避免的笔墨习性与造型能力的弱项，走出了一条既有着中国画自觉，又不固守传统立场，既注重笔墨锻炼，又强调贴近生活、表现生活，从学院诞生，影响至今的"正统"中国人物画的发展道路。

这样的人物画系统，在创作观念上具体表现为"遥接传统""贴近现实"。所谓"遥接传统"，是指在艺术思想、笔墨语言上汲取传统国画的养分，以一种现代人的眼光去截取传统绘画理论与笔墨运用中的创造性元素，而不是整个地对接传统国画的评价标准与表述体系。无论是近古的传统抑或是高古的传统，对于这一传派而言，往往是借鉴的素材，而不是师法的源头。"贴近生活"则表现为注重写生、注重视觉对象的表现，新中国成立以来的中国画学院传统，突出的一条便是恢复了对于写生的重视。这一方面是对于文人画趣味的反动，也是教育学院化、体系化之后艺术创作观念里中西杂糅的产物，在人物画领域贯彻得最为彻底。

　　杨之光早期的绘画创作，开始于1950年代初。这一时期的人物画创作，主要投入到表现社会主义建设的宏大场景中去。其主要内容是深入基层、深入生活的写生作品，表现题材也主要是热情地投入到劳动建设中的广大人民。当我们回顾这一时期的人物画创作，可以认为它主要是一个宏观层面上的写实主义要求与国画创作语言相结合的时期。徐悲鸿、蒋兆和式的人物画创作经验被各个领域推广，并且被不同程度地接受与转化。之所以称之为创作经验，是因为作为一种范式被推广的人物画创作标准，其主要特色是一种西方化的写实要求与形象塑造同表现了正确人物立场与精神气质的内涵塑造相统一。在这一塑造过程中，对于形式语言的个性化展现其实正潜伏其中。对于毛笔书写的素描线条与明暗肌理的造型方法吸收与转化的过程中，艺术家的个性正在悄悄萌芽。杨之光早期的作品，尤其是在一些教学作品、人像、肖像中，还保留了较为浓重的徐悲鸿传派的审美趣味，注重形象塑造和结构造型，对于笔性的自由运用与笔墨语言的自觉尚不明显，而在对于笔墨再现生活的准确性和复杂性上倾注了较大的精力，这其实是与当时整个中国画的发展趋势有关。艺术家在1954年创作的大型历史题材作品，用国画技法临摹列宾的名作《萨布罗什人》可以视为这种倾向的集大成者。

　　之后的一段时间内，在政治文艺领域"双百"方针的指引下，整个艺术界全盘苏化的艺术倾向有所松动，在写实主义的先锋——油画领域展开"民族化"讨论的同时，在国画领域的创作风格转向也悄然展开。这其实契合了杨之光他们这一代人在艺术创作逐渐成熟的过程中，对于人物画创作中的笔墨语言与艺术表现力的自觉探索。今天为人们所津津乐道的那一批在全国范围内风格各异的"新人物画"创作便是在这一时期内逐步成型的。这时期，杨之光深入基层、山区和少数民族地区，创作了一批相关题材的作品。从共性的层面来说，对于农民、少数民族同胞题材的创作，不仅是当时客观的外部环境的需要，也是在保留人物画创作的写实要求的同时，对笔墨特性、尤其是笔性问题表现比较充分的一个门类。而不同地域、不同风格的这类题材的人物作品，为人物创作中的风格多样性提供了一个平台。从个性层面上看，杨之光在这个过程中，逐步形成了他在质感淋漓、浓淡相宜、随形赋色、因光造影的个性风格。这个风格显然是艺术家在面临转化徐悲鸿传派的素描加笔墨的艺术样式时，自觉不自觉地杂糅、吸收了岭南画派的没骨设色、撞粉撞水的技法特点，并转移到人物画领域的结果。他逐步改变了以往的写实人物画以墨色塑造形体、结构，继而随类赋彩的"墨色分离"的方法，而是以色合墨，在以淡墨勾勒之后，塑形赋彩同步完成。与此同时，不同于以往传统国画，尤其是写真中呆板、僵硬的没骨法的造型方法，接受了西方造型训练的杨之光，在人物塑造中注重对于光感的把握。这里的光感不是指表现光影明暗的效果，而是在漫射光线与水汽的萦绕下面庞与皮肤的光泽与质感。这一类风格的典型作品，便是1970年代初的大型命题创作《矿山新兵》。

《矿山新兵》作品中，艺术家摆脱了对于矿业工人真实的工作状态的写真，而是以一种浪漫主义的姿态，表现了一个充满了青春活力与生命美感、昂扬向上而又单纯明快的矿场女工的形象。她既有着前消费主义时代所特有的单纯质朴，又没有陷入脸谱化的象征主义窠臼，浸淫在晨光薄露中的年轻脸庞，特别是约微泛射出光泽的肌肤，显示出一种外光画派的趣味，甚至透露出一丝唯美的倾向。整体的艺术语言的把握，包括近景的地域性景物的描绘，又显示出明晰的中国画意味。当时这件作品，尤其是主旋律命题创作中，是主题要求与创作个性结合得较好的一件代表作品，不但满足了广大观众的价值判断与作品本身的创作意图，而且突破了大众的审美预期，提供了一件既出乎意料之外，又合乎情理之中的好作品。

进入1980年代，经历了一个极端压抑艺术个性的时代之后，杨之光的创作进入了更潇洒自由的一个时期。他同许多有着相似经历的艺术家一样，创作了更多表现民族、舞蹈等题材的作品，这可以看作是对于一种久违的审美需求的呼应，也不排除是一种对于长期主题性题材的倦怠。在这一时期之后的创作中，艺术家在自己的艺术版图之内，不同目的、题材之间的艺术趣味的多样性日益明显。一方面，在主题性的作品中，一种周游于意义传达与功能性诉求之间的艺术个性在他日益成熟的画面把握能力中继续不时闪烁出一些灵光；另一方面，在更带有习作与自由创作意味的作品中，艺术家的用笔更加奔放自由、随意恣肆，颜色与笔触的表现力更加强烈而明快，在色块堆叠过程中的形体塑造、质感把握与空间关系更加简练与老辣，而在舞蹈系列等富有动感的作品中，笔墨本身的表现力也得到彰显。

作为一位已经在中国美术史上取得历史地位的艺术家，杨之光的艺术道路，代表了一条继承了中国画的形式语言，同时又接受了西方化的学院训练与知识结构；既遥接传统，同时又贴近生活；以表现生活为先，同时关注生活表现力、画面表现力与笔墨表现力的"正统"中国人物画的发展道路。这一谱系，影响了新中国成立后数十年的中国画教育和创作的基本面貌。杨之光的艺术风格，则代表了一种构建在时代性的审美趣味基础上的，以民族性的艺术语言为根基，以一种个人化的天赋为依托的，带有开拓意义的艺术个性。这种开拓意义意味着它不仅仅是一种个人化的艺术面貌的确立，而且还是一种整体意义上的"道统"转变的组成部分。对于其作品的表述，既不能完全延续中国画里品鉴式的话语体系，以及依托中国画论知识结构与笔墨概念等专业术语的表述模式；也不能完全沿用构图、造型、笔触与色感等一套西化的绘画艺术评述逻辑。这种杂糅与交织，对于新中国成立后"正统化"的中国画体系而言，无疑是具有象征意义的。在今天中国画的主体性危机更加凸显，尤其是人物画面临着主题性的表现压力与艺术性的创新压力的双重要求，体系内部的发展动力日益枯竭的当下，艺术家本人对于艺术表现生活的深刻理解，对于人物画创作内涵的把握，特别是在人物画创作必然经历的主题性作品中自由地驾驭画面，抒发艺术个性的能力，无疑值得后辈认真借鉴与思考。

一个时代的审美，在弹指之间已经镌刻于中国美术史上，更烙印在那个时代所映射下的所有判断和经验之中……

（作者系上海美术馆策展人、研究人员，中国美术学院博士）

▌ 论杨之光

李伟铭

今年10月，已经从广州美术学院副院长任上退休5年的杨之光决定在北京中国美术馆举办他的作品回顾展。这一事件表明：就杨之光来说，他终于获得了足够的距离感对自己走过的艺术道路进行冷静的审察；作为观众，我们通过这个展览则有可能更为直接地进入杨之光的世界，从中发现一些更为具体和更为引人入胜的问题，从而使我们关于20世纪中国绘画的历史和前景的思考，变得更为充实和更为生气勃勃。

笔者在数年前发表的一篇短文中提到的下述观点没有改变：不管用什么标准来衡量杨之光的艺术成就，杨之光肯定是我们在叙述20世纪中国绘画史的时候必然要提到的那一类艺术家；杨之光所有的作品，包括促成这些作品产生和流播的社会文化机制，是我们重新检讨20世纪中国绘画特别是"新人物画"的业绩的时候，必然要穿过的屏障[1]。

这个立场，也正是本文的出发点。笔者特别注意到，在许多场合，杨之光多次提到在他的艺术生涯中具有决定性指导意义的两位老师：一位是高剑父，另一位则是徐悲鸿。杨之光的活动年表也告诉我们：40年代末期，他在上海完成中学教育之后，即凭书法教师李健先生的介绍函南下广州拜高剑父为师；50年代初期，经颜文樑先生推荐，杨之光又北上进入中央美术学院。在徐鸿先生主持的这所学校完成了大学本科学业。杨之光在筹备回顾展期间所写的一份回忆录中，再次肯定了来自

---

[1] 《杨之光的意味》，载《当代杰出画家丛书·杨之光》，台北国风出版社1993年版。

高、徐两位先生的感召力。笔者认为，所有这一切已经足以证明，正像他这一辈人中的许多艺术家一样，杨之光对老师的教诲始终持有虔诚的敬意，这种敬意固然合乎传统的道德义旨，同时，也未始没有以其特殊的方式，描述了某种观念和知识承传转合的脉络与轨迹。

关于高剑父和徐悲鸿的异同、他们之间的接触以及他们在过去和当代中国的命运，我在另一个地方已作详细讨论[1]；在这里可以约略提到的是，就高、徐共同信守的画学变革观念而言，前者似乎更适合称之为"得风气之先"的先驱。徐悲鸿在30年代初期也曾提到，在民初进入康氏的圈子以前，他经常到高氏兄弟主持的审美书馆观画，他的天才早慧的才华，在此期间曾得到高氏兄弟的首肯和鼓舞[2]。由此不难推测，高氏兄弟通过《真相画报》揭载的那些在今天看来不无粗浅的中西美术知识包括他们在写实主义的语言结构框架中试图调和中西画法的实验之作，曾给徐氏留下了深刻的印象。因此，徐氏在稍后赴日期间获得的对近代日本绘画的观感，与高氏兄弟并无二致，也就不足为怪了。换言之，表面上看来，徐氏早年提出的中国画改良方案，只是直接来自康氏关于同一问题的观点的转述；但是，我们至少必须承认，高氏兄弟在这里早已起到了重要的"引介"作用。徐氏后来到欧洲学习，甚至也完全可以视为对高氏兄弟尤其是高剑父一直渴望但由于种种原因的凑合而无法实现的理想的补偿。

这样说，当然并非旨在高、徐之间辨明中国画改良方案"发明权"的归属。笔者只是想强调，无论是徐氏还是高氏，他们关于中国画的变革观念，从学理上来看当源自晚清新学尤其是康氏的折衷主义文化哲学的启发。进而言之，在调和中西的思想模式中强调"写实"绘画语言的结构功能，强调绘画必须在介入现实社会变革的主流中发挥开启民智、推动历史进化的作用……所有这一切，无论是在近代经学还是近代文学的流变中，都能够找到它各种各样的原始思想版本。

特别应该引起注意的是，在传统的文化谱系中，"重道轻艺"是一种积久成习的价值观念，这种价值观念不仅指导了传统的文化分工，而

---

① 《二高研究》（20世纪中国画家研究丛书），天津杨柳青出版社，待出。
② 《悲鸿自述》，载《良友》第46期，1930年，上海。

且在绘画领域培养出一种令人尴尬的自卑心态。因此，直到今天，用哲学或文学的抽象概念来栓释绘画或者说绘画主动攀附哲学或文学，仍然是一种屡试不爽的时髦①。从这一背景中我们不难看到，清末民初，包括高氏兄弟以及徐氏在内，在一种宽泛的意义上被称之为"折衷派"的"新派画"，其试图调和中西的语言结构，未始不是出现在中国沿海城区各种各样的报刊杂志上的那种文白中西来缠的"新文体"另一种形式的"临仿品"；它在力求"描摹善状"这一点上所体现的"务实"的功能倾向，确乎鲜明地显现了清学崇实绌虚、尤其是晚清新学亟求"经世致用"的思想资源的影响②。

当然，明确地把学习西方写实绘画以变革中国画作为一个方案，并以文本的形式公诸于世者，首先还是康有为和陈独秀。③有趣的是，在许多康、陈的当代评论者看来，康、陈是造成近百年特别是50年代以来写实主义绘画在中国美术界"横霸天下"的局面的始作俑者，他们之贬损文人写意画和对写实绘画狂热的向往，完全源自他们对传统画学精义的无知。这种明快的判断，正像我们所看到的，也经常被引用到高剑父和徐悲鸿的评论中，并理所当然地被当作评判他们艺术成就高低的重要标准。事实是否如此，容当别论，但有必要指出的是，对本世纪前期如康、陈这一类的思想家的传统知识涵量的估计，最好持谨慎的态度；而且，康、陈持论义旨是否相同，尤需加以认真的讨论。

毫无疑问，陈独秀是站在科学、民主的立场来提出"美术革命"这一命题的。因为众所周知，陈氏的美术革命论，乃是文学革命论的延伸；而正如他的盟友胡适所说，白话文之取代文言文，只是一种已然存在的传统在新的文化情境中的激活④，相比之下，显然在陈氏看来，在绘

① 中国历代不少著名画家乐于声明画为诗余、书余，当为一证。

② 关于这一点，可参阅拙文《写实主义的思想资源——以岭南高氏早期画学为中心》，潘天寿基金会丛书《20世纪中国画——"传统的延续与演进"国际学术讨论会论文集》，浙江人民出版社1997年版。

③ 康有为《万木草堂藏画目》（《康有为先生墨迹丛刊》<二>，中州书画社1983年版）；陈独秀《美术革命——致吕澂》，《新青年》第六卷第一号，1918年1月。

④ 胡适《白话文学史·引子》，岳麓书社1985年版。

画领域，中国没有这种值得自豪的伟大传统；为了使这种来自域外的根苗在中国长成参天大树，就必须在被传统的毒素污染的土地上清理出一片干净的地盘——打倒近世画学正统主义崇拜的偶像——从元四家到四王的传统。这也就是说，陈氏之提倡引进洋画科学的写实精神，在他看来乃是消除科学、民主的障碍的有效手段，关注个人价值和使人的创造性潜能得到自由的发挥，才是美术革命的真正目的。当然，这也正是陈独秀在严厉谴责四王的祸害的同时，充分肯定了扬州八怪"自由描写的天才"的理由所在。

我们不会忘记，当康、陈的方案发表之时，康氏作为"过气"的晚清遗老正在重调虚君共和的老调，并不遗余力地倡言捧孔教为国教；陈氏作为激进的自由主义思想家，则把打倒孔家店当作科学、民主扫清道路的头等大事。正像在意识形态上把科学、民主看做与孔教的传统无法相容的现代意识一样，陈氏的美术革命论具有强烈的文化整体论色彩。康氏恰好相反，他不但把写实绘画看做是一种已经存在的传统，从而轻而易举地把"合中西而为画学新纪元的理想纳入"以复古为更新"的思想框架，而且，在形而下的层次——即"工艺之学"的角度，把调和中西的写实绘画，看做是一种可以直接丰富日常器用生产的物质力量，进而顺理成章地呼应了他在早些时候提出的"物质救国"的主张[1]。

显而易见，在康、陈表面上看来似乎完全相同的变革方案中，实际上存在着完全不同的价值设定和逻辑结构。高剑父和徐悲鸿究竟在多大程度上认同于陈氏的方案，迄今为止仍然是一个缺乏充分研究的问题。不过，综合高、徐的思想，很容易得出一个结论，高、徐在文化建设中绝对不能归属于陈独秀这一类全盘性反传统主义者的行列。暂置康氏提案中的物性功利意识勿论，较之陈氏推举白话为文学正宗时那种毅然决然"不容反对者有讨论余地"的独断[2]，康氏对传统绘画所抱持的足够的谨慎的敬意，无疑更能够获得高、徐这类既不想担当背叛传统的罪名，同时又希望传统在新的文化情境中有所修正的艺术家的认同。

---

① 康有为《物质救国论》，广智书局光绪三十四年版。
② 陈独秀《答胡适书》，载姜义华主编《胡适学术文集——新文学运动》第32页，中华书局1993年版。

当然，从强调绘画的社会教化功能这个角度来看，即使没有文学革命潮流的激荡，高、徐仍然能够直接从康氏的学生梁启超及其盟友无限夸大小说革命的社会政治功用的学说中，获得足够的教益；何况在源远流长的古典画学传统中，"明劝戒、著升沉"之说一直没有中断。如果说，高、徐关于中国画改良的认识有一点与陈氏的美术革命论比较接近的话，那就是，至少在他们看来，在历史新、旧交替之际，倡扬建立在西方透视学和解剖学基础上的写实画法，是克服传统中国画习惯于案头辗转临摹的积习唯一明智的选择。高、徐调和中西画法的具体方法容有差异，他们的艺术观点随着情境的变迁也时有修正，但总的来说，这一基本观念始终未变。当然，高、徐的艺术风格明显有别，但与其说这种差别源自艺术观念的歧异，倒不如说源自知识结构的不同。而且，也许没有什么比高、徐两先生给予杨之光的入学训示①，更能够反映他们的知识结构特点：高氏在传统的画法体系中获得了更多的传统笔墨的训练，

---

① 高氏以文人画笔意写兰、以折衷法画南瓜为杨氏示范，同时又借给杨氏《景年花鸟画谱》及《梅岭画谱》，要他从勾勒临摹入手；徐氏则一开始就告诉杨，收起过去的习作，从零——从三角、圆球石有素描学起。参阅《平生最忌食残羹——杨之光回忆录》（岭南画学丛书编委会编《杨之光四年回顾文集》第111—115页，岭南美术出版社1995年版）。按，《景年花鸟画谱》初版于明治二十四年（1891年），作者今尾景年（1845—1924年），日本画家，早年曾从浮世绘师梅川东居学画，后来师事铃木百年，明治十三年开始在京都府画学校担任教职。其人擅长花鸟写生，画风流丽、优美，作品曾在罗马万国博览会以及国内多种重要美术展览会中获奖。明治三十七年被聘为帝室技艺员，文展开设后被聘为审查员。他的学生中也人才济济，如木岛樱谷和上田万秋。高剑父的弟弟高奇峰和高剑僧那些以"鹿"为取材的作品，即大多以樱谷同类题材作品为蓝本。在台北敦煌艺术股份有限公司1990年版《高剑父写生稿》中，可以者到多件临仿《景年花鸟画谱》之作。除了《景年花鸟画谱》，今尾景年还有《景年习画帖》和《养斋画谱》行世。《梅岭画谱·花鸟部》第一辑初版于明治十九年，作者幸野梅岭（1844—1895年），日本圆山、四条派著名画家，是日本第一所公立绘画学校"京都府画学校"的倡建者。他的学生很多，著名者如菊池芳文、竹内栖凤、都路华香、谷口香峤、上村松园等等，都是当年京都画坛出类拔萃的人物，高氏兄弟深受梅岭一系的画风影响，此不赘。

其"调和中西"，始终难以消除近代日本绘画中的京都情结①；徐氏在西方接受了系统扎实的学院派训练，其调和中西画法的知识支点，主要是西方的古典写实主义原则，因之，后者具有更为强烈的理性自觉。

严格来说，杨之光在高氏门下度过的时光（1948年冬—1949年夏），只是其学生生涯中的一个短小插曲，作为一个人物画画家，他的写实造型基本能力，主要得自徐氏的圈子的调教。而高氏较之徐氏精严的学者风度可能更为开放的实验精神，则显然给杨氏留下了更为深刻的印象。因此，尽管杨氏在中央美院学习期间，传统画法的练习只有白描一科，但如何使传统的线条风格与西方的写实造型语汇在一种新的语言结构中获得整合，从追踵高剑父那一天开始，对他来说就是一个具有巨大魅力的课题。

应该承认，高、徐努力的成效，已经以不同的方式，为杨之光提供了丰富的经验。但是高氏实验的范围主要在花鸟画，其"折衷中西"在晚年已呈现了向传统复归的倾向；即使是徐氏这位在他的同辈人中具有无可非议的高度的写实造型能力的大师，他在解决"调和中西"的难题时，也仍然没有达到水乳交融的境界——尤其是表现在写实人物画方面，始终难以超越顾此失彼的两难状态（最能够体现这种尴尬状态的证例可能是他作于1949年的那件《在世界和平大会上听到南京解放》的水墨着色画）。倒是在徐氏的追踵者蒋兆和那里，悲天悯人的中国情怀和冷峻的社会批判意识，有效地冲淡了在调和以线求形的水墨风格和素描的明暗体积结构的实验中所出现的不无生硬、粗糙之感。杨之光完成于50年代初期的成名作《一辈子第一回》（中国美术馆藏）表明，他最初努力的成效，主要就是得自蒋氏的经验模式的启发。

不言而喻，在中国画学的变革中，"调和中西"不仅仅是一个技术问题，更重要的是一个文化认同问题。耐人寻味的是，除了吴冠中先生（吴氏近年有一个引人注目的论点：笔墨等于零）。②几乎所有介入这

---

① 拙文《高剑父、黎雄才艺术异同论——兼论近代日本画对岭南画派的影响》，载《中国绘画研究论文集》第802—826页，上海书画出版社1992年版。

② 万青力《关于笔墨等于零的论争——致刘骁纯博士的一封信》，载《画家与画史》第89—91页，中国美术学院出版社1997年版。

场旷日持久的实验与论战的艺术家包括他们的评论者，都认为"笔墨"是中国画之所以为中国画的灵魂，所谓"底线"之说，俨然为中国画艺术最后一道防线上的堡垒。笔墨决定论，可以在所有的传统文人画理论中找到它的根源；但把"笔墨"与以素描为基础的西方造型体系对立起来，并赋予它以至高无上的精神特质，毕竟是本世纪的事。在这里，我们无疑很容易想到在第一次世界大战以后，波及世界的西方精神危机以及在思想文化领域大为流行的精神、物质二分法，甚至可以想到晚清盛极一时的"中体西用"论。按照一种流行的说法——东方文化是精神文化，西方文化是物性文化。在这一泾渭分明的文化界定中，西方写实画法被认为只能尽物之性而无法充分自由地抒人之情；传统的写意笔墨语汇作为独立自存的表现体系，不但具有超乎形骸之上的审美价值，而且，作为东方文化的载体，本身就是东方精神文明的象征。东方精神文明优胜论不但可以在印象派以后部分西方画家不同程度地接受了东方的线条风格的影响这一事实中找到论据，而且也能够在下述传说中获得证验：20世纪初叶，不少留学西洋的中国画家，据说曾被他们的西方老师告知：真正的艺术在中国①。

显然，无论是高剑父、徐悲鸿这一类折衷主义者，还是决心捍卫传统的纯洁性的传统派艺术家，他们都深深地受到了战后这一思想的感染。高剑父于30年代初在印度写生并与著名的亚洲精神主义者泰戈尔会面的时候，就曾经充满信心地指出，西方世界要在被其野蛮的物性文化摧毁的废墟上重建他们的精神家园就必须虔诚地接受东方精神文明的洗礼②。因此，完全可以这样说，20年代以来，在中西绘画的比较分析中频于使用的"写意"与"写实"、"表现"与"再现"、"主观"与"客观"、"抽象"与"具象"等等成对概念，都根植于这一思想背景，正是在这里，"重道轻艺"的传统价值观，再次显示了它顽强的生命活力。不言而喻，从逻辑上来说，既然老庄的虚静无为和崇尚自然在文化心理上可以为抗击西方理性主义的挑战提供屡试不爽的有效武器，所谓"笔

---

① 林风眠在欧洲的经历是这方面一个最著名的例子。
② 参阅《高剑父在中印联合美术展览会上的演讲辞》，载《广州市政日报》，1931年6月27日。

墨"在观念上也就具有了自我防守的价值功能。50年代初期，"彩墨画"这一概念的强制流行虽然大有取代原本援引自日文的"国画"一词之势，但毕竟昙花一现。事实证明，折衷主义的文化哲学不仅在过去、在新的文化情境中仍然继续有效，而且，只要其价值功能合乎"两为"方针，就完全有可能在当代中国成为艺术上的"新正统主义"的代表。

关于"新正统主义"的内涵，笔者在论述高剑父的艺术所以生效的政治、文化机制的时候已经有所揭示，这里不拟赘述。我想指出的仅仅是，包括杨之光在内，50年代从美术院校毕业走进画坛的艺术家，不管主观条件如何，实际上他们都在一个被设定的价值结构框架中工作。以杨之光1959年完成的《雪夜送饭》（中国美术馆藏）为例，在这件作品中，使《雪夜送饭》这一特定的情景氛围得到再现的是近乎精确的焦点透视法，但是不难看出，杨氏在使用立轴这一传统的形制时，巧妙地移用了折枝图式的"S"形构图法。据说，这件作品的创作灵感来自杨氏下放劳动中的速写，但是不能否认，为杨之光带来声誉的并不仅仅是他歌颂了人民中国与天地斗的高昂激情，更主要的是，他在蒋兆和之后更进一步证明，写实主义的视觉图式与传统的符号程式并不总是互不相容。相对杨氏的师辈，杨氏包括他的同代人显然较少那种潜在的文化心理障碍，他们是更为讲究实效的一代，他们在生活上彻底的"大众化"，他们那种具有实录性的速写日课，已经有效地缩短了语言与母题之间的技术距离。如果说，50年代，梁黄胄以其迷人的塞北风情开创了把速写自然流畅的笔意引入水墨重彩人物画，从而开拓了现代写实人物画的新天地的话，那么，杨之光包括刘文西、方增先这些习惯被称之为"学院派"的艺术家，则在解决素描与水墨线条风格如何协调的工作中，把他们师辈的成果推进了一大步。

显而易见，作为一个中国画家，在他的同辈人中，杨之光确立他的风格力量的独特条件在于他在水彩画方面长期积累的素养（50年代，他在广州美术学院曾担任了一个时期的水彩画教研组组长）。一般来说，相对素描明确的结构界定而言，水彩与传统水墨画之间的边界距离更为模糊。通览杨之光过去近50年的创作，我们确实很容易看出，杨之光不断地尝试发掘着他这一知识优势的潜力，他在用色、用墨方面特有的透

当代岭南文化名家·杨之光

明感，他之特别倾注于时空氛围的营造（例如《雪夜送饭》），很大程度上得益于"水彩"画某些表现特质的渗透。

除了少数的全盘西化论者，作为中国文化现代化的一种主流倾向，在理论和实践中无论采取哪种方式强调向西方学习，强调"民族化"总是自觉不自觉地被视为同一问题的两个侧面。杨之光当然也不例外，他之迷恋于传统的水墨大写意风格的魅力，在60年代初期的作品《浴日图》（中国美术馆藏）画中得到最为充分的验证。有趣的是，与当今成为时尚的那种尽可能"古典化"的"新文人画"不同，杨氏在强调线条的书法性意味的同时，仍然没有放弃它可能具有的潜在的"写实"特质——为了证明他的试验来自传统画法的启示，他解释过，这里描绘甲板在落日的余辉中闪烁的光影的笔触，就是直接借用了齐白石描绘虾米的那种令人叹为观止的线条笔法。

60年代初期这种成功的试验，被杨氏广泛地延伸到他以后的创作中。杨氏完成于70年代的一些主要作品——例如《矿山新兵》（中国美术馆藏），反复证实了描绘光影效应的西方写实画法在东方的水墨写意画法体系中兼容的可能性——当然，像《矿山新兵》一画中的女性形象几乎吹弹得破的皮肤质感或许有违于"现实主义"的某些界定的嫌疑，但是，这种有益的尝试，无疑大大地强化了调和中西的写实画法更为细腻的再现能力。而显然正是源自这种能力的自信，使杨氏在80年代连续创作了一大批肖像画。其中最引人注目的作品，可能应推《画家蒋兆和》《画家赵少昂》，包括杨氏近年在美国完成的《石鲁像》造像。需要指出的是，所有这些对象都是杨氏特别熟悉的人物，因此，他的写实主义的描绘就不仅仅是表现形体的准确。蒋兆和先生曾用"似我非我"这个传统术语来描述杨氏在肖像画艺术中介入的移情作用；从旁观者的角度来看，《石鲁像》一画确实淋漓尽致地表现了事后对石鲁这位20世纪的悲剧性天才深刻的理解。

杨之光曾经反复强调在运动中把握人物的动态神情和以默记速写的方式训练写实再现的基本功的重要性。这种注重"直接反应"的方式，可能比较接近印象主义的经验在传统的绘画理论中，也不难找到相近的论述。应该承认，拘泥于静止状态的描述以追求对象在空间中的形体结构的精确，是西方古典主义写实画法难于与东方式的直觉把握完美吻合之处；即便是蒋兆和先生，似乎也没有成功地走出这种"先天性"的语言禁锢。50年代初期，徐悲鸿在对杨氏的一件素描作品的批评中，也以另一种方式，大略指出了这一点。因此，"直接反应"的方式可能意味着在折衷主义的写实画法体系中对某种超乎对象之上的精神自由和个人价值的默认。这种潜在的特质，在杨氏90年代那些以舞蹈为母题的作品中已经得到进一步的强调；他的倾向印象感觉的选择，构成了传统的线条风格自由发展的空间。而从某种意义上来说，舞蹈作为一种形体语言在空间中的位移变化本身就具有完整的韵律节奏，它与书法艺术之间的亲和关系，早在杜甫描写"剑器"的名篇中已得到了富于传奇色彩的强调。在这里，杨氏只不过是以绘画的形式，再现了这种东方式的想象力而已。

事实上，来自西方的写实观念不仅被高、徐及他们的追踪者视为一种珍贵的经验，在19世纪末期及本世纪那些习惯被称之为"传统派"的艺术家那里，我们也能够看到这种观念不同程度的微妙影响①。总的来说，后者对这种"西方的挑战"的直接反应是自觉地拿起了"唐宋传统"的武器，把"写生"作为抵消近世 "空摹之格"的负面影响以重新建立与大自然的直接联系的有效方式。因此，无论是在任伯年还是齐白石、潘天寿那里，我们都确实能够看到，他们已经成功地消除了"两点是眼，一划是鸟"的积习；尤其是齐氏的水族草虫写生，仅就写形而言，完全可以与西方的写实画法所达到的精确的再现相提并论。齐氏既然可以在一笔之中完美地再现了一只虾圆活剔透的生命特质，同理，这种传统的没骨画法当然也可以在水墨写实人物画体系中找到它应有的位置。杨氏近年所做的大量的没骨人物画法试验，实质上就是这种假定的确证。不过，与齐氏不同，杨氏倾向于在水彩画法与传统的线条风格之

---

① 我们不应该忽略，像黄宾虹这样的著名的"传统派"。画家在本世纪初时，"欧云墨雨，西化东渐"之际，也居然认为西方写实绘画与"北宗诸画，尤相印合"，希望借助摄影术达到"远法古人、近师造物"的功效。（参阅黄宾虹《真相画报叙》，载《真相画报》第二期，1912年，上海）注意摄影术在中西绘画领域引起的不同反应及其后果，显然有助于加深我们对这一问题的认识。

间寻求适可而止的契合点，他为了强调母题的结构质感，线条的书法性意味必要时也会相应地减弱。这种微妙差别，可能正是致力于在传统的基础上实现语言的创造性转化的艺术家与希望通过调和中西的方式来寻求中国画转型的艺术家深刻的分野之所在。熟悉杨氏的人都知道，"借鉴古洋寻我法，平生最忌食残羹"是杨氏常年挂在画室的座右铭；"酌奇而不失其真，玩华而不坠其实"是杨氏经常乐于使用的自用印。可以肯定，杨氏是在写实主义的立场使用《文心雕龙》中的"真""实"这对概念。在杨氏看来，被感知世界有它独立自存的自在性，尊重或者说忠实于这种自在性，是艺术想象力赖以驰骋的基础，杨氏从来不准备无条件地放纵后者的能量而失去对前者贴切准确的把握。这种对客体宗教般的虔诚，恰好再次显示了高、徐两先生——特别是后者巨大的精神感召力。

近年，杨氏继应美国康州格里菲斯艺术中心（Griffis Art Center）之邀赴美进行为期一年的研究工作后，又经常在欧美之间穿梭参观考察。活动空间范围前所未有的拓展，除了使他获得了充实、校正关于西方传统的绘画知识的机会外，他直接承继于高、徐的中西绘画折衷方案，也在一种新的文化情境中开始了谨慎的调整。在格里菲斯艺术中心，杨氏深深地感受到了与他一起工作的两位分别来自美国和德国的现代派艺术家的魅力。据他说，他在这一期间完成的部分作品就尝试吸纳了西方抽象艺术的某些手法。具体来说，这种尝试改变了杨氏恪守的空间概念。例如在康州完成的重要作品如《傣族蜡条舞》（1990年）、《翻腾的云》（1990年），包括稍后在国内完成的作品如《现代舞印象》（1992年），与此前的代表作比较，事情显然就更加清楚：杨氏在后者的背景中加进了一些在虔诚的写实主义者包括传统的清规戒律的守护者看来也许是毫无道理的涂抹，前景被推入背景甚至在空间的错位变形中产生了结构的迭压，空间的容积感甚至完全被取消了——杨氏的立意很明显，他并非希望观众把母题看做一种可以在生活中获得直接还原的符号，他主要也仅仅是希望这个经过重建的空间结构，有助于在视觉上强化母题引人注目的那种形式美感。正像《翻腾的云》一题所已经作出的诗意的诠释一样，你可以把舞者和道具看做是一片在大气中飘浮的云彩，也可以用一种敏于感受天籁的心智，在与形式和谐的共鸣中，去体验无所不在的大自然的呼吸。

以上分析，只限于一种传统的承传转合的把握，并希望多少涉及到一些艺术风格学的文化心理依据。需要强调指出的是，综合中西绘画的某些经验以追求"写实"画法的再现功能，只是折衷主义文化哲学中的一种价值取向，折衷主义不但容纳了高、徐的变革方案，而且，也涵盖了林风眠一类的艺术家的理论和实践。正像塞尚、马蒂斯之不能见容于徐悲鸿一样，一种理论或一种方案一旦被设定，就不能否认同时具有某种排他性；肯定这种排他性，仅仅意味着我们在共同的文化背景中对学术竞争或风格、价值差异的认同。正是从这意义上，我们把康有为、陈独秀包括陈师曾、黄宾虹关于中国画如何获取发展的动力的不同提议，看做具有互补意义的积极的文化建设纲领。

异质文化之间的交流、融合是一个具有世界意义和巨大魅力的命题。就我们所处的情境来说，在本世纪初叶由那些充满使命感的思想家提出并经许多艺术家从不同的角度、以不同的方式加以实践的中国画变革方案，仍然具有实验意义——高剑父和徐悲鸿包括蒋兆和的接力传承者杨之光的工作也不例外。而正像贡布里希所说："如果每一个艺术家都丝毫不师承前人，都能摸索出一套前无古人、后无来者的再现周围世界的方法，我们就无法研究艺术的发展史。要塑造一个为公众所接受的艺术形象，艺术家必须学习和发展前人的创作手法，正因为如此，才有了所谓的艺术史"，我们注意到，贡布里希在重申他在《艺术与错觉》一书中提出的这个观点时，又接着写道，"革新和变化通常是缓慢进行的，所以我们在研究任何一种风格传统时都能寻根溯源"[1]。毫无疑问，关注现状、展望未来与保持清醒的历史感并不矛盾——我的意思是说，没有任何文化或者某种艺术形态能够完全建立在传统的废墟上。在中国现代绘画史中，"守常"与"求变"是一对耐人寻味的概念；尊重每个人的选择和保持足够的好奇心，是使我们的现代文化建设事业拥有活力的保证。作为"五四"新文化传统的得益者，我们感到自慰的是，从杨之光这里，我们不但能够看到康、梁一代的折衷主义着顾长的背影，而

---

① 《阿佩莱斯的遗产》，范景中编选《艺术与人文科学——贡布里希文选》第204页，浙江摄影出版社1989年版。

且，能够倾听到激进的自由主义思想家陈独秀穿越时空的呼声，关注个人价值。

1995年5月6日于青崖书屋

附记：

本文最初为《杨之光四十年回顾展作品精选（1954—1994）》所作的序，1997年收入广州美术学院中国画系编 "岭南画学丛书"《杨之光集》时略有谓整，这里只更改了个别字句，充实部分注释的内容，其余一仍其旧。关于杨之光的艺术，郎绍君先生和王磺生兄最近均有大文问世，特别是对杨之光1994年以后的创作的论述，补充了拙文的缺漏。拙文再次担当滥竽充数的角色，尚祈读者鉴谅！又，第75页注①提到的《二高研究》迟迟未面世，其中某些章节已以论文的形式发表，关于"新正统主义"的问题，可以参阅笔者刊于《艺术史研究》第一辑的《政治与艺术二位一体的价值模式——二高研究中一个耐人寻味的问题》（中山大学出版社1999年版）；关于康有为与陈独秀的研究，参阅《康有为与陈独秀20世纪中国美术史中的一桩"公案"》（载《美术研究》1997年第3期）。

2000年6月24日午夜于青崖书屋

▌《中国美术馆藏杨之光捐赠作品集》前言

范迪安

　　本画集为杨之光先生捐赠中国美术馆作品而特别编印出版。这些作品得以入藏国家艺术宝库，体现了杨之光先生无私奉献、以艺术造福社会的高尚品格，而这些作品构成的整体面貌，印记了他几十年在艺术创造上不懈探索的步履。

　　杨之光是新中国培养出来的第一代中国画人物画家，他在艺术创造上的最突出特点是紧密联系着中国社会发展的丰富现实，也反映出中国画人物画在新时代的变革与创新。他是一位有强烈社会责任感和振兴民族文化使命感的画家，反映时代、反映现实生活一直是他的艺术追求，也是贯穿他艺术创造的主线。从年轻到晚年，他的艺术理想从未动摇，在他这一代画家群体中，他是坚持现实主义艺术信念最为坚定的一位，他的艺术也因此具有鲜明的时代风格与个性风貌。

　　从学术渊源上看，杨之光的艺术面貌蕴含着他师从现代中国画两种传统的营养。一个是岭南画派：他18岁开始受教于岭南画派大家高剑父并成为其入室弟子，进入写意风格的堂奥。高剑父艺术奔放、浪漫的特点对他年轻的艺术认识可以说有熏陶式的影响，他的艺术感受与情怀于是浸染了岭南画派色泽明丽、气息氤氲的特质。另一个是50年代中国画教育和教学的主导流脉，也即现实主义创作方法：他20岁考入中央美术学院后，得到了徐悲鸿、蒋兆和两位先生的指导，直接师承了中国画人物画中"徐蒋学派"的造型风格，打下了坚实的人物造型基本功，尤其秉承了徐、蒋二位先生的现实主义艺术观，并以其作为自己的艺术信念。这一南一北两个20世纪中国画重要的学术体系的营养都在杨之光的艺术发展中起到作用，并且经过他的努力，产生了相互补益的效果，进而达到融会化合的境界。纵观他的艺术，严谨的写实功力构成了造型的内在骨架，而作品的整体情境，则往往充满岭南画派诗意和浪漫的色彩，因此，他的中国画人物画是写实与写意两种风格的有机统一，在此基调上发展出鲜明的个性。

优秀的艺术创造得自于对生活的热爱和敏感。从青年时代开始，杨之光便以充沛的激情投身火热的时代生活，在现实中捕捉具有社会发展标志的题材，酿化而成具有艺术文化时代象征的主题。早在20世纪50年代，他创作的《一辈子第一回》（1954）、《雪夜送饭》（1959）等作品，就不仅以崭新的视角和动人的形象成为他艺术的成名作，而且也成为"新中国画"成功实践的代表作。由于他的人物画创作基于时代生活的热土，他的作品总是呈现出新颖的境界，其中最典型的莫过于1971年创作的《矿山新兵》——在"文革"摧残着文艺也使他遭受迫害的岁月，他塑造的普通女矿工以清新的形象和蓬勃的生机激动了画坛、感染了人们的心灵，使审美的理想变为生活的光亮。20世纪的中国画史册将永远记载着这样的超越了历史局限的作品。

杨之光的艺术世界是生命的世界，从领袖人物到普通劳动者，他塑造了许许多多鲜活的个体形象，同时赋予形象以鲜明的时代风貌，从而为中国当代人物画留下了可观的视觉文献。这种关切现实和人生的艺术创造，是一种可贵的坚守，它在中国美术所承载的精神重量和指引生活的宽度上，体现出一种真诚的人文理想。

在中国画人物画写意这个体格里，杨之光坚持大量写生，从生动的人物素材中提炼艺术的形象，在表达人物形貌、身份、气质和精神面貌等方面有机统一上做深入研究，形成了娴熟的水墨造型能力，下笔既能准确刻画形象的特征，又能充分发挥笔墨的意韵与感染力。中国绘画传统中的，"形神"兼备，在他的作品中是一种双重体现：既是人物形象，"形"与"神"的统一，又是笔墨语言"形"与"神"的统一，可以说，这种双重的形神统一是杨之光写意人物画的魅力，由此构成了继承传统的当代发展。步入晚年以来，杨之光对"写意"语言的理解更加宽阔，也随着他对西方绘画现代风格的研究和笔墨功力达到的自如境地，在线、墨、色彩的运用上以及画面结构与造型上都更加自由抒发，有机融合，达到灿烂的境界。

中国美术馆荣幸地收藏了杨之光先生不同时期的代表作，又得到他捐赠的大量作品。它们结集于此，当彰显艺术家的贡献，供画坛学人深度研究。我们将精心爱护他的作品，更重要的是，通过广泛的传播，使杨之光的艺术产生积极的影响。

（作者系中国美术馆馆长）

从杨之光看中国文化的学习精神

皮道坚

　　20世纪的中国水墨画艺术是一段革故鼎新、大师迭出的创造历程，与之并行的关于水墨画艺术的不间断的学术争鸣和理论探讨，使这一历程成为中国近现代美术史上十分耐人寻味、发人深思的艺术史和文化史现象。从世纪初的康有为和后来的陈独秀、鲁迅等人为代表的一些知识分子对中国文人画的因循守旧发起猛烈抨击，倡导对中国传统艺术进行彻底革命，主张"合中西而为画学新纪元"（康有为）开始，直到世纪末中国大陆的现代艺术运动"85美术思潮"引进西方现代艺术的观念和手法，大力促进传统水墨艺术的现代转型，这一历程跌宕起伏，波谲云诡。围绕着中国传统水墨艺术的"现代性"和"民族性"问题的无休止的争论，始终交织着关于传统与现代、民族与世界、政治与艺术、现实与想象以及集体与个人、意义与趣味等等关系问题的痛苦而深入的思考。这一历程的推进也始终伴随着其对自身的不断回眸，所有这些都充分体现了20世纪以来中华民族文化复兴的一种难能可贵的自觉精神。这一历程的每一个阶段性变化，全都蕴含着丰富的历史文化内涵。对这些阶段性变化的资料收集、整理和研究无疑是重要的，也许还应该说是刻不容缓的美术史课题。

　　杨之光是新中国培养的第一代中国画画家，他在半个多世纪的水墨人物画艺术实践中，创作了如《一辈子第一回》《雪夜送饭》《浴日图》《难忘的岁月》《矿山新兵》《激扬文字》等铭刻着时代生活鲜明印记的水墨人物画作品。这些作品洋溢着新中国第一代知识分子所特有的忠诚情感和报效热诚，不仅在当时激发了人们的革命情感，鼓舞了人们创造新生活的热情；在今天看来，它们所蕴涵的积极向上的文化理想和超越物质主义的浪漫气质，也依然十分感人。重要的是，杨之光的这些作品，和与他同时代的一些优秀的、有创造力的水墨人物画家创作的，以表现工农兵新生活为题材的作品如：方增先的《粒粒皆辛苦》《说红书》，周昌谷的《两个羊羔》，刘文西的《祖孙四代》等一起，代表了20世纪中国水墨画艺术史上一个有独特的社会、历史和文化内涵，并且是有十分独特艺术面貌的创作阶段。

这一阶段是徐悲鸿、蒋兆和借鉴西方写实绘画的造型手法，将光影、明暗、体积等等"语汇"引入水墨人物画的中西融合之路的延续和拓展，也是新中国建国初期美术界"改造中国画"、提倡"写生"、"走上现实主义的大道"、描绘"中国人民在现实生活斗争中那些高尚的和优美的心灵活动"的直接结果。杨之光是这一创作阶段的杰出代表画家，他创造了一种以率性的墨线勾勒轮廓，只在关键部位略施皴染，辅以类似水彩画法的淡彩的新的水墨人物画法。这一画法生动、自然、清新、明快，又极具真实感。——不只是人物形象真实，也真实地反映了那个时代昂扬向上的志趣和精神，极好地应合了那个时代的审美心理。与"徐、蒋变革"的不同之处在于，杨之光的新画法摆脱了素描加水墨的生硬作风，将西画的写实主义造型观念与手法和传统水墨画的笔墨技巧很好地结合到了一起。他在"打通"与"衔接"上下了大功夫，他的新写实风格的水墨人物画，对中国绘画"重意尚写"的精神传统心领神会、情有独钟。他因此而努力尝试用传统的书法用笔及没骨花鸟画技法来画人物。他在充分发挥笔墨线条的状物写实功能的同时，始终不忘表现线条的书法意味。这一方面得之于他的素描、速写功力，另一方面得之于他的书法与水彩素养。如他所说："我的水墨人物画中体现的是我综合的基础，包括造型、水彩、书法、没骨花鸟画等功底，形成了我个人的画风。"杨之光五六十年代这种成功的尝试，一直延伸到他以后的创作中。应该说杨之光的这一融会贯通，是对徐、蒋开创的中西融合的水墨人物画法的一次有艺术史意义的推进。

我曾在一篇文章中这样写过："徐悲鸿、蒋兆和等人率先走出了一条借鉴西方写实绘画的中西融合之路，将光影、明暗、体积等等语汇引入水墨性表达。这在某种程度上可说是被康有为推为"合中西"之"太祖"的郎世宁画法的延续，其实质是以西洋画语法改造中国画语法。徐、蒋变革拓宽了传统水墨性表达的"能指"范围，然而水墨作为一种表现性而非塑造性媒材，在这种模拟物象表面真实的过程中丧失了自己的根性——水墨性话语的那种不可言说性。"

杨之光的新水墨人物画，沿徐、蒋之路所作的推进，其艺术史意义正在于对这一水墨性话语的不可言说性，也即水墨画的文化根性的寻觅与回归。20世纪的中国水墨画史是一部中国传统绘画现代转型的历史。但在某种意义上也可以说是中国水墨画家向西方绘画学习和从西方绘画"拿来"的历史。我们可以毫不费力地列出一长串向西方绘画学习或自觉不自觉从西方"拿来"的著名的中国水墨画家的名字，徐悲鸿、蒋兆和自不待言，从张大千、刘海粟、傅抱石、林风眠、李可染、关山月到吴冠中、刘国松、谷文达、田黎明、刘庆和、武艺以及90年代的一批实验水墨画家，哪一个没有受过西方艺术的影响？这一学习和引进过程的对象，几乎囊括了西方19世纪以来从现实主义、现代主义到后现代主义的所有流派。20世纪的革新派与传统派的水墨之争，从以金绍城、陈衡恪等为代表的"传统派"对传统艺术满怀信心，对文人画的价值给予充分肯定，反对标新立异和融会西法；到世纪之交的吴冠中与张仃的"笔墨之辩"，几乎所有论争的核心实质，也都正是担心这一水墨画的文化根性会否丢失。杨之光的水墨人物画艺术实践，雄辩地显示了中华文化向异域文化学习的精神以及吸收和消化的能力。当然这一向异域文化学习的精神贯穿着整个20世纪的中国水墨画史，而这种超强的学习、吸收和消化能力正是新世纪中华文化全面复兴的保证。

美国芝加哥大学历史教授艾恺（Guy Salvatore Alitto）在谈到梁漱溟先生时曾说："那时我相当不解，一个人如何可以既是佛家又是儒家？既认同马列思想又赞许基督教？后来终于想通了，这种可以融合多种相互矛盾的思想，正是典型中国传统知识分子的特质。"他还说："依我浅见，先秦诸子虽然路线不同，但他们都共享一个宇宙观，认为宇宙是一体而有机的，天地间的每个成分跟其他成分相互关连，所以在这样的宇宙里，没有绝对的矛盾，只有相对的矛盾。这种宇宙观，经历数千年，仍深植在中国知识分子思想的底层，是以各种不同的思想成分，可以共存在一个人的思想里，运行不悖。"真可谓旁观者清，我想这两段话完全可以作为20世纪中国水墨画史的绝好注脚，而作为这一伟大创造历程的直接参与者，按照艾恺教授的看法，杨之光先生与梁漱溟先生一样，也是一位典型的中国传统知识分子。

创造人物画表现新程式

——略论杨之光先生的艺术探索

鲁 虹

与传统戏曲一样，传统中国画在一千多年的发展过程中，经过一些艺术大师的努力，已经形成了一整套既完美又严格的程式规范。一方面，它与具体的题材内容、表现手法有关；另一方面，它又与特定的价值观、审美观有关。因此，历代艺徒但凡学习中国画，总是先由临摹入手去掌握基本的形式语汇——其中包括笔墨技巧、构图方法与造型原则等等——然后再结合对于现实的感受进行艺术创造。这与西方一些学生通过写生去学习美术的方法完全不同。著名英国艺术史家贡布里希曾经就中国山水画艺徒由学习到创造的过程发表了非常精辟的看法，他说道："中国艺术家不到户外去面对母题画速写，他们竟至用一种参悟和内心专注的奇怪方式学习艺术。这样，不是去研究自然，而是通过研究名家的作品，首先学会'怎样画松树'，'怎样画山石'，'怎样画云彩'。只有在全面掌握这种技巧以后，他们才会游历和凝视自然之美，以便体会山水的意境。他们回家以后，就尝试重新体现那些意境，把他们的松树、山石和云彩的形象组织起来，跟诗人把散步时心中涌现的形象贯穿起来采用的方式十分相象。那些中国大师的雄心是掌握运笔挥墨的功夫，使得自己能够趁着灵感的兴之所至，写下他们观察到的景象。他们常常是在同一卷绢本上写下几行诗，画一幅画。所以中国人认为在画中寻求细节，然后再跟现实世界相比较的作法是很浅薄的。"其实，传统意义上的人物画家由学习到创造的过程与传统山水画家完全一样，只不过他们更注重掌握、学习与人物画有关的艺术符号、题材与手法。这样做的好处是：那些既聪明，又善于变通的艺徒能很快掌握中国画的要领，并进入神圣的艺术殿堂；而坏处是：那些亦步亦趋的艺徒则很容易在许多条条框框的约束下，走上概念化、模式化、重复历史旧作与千人一面的道路。这也是长期以来造成相当多中国画作品缺乏创造性，进而与现实脱节的重要原因之一。近世以降，一些仁人志士从"救国救民"的大前提出发，对传统文化进行了全面深刻的反思与检讨，中国画作为重要组成部分，自然也在此中之列。由于认定"写实"与"科学"同一，所以，康有为、陈独秀等精英人物在"科学救国"的目标下，大胆提出了以西方"写实"观念与手法改造中国画的方案。后经徐悲鸿与蒋兆和等先辈的探索与实践，这一方案逐渐成形，以致影响了一大批人物画家。特别是在解放后，为了服务工农兵与党的各项方针政策，借助政府与教育的巨大力量，写实性中国画——特别是新人物画在相当长的时间内都占有主流与中心的位置。客观地看，写实性中国画的出现，的确使这一传统画种无论在题材内容上，还是在艺术表现上，都有极大的开拓，且人才辈出、新作不断，谱写了中国美术史崭新的篇章。而杨之光先生就是解放后经由中央美术学院按徐悲鸿先生与江丰先生制定的教育方案培养出来的杰出人物画家。与其他同样杰出的人物画家——如黄胄、方增先、刘文西相比，杨之光先生的特点是，自始至终都极力强调将西方写实的方法与传统的线墨体系相结合。本来，以上四大家于上个世纪五六十年代在这一点上并无大的区别，但改革开放以后，则有分道扬镳的趋势，比如黄胄逐渐转向了非人物画的创作，以画墨驴为主；方增先逐渐走出了写生的框架，更偏向洒脱放纵的文人笔墨；刘文西则更加强化写实造型，并更多与传统工笔的作画方式相结合，而且越画越工细，常一线勾到底。稍稍比较一下他在60年代创作的《祖孙四代》与在70年代创作的若干作品，人们并不难体会到这一点。于是，在写意人物画中，坚持走写生与笔墨完美结合之路的，杨之光先生可谓不遗余力、功夫独到、成就斐然。

《中国画人物画技法》是杨之光先生于1979年出版的一本书。在本书的前两个章节中，他既强调了生活与写生的无比重要性，也强调了技术的特殊重要性。他这样写道："技术对于技巧，对于内容和政治有很大的反作用，没有精熟的、先进的绘画技术，就不可能创作出杰出的艺术形象，内容与政治就无从体现出来。"

依现在的观点看，杨之光先生在上面的说法，还明显带有特定年代的痕迹，但道理却是十分中肯的。那就是强调技术对于内容、观念表达的重要性。在这一点上，杨之光先生与法国美学家杜夫海纳的论述有惊人的相似之处，因为后者认为，在艺术创作中，如果没有具体的技术支撑，所谓观念并不存在。与此相反，任何重观念内容，轻技术制作的想法都是十分错误的。为此，杜夫海纳还专门举例说明了搭脚手架技术的发明对于修建著名的哥特教堂是多么重要。

那么，杨之光先生又是如何根据创作的需要去创造人物画表现新程式的呢？

实际上，无论是从杨之光先生创作的一系列作品来看，还是从《中国画人物画技法》一书的内容来看，这位艺术家尽管十分强调写生的重要性，即强调要从对象身上捕捉生动有趣的东西加以表现，以防止概念化、模式化的创作方法，但他从来都没有简单地用毛笔去画素描或画水彩，即全面地、机械地以西式写实法去改造中国画，而是机智地将客观对象转化为了具有独立审美趣味的笔墨结构。他一向认为，倘不根据中国画的媒材特点与美学特点去援用西式写生法——包括明暗法、透视法、人体解剖法、水彩法等等——并大肆追求对客观人物的精微表现，不但会使笔墨表现本身受到莫大的伤害，还会使意境的表现与自我表现受到巨大影响。因此，长期以来，杨之光先生致力解决的艺术问题一直是：如何用全新的笔墨程式去表现现代人物。应该说，杨之光先生的这种追求与他的学艺经历是密切相关的。从他的自我介绍中，我们可以得知，在启蒙老师曹铭的指导下，他临摹过石涛、八大、吴昌硕、齐白石的作品。后经曹的引荐，拜上海著名书法家李健为师，时间达六年之久。18岁那年，他从上海回到广东，经李介绍又投师高剑父。在此期间，他不仅学习了素描、水彩、透视法、明暗法、解剖学等，还临摹了日本的《景年花鸟画谱》和《梅岭画谱》等。杨之光先生在与我的通话中强调指出，这两本画谱是高剑父对入室弟子要求的必修功课，其特点是直接根据对象的结构提炼线条，并追求对真实感受的准确表达。不过，他跟随高剑父学画时间并不长。作为一个人物画家，他的写实造型能力，主要还是得自于中央美院一批卓越的老师，其中包括徐悲鸿、蒋兆和与叶浅予等人。由此看来，因为杨之光先生学习的范围兼及书法、山水画、花鸟画、水彩、素描与速写，所以，当他后来进行"融西于中"的艺术探索时，既能根据写实的需要，创造性地提炼、重组或再创中国画的新表现程式，又能依据中国画媒材的特点，想办法将西方的明暗法、透视法、人体解剖法、水彩法等等加以水墨性的转换。恰如大家所看到的那样，在他的人物画中，行草书般的笔画总是能集形状、色彩、笔墨于一身，或粗或细、或浓或淡，显得自由流畅、秀润苍茫，充分拓展了人物画的表现空间。与此同时，杨之光先生还大胆改变了传统人物画中的作画方法。比如，根据人物的结构特点，他在一部分肌肉与一部分肌肉产生转折的地方，常用断线的处理方法；根据不同人体部位的生长特点，常分别采用短直线、长直线、短弧线与长弧线等方式处理；此外，根据光线的特点，他常在亮处用无线、虚线、细线、单线、淡墨处理，在暗部用粗线、复线或重墨处理；即使是表现阴影处，他也强调用"活墨"来显示"笔路"，有时还巧妙地借用了山水画中的"皴擦法"与花鸟画中的"没骨法"；而在落墨上色时，不光强调对"焦、浓、重、淡、轻"的墨色处理，也强调对于"冲线""避线""色破线""线破色""淡破浓""浓破淡"等方法的灵活运用。凡此种种，不一而足。毫无疑问，也正是由于杨之光先生总是能够根据不同的题材内容与对象追求不同的笔墨表现，结果不仅每每出新，而且使得他创造的"杨氏画法"完全超出于历代人物画大师之外自立门户。杨之光先生最了不起的地方就是在准确、自如、潇洒地表现人物的形体与神采时，能够充分发挥笔墨的特长，进而创造具有个人特点的笔墨表现程式。在这方面，还没几个人与之比肩。难怪理论家李伟铭认为："在徐悲鸿、蒋兆和等先驱者开创的写实主义人物画发展史上，杨先生是有效地推动历史发展的承前启后者。"杨之光先生曾说："借鉴古洋寻我法，平生最忌食残羹"，这足以表明，他在艺术创作中是十分反对重复自己与提倡创新的，而他在中年时受摄影与油画的启示，大胆将"逆光法"引入中国画创作；晚年时受敦煌壁画的启示，致力于以"没骨法"画舞蹈人物与女人体都是他不断超越自我、追求艺术新境界的具体体现。我认为，正是有着这种永不满足、不断进取的精神，他才能根据对于现实的感受，不断塑造新意象，经营新意境，抒发内在情感，寄托真实怀抱。很明显，没有对传统中国画程式的熟练掌握，没有对西方写实绘画的深入研究，没有巧妙的融会贯通，没有对客观对象的切身感受与提炼，没有对人生的大彻大悟，他绝然达不到如此高超的艺术境界。

2009年10月3日

于武昌大东门

（作者系深圳美术馆艺术总监，国家一级美术师）

杨之光：水墨革命与革命水墨

一个人与一个时代的情意纠结

杨小彦

1

回顾近一百年中国美术史，我以为重要的是确认其中之关键主题，否则这一段历史将无法书写。

在我看来，这一关键主题就是写实主义的引进与兴起，以及伴随这一引进与兴起所催生的写实人物画之发展。传统水墨画在向现代形态转型当中，根本无法绕开这一主题。甚至，在水墨领域对写实人物画之推进，还构成了其中鲜明的时代特性，是其历史价值之所在。

我曾经在若干篇文章中论及到这一点。我在讨论王肇民艺术时强调：“往日中国与今日中国所发生的断裂，表现在视觉领域，主要集中在对‘写实主义’的引进、认识与实践上。”①同样，在论述刘庆和水墨人物画时也着重指出：“近代水墨变革，重点是人物画复兴，难点也是人物画复兴。”“先有康南海贬四王抬唐宋，务去临摹相因之旧习，后有陈独秀推行艺术革命，力主写实主义，其中关键在人物画。以复兴论，旧日人物画技法对现实之表达大有差距；采西洋写实之法，又和过去几近隔绝，使传统无以为继。依我之见，个中原因恐不在传统，而在现实。唯有写实主义人物画能承载社会转型期视觉动员之使命，表达政

---

① 杨小彦《篡图》第364页，河北美术出版社2008年版。

治运动所需要之宏大叙事。换言之，如何让人物画成为新美术的主流，是写实主义所以大张之前提。反之亦然，写实主义盛行，与社会对写实人物画之要求大有关系。"①

陈独秀对于艺术革命之认识，主要指美术上的写实主义："画家必须用写实主义，才能够发挥自己的天才，画自己的画，不落古人窠臼。"②尽管至今无法知道陈之逻辑何在，为何只有写实主义才能"发挥自己的天才"，但他的意思则是明确无误的，那就是唯有写实主义绘画才能完成视觉动员之使命。③而视觉动员无非是整个社会动员的一部分。美术只有被纳入这一动员过程中，才能与革命相配合。显然，写实主义之独尊地位是由这一点而得到确认的。

由此而引申出对写实主义之定义。我至今认为，所谓写实主义，指的是在中国之现代艺术语境中的一种西方主义。我的意思是说，我们现在所谈论的写实主义，尽管有其西方根源，但并不意指西方同类艺术，恰恰相反，写实主义是一个中国概念，因中国社会转型之压力而产生。④

正是在这一背景中，我们高度评价徐悲鸿与蒋兆和之历史价值，尽管他们的人物画之水平，尤其徐之作品，今天看来可圈可点，但正是他们开创了写实水墨人物画之先河，才有后来者的继承。同样，正在通过对这一历史现象之关注，我们得以明白，为何被誉为文人画最后之四大家的吴昌硕、黄宾虹、齐白石和潘天寿，为何竟无一个以人物为业。林风眠在讨论类似问题时已经给出答案：风景用水墨尚可，人物则非油画不可，原因就是油画更能"写实"。

---

① 杨小彦《篡图》第389页，河北美术出版社2008年版。

② 见陈独秀语："画家必须用写实主义，才能够发挥自己的天才，画自己的画，不落古人窠臼。"陈独秀《美术革命：致吕澂》，载《新青年》1918年6卷1号。

③ 视觉动员：二十世纪中国社会转型，西方文化进入，旧的体制日渐崩溃，社会结构重组，一方面人文各学科兴起，另一方面则被纳入社会动员之范畴，而成政治工具。艺术也不例外。另，"动员"一词见孙立平、张鸣诸人对土改的研究，也见黄宗智为分析近代中国社会转型而使用的"客观性现实"与"想象性现实"之概念。

④ 这个解释很重要，辩明"写实主义"的中国含义，而不是西方含义。也就是说，不要以为谈论"写实主义"就是在谈论西方，恰恰相反，我们在这里所谈论的，是中国艺术语境中的问题。

通过对这一背景之粗略梳理，便可明了徐悲鸿写实主义体系占上风之成因。但这里还有一点似可辩明：徐只是带来了一套写实主义的造型原则，让这一原则与时代高度统合，最终达成革命的视觉动员之目的，是发轫于30年代上海、成熟于延安的新木刻运动。本来这是两个尽管有所联系、但在指导思想与创作方法上互有歧义的系统。1949年新中国成立，延安木刻派全面接管中国美术界，加上徐悲鸿适时离去，让两者有了全面统合的机会，使专业主义（写实主义是一种艺术的专业主义）与革命合而为一，从而开创了新中国革命美术之写实主义新路向。这一新路向，正确名称叫现实主义。60年代以后，随着毛泽东发动的政治运动之频繁与深入，遂演变为"双结合"，即革命的现实主义与革命的浪漫主义相结合。及至"文革"，又再演变为金字塔式的"三突出"，即突出正面人物，突出正面人物中的英雄人物，突出英雄人物中的主要英雄人物。从思想根源看，"双结合"和"三突出"均来自1942年毛泽东《在延安文艺座谈会上的讲话》。《延座》成为新中国现实主义美术重要的、甚至是唯一的情感依据与风格原则。

由此可见，水墨革命与革命水墨，开始时还有所分离，但随着革命的进展，尤其到了新中国以后，就不得重合为同一时代的双重命题，在水墨革命的同时，从事革命水墨的创作。

杨之光之水墨艺术，就是在这样一个独特的时代中发展起来的。

2

不少文章已经介绍过杨之光的从艺经历。概括起来，以下两点对他个人成长颇为重要。一是年轻时曾经短暂接受过高剑父的教诲，二是到北京，听从徐悲鸿的意见，放弃报考研究生，入中央美院绘画系，成为新中国第一届美术大学生，受写实主义严格训练达三年之久，打下了良好的写实基础。两点之中，徐氏教育更为重要，是成就杨之光艺术的前提。所以，视杨之光为徐派门人是恰当的，说他与岭南画派有密切关系，则较为牵强。

说起岭南画派，一般人都会指出其重要传统是写生。但在我看来，少有人对这写生作细致分析。的确，写生是二高倡导的方法，但如果认真辨别二高及其门人之作品，在写生的程度与具体方式上则大有商榷的余地，虽然都使用了"写生"这样的字眼。我的意思是说，杨之光从中央美院徐派训练中所获得的造型能力，是其写生的不二法门。相反，岭南画派之所谓写生，可圈可点者太多，有时我甚至怀疑其仅为提倡而已，而缺少深入描绘的体系。这一点尤其表现在人物画方面。比如岭南画派人物画之重要代表画家方人定，其写生能力就不可与杨之光同日而语。即使关山月之人物画，除却笔墨意趣外，也了无言说之处。他们之前的黄少强以人物为主，笔墨纵横，气象颇大，但造型之粗疏散漫，实在和后来从徐派中出来的杨之光之造型能力相差甚远。缘此，我一直怀疑把岭南画派和写生联系起来的说法，究竟有多少真实性。李伟铭详辩高剑父艺术之日本源流，对高奇峰也有过认真讨论。尽管他从二高的艺术实践中探察到早期写实主义的追求，但这一追求似乎仍然停留在某种初级阶段，而且还不断被后来的种种实际目标所中断，而无法达成更为理想的效果。高奇峰不幸英年早逝，"天风七子"中，除黄少强外，多以花鸟取胜，无法摆脱前述之选择花鸟山水的传统命数，难以在人物画方面有所成就。高剑父中年以后其实一直在回归传统文人画，取马夏一路而多作小品，偶有人物，以写实标准看，造型上也有严重缺陷。其继承者关山月黎雄才二人则专攻山水。黎几乎不画人物，山水以笔墨胜，用笔过于熟练及构图太过重复每每为人所诟病。关之人物已前述，这里不再多言，其山水倒可列入新中国之"社会主义新山画"序列中加以讨论，而尤以"文革"期间所创作之若干张作品为代表，其中之写实近乎描摹。

以上简述表明，正是徐悲鸿之系统的素描训练，成就了杨之光，让他拥有非凡的写生能力。舍此，杨之光就不会是今天的杨之光。

从某种意义看，杨之光在写实水墨人物画上的成功，恰恰是徐悲鸿不成功的地方。我在评论王肇民的一篇文章中，简略提到了徐悲鸿在写实水墨人物画方面的困境："略为深入到徐悲鸿的作品中，我们会发现，他的创作呈现出一系列的分裂性。首先，他的传统水墨画和油画是分裂的，表现在水墨中的传统技法与修养没有在油画中发挥太大的作用。其次，他的素描和油画也是分裂的，素描中熟练的造型能力在油画中反而相形见绌。再其次，他的水墨人物画，其写实因素和笔墨趣味更是分裂的，在树石山水花草甚至动物中表现甚好的笔墨，到了写实人物上，就几乎整体地失踪了。"①我谈的是徐悲鸿作品的"三个分裂"，其中第三个分裂与写实水墨人物画有关。通观徐悲鸿在这一方面的实践，的确存在着笔墨趣味与造型准确的矛盾。这个矛盾在他几乎是不可调和的，所以大凡人物，徐都画得比较紧张。一方面，徐用线条意在塑造，结果其独特魅力无法发挥，另一方面，他的线条其实仍然游离在结构之外，并不能很好地成为塑造形体的工具。对比其笔下之马，我们就能理解他之"分裂"。徐画之马刚好和所画人物相反，笔墨既能照顾到应有的趣味，同时又很好地塑造形体。

这说明在水墨人物画领域，运用笔墨准确造型是一个难题，既要让笔墨具有魅力，又要恰到好处地描绘形体。这两者到了杨之光那，经过长年摸索，开始具有了内在的统一性。

1954年《一辈子第一回》和1962年《浴日图》，分别从技法上说明了杨之光是如何统一笔墨与造型的。

《一辈子第一回》是杨之光的成名作。我猜想这幅作品当年之所以获得成功，不完全在于题材，技法可能起到了某种作用。作品人物造型准确，用笔潇洒，干湿恰当，浓淡得宜，疾徐有致，干脆利落，即使今天看来也是相当有魅力的。整幅画呈现出一种写生的韵味，有一种现场感。这一点成为杨之光此后一再使用的描绘方式。

《浴日图》以水兵为题材，用大写意技法一气呵成。两个水兵的背影，军舰甲板上的花纹，护栏，以及护栏外的救生圈，都是难以入画的冰冷对象，却在杨之光笔下显得生动无比，仿佛获得了某种生命，自动生成一样。

一般而言，画家作画，总有其特别得意的对象。聪明的画家有所画有所不画，凡能画的，千锤百炼，务求精确；凡不能画的，最好别碰，免得丢丑。但是杨之光的绝活之一就是什么都能入画，而且还画得生动，真正的栩栩如生。前述两幅相隔八年的作品，是其中的典型。十八

---

① 杨小彦《篡图》第375页，河北美术出版社2008年版。

年后，也就是1980年，杨之光画《夜深人静》，其中墙上发亮的灯管，了了数笔，准确不说，而且还画意盎然，只能再一次说明他之于写生，已经到了几近自由的程度。类似例子，在杨之光六十年的艺术生涯中，可谓举不胜举。

3

仅仅有技法，尚不足以造就今天的杨之光。支撑杨之光的，是他从1954年到1999年长达四十余年的创作实践。在某种程度上，杨之光所创作的作品，是共和国发展的形象节点，与共和国同步，成为整整一个时代的艺术写照。

在讨论杨之光以革命为对象的主题性创作之前，有两件他早年的经历值得一说。一件是一段奇遇，一件是一次重要的临摹。

写于1995年的《回忆录》中，杨之光提到了广州刚解放时所遭遇到的一件令其终生难忘的事：

> 解放军进广州城后，一切都充满新奇感。我看到车站月台上有几个疲劳不堪的战士蹲在墙边打盹，满怀崇敬的心情打开速写本画了起来。突然，两只大手搭上我的肩膀，两个巡逻的战士厉声地问我："干什么的？""画画的。""为什么站的不画画睡的？""……"接下来就是搜身，从我口袋里发现一张台湾回来未丢弃的"秋瑾轮"船票，这下我平时爱收藏东西的习惯却给我带来了大麻烦。"哦！台湾来的，跟我走！"后来在审问的过程中又发现我画速写的纸是美国海军军用信笺（台北地摊上到处可以买到），这下可逃不了，"蒋帮"、"美帝"全沾上了。于是铐上手铐，关时牢房收审。和我关押在一起的都是些社会渣滓，我感到恶心、恐惧、委屈。我还记得当时还真急出了"诗"来，记得其中几句："生来初度囚图圄，盗贼流氓同一所"，"为爱将军描小图，将军反把此情辜"。大约他们翻阅了我全部的"台湾日记"，确定无"特嫌"，由一个排长模样的人物出面向我道歉，说："小同志，

误会了。"这时我反而哭出了声来。①

这件小事在我看来极具象征意义。警惕的解放军战士质疑年轻的杨之光，为什么只画睡着的而不画站着的，因为在战士看来，睡相不值得画，唯有站相才可能尽显英雄姿态。战士不懂艺术，但却"本能"地知道入画的"革命标准"。相反，杨之光满怀崇敬心情，但却无法回答这一质疑，更无法让战士（在这里，他们是革命的象征）明白睡相也是可以"英雄"的。

杨之光多年以后只是把这一小事视为其年轻时的奇遇而提及。不过，在我看来，奇遇当中所折射出来的一种内在紧张感，以及年轻画家对革命的敬畏，却构成了他此后持续创作的一个隐性动力，一个无法言说的深层情意结，促使艺术家把这一敬畏转化为"以一当十"与"喜闻乐见"②的革命水墨的优美样式。事实上，从杨之光现存的全部作品看，我说的不仅是创作，不仅是写生，还包括他大量的日常速写，的确几乎没有"睡相"，相反，各种正面的"站相"，或"站相"的变体，却从不间断地出现在其画笔下。对杨之光来说，创作是他唯一的追求，速写只是为这一追求准备素材，或从中寻找"灵感"。

1954年，杨之光在开始重大题材创作的前夕，认真临摹了19世纪俄罗斯巡回画派著名画家列宾的一张名作《萨波罗什人给苏丹王写信》。这张画长期没有展出，一直珍藏在画家身边，鲜为人知。1998年，当笔者第一次在杨之光家里亲眼看到这一临摹之作时，内心登时划过了一道闪电。毫无疑问，这张精心临摹的水墨成为杨之光主题性创作的一份形象宣言，表明他希望用传统水墨的方式，创作足与和油画相比美的不朽之作。我在这里所说的油画，是西方以情节为主、描述性与文学性并重的写实主义油画，是以人为对象、以社会重大题材为内容的主题性油画。恰恰在这方面，中国传统人物画没有提供足够的资源，支撑这一画种类别在进入现代以后，适时转型，成为绘画现代性的重要载体。

前述提到文人画"四大家"时，谈到了他们对人物画的回避，也

① 见《杨之光四十年回顾文集》第114页，岭南美术出版社1995年版。
② 这是王朝闻在"文革"前所总结的关于革命艺术经典样式的两项具体准则。

曾提及林风眠对人物只能通过油画表达的意见。这说明，自进入现代以来，中国画坛变革的难点几乎集中在人物画方面。花鸟山水传统深厚，趣味也自成体系，抛开社会具体情境不谈，中国传统花鸟山水的独特性无与伦比，举世公认。但在人物画方面，却缺少应合社会动员之需的通俗形式，所以革命艺术趁势而起，是理所当然的。所谓革命艺术，基本上以人物画为主，以社会现实为对象，以满足政治变革的动员之需要。

以19世纪俄罗斯巡回画派为代表的现实主义，是欧洲范围左翼文化运动与民族主义运动的一部分，并随着工业扩张而进入濒临崩溃的第三世界，构成这些国家新的文化运动的现代性诉求。作为一种介入社会的现实主义艺术，其基本要点有以下几项：符合视网膜要求的视觉上的写实主义，遵行表达性现实规范的以焦点透视为核心的观看秩序，以及完整的、类似戏剧瞬间的文学性情节呈现模式。列宾的创作基本上符合这三项要求，同时在题材上具有民族主义甚至是民粹主义之倾向。所有这些，不仅为中国传统人物画所缺乏，甚至是空白，闻所未闻。由此可见人物画在新的社会条件下所面临的重大难题。如果人物画不能解决，哪怕稍微有所解决这一难题，则这一画种类别将异于新社会的发展，甚至会惨遭淘汰。建国后接管中国美术界的江丰宣布取消国画系，甚至扬言取消国画，在命名上试图以"彩墨画"代之，就是一个明证。杨之光在50年代的一些类似水彩的创作在形式上受到非议，也足见当年创新之不易。这说明，人物画在当时所承载的表达重任，几乎让所有从事这一行当的艺术家无所适从。

杨之光临摹列宾的油画表明，至少在实践上他是明白这一难题和其中所隐含着的时代意义的。杨之光正是以年轻无畏的心态，通过临摹，来为自己今后的创作定下神圣目标，那就是挑战水墨人物画这一时代难题，创作出丰满的现实主义作品，用传统样式见证共和国的成长。缘此，我们就能理解杨之光漫长的艺术实践的基点。从那一年开始，他的人物画创作，便是回应这一挑战的重要成果。杨之光艺术的时代性也正是在这一点上得到了充分的呈现。

4

纵观杨之光六十年来的主题性创作，大致上可以分为两类，一类以肖像为主，一类以叙述性为主。两种类型当中，也有结合在一起的，以肖像为主，含有叙述性，以叙述性为主，又具有肖像性。此外，杨之光还创作了为数众多的速写性质的"创作"。我之所以这样说，是因为我发现在杨之光的速写中，有一些现场作画时即带有创作的性质，而不完全是原汁原味的速写。

肖像性作品计有《一辈子第一回》，1954年，画有两稿；《不爱红装爱武装》，1961年；1965年以同样题材同样名字再画一次，但人物姿势完全改变；《难忘的岁月》，1971年；《矿山新兵》，1972年；《激扬文字》，与鸥洋合作，1973年；《永远进击》，1975年；《不灭的明灯》，与鸥洋合作，1977年；《石鲁像》，1991年。最后一张肖像性质的创作是2000年以后画的《徐悲鸿》。在这当中，还有一些属于肖像速写性质的创作，似乎也应该列入，比如1955年的《少先队员》，1972年的《又是一炉高质钢》，1974年的《夜深人静》，1975年的《心潮逐浪高》，1983年的《还是铁人的样子》等。

叙述性作品则有《耐心教虚心学》，1955年；《青工的舞蹈》，1956年；《雪夜送饭》，1959年；《毛泽东同志在广州农民运动讲习所》，第一稿，1959年；《慰问演出之前》，1962年；《浴日图》，画有两稿，1962年；《夜航》，1964年；《红日照征途》，第二稿，1971年；《山区姑娘管仪表》，1974年；《贴心人知心话》，与鸥洋合作，1976年；《儿子》，1983年；《天涯》，1984年；《九八英雄颂》，1999年。

作为叙述性创作，最能反应杨之光之创作野心的，无过于以毛泽东在广州农民讲习所为题材的创作。杨之光从1959年开始画《毛泽东同志在广州农民运动讲习所》，到1976年，居然画了四幅完整的变体画。如果再加上两幅半成品，前后竟达六稿之多。就一个题材创作有如此之多的变体画，而且前后十几年，画中人物几乎每个都有具体模特，在当代中国水墨人物画坛，我还没有见到第二例。不独水墨人物画，就算是油画领域，同一题材如此反复创作的，至今也没有。

我一直对杨之光花费如此多的时间不断地描绘这一题材感到强烈兴趣。一方面，杨之光的实践见证了他临摹列宾作品时所立下的志向，在水墨人物画方面力图创作出足以匹敌油画的时代性作品；另一方面，他反复推敲画中人物姿势与表情，既表达了艺术家在创作时所拥有的内心焦虑，同时又证明作品产生的时代氛围存在着一种几乎让人透不过气来的严峻力量。

四幅已经完成的变体画，有几项变化颇为注目。首先是画中主角毛泽东的变化，其次是围绕着领袖的学员的变化，当中包括表情、着装、手势等等，构图也由长幅变为竖幅。

第一稿中，年轻毛泽东身着长袍，站在桥中，两只手交叠在一起，正在向学员做着分析。学员簇拥着他，安详地站立着，认真听讲。第二稿这种关系被改变了，毛泽东着中山装，带领学员跨过小桥，有一种迈进的趋势。毛泽东的手势不再是分析，而是微做拳头状，似乎在做具体指示，学员们则紧握双手，表示跟随。这两稿都是长幅构图，第三和第四稿则改为竖构图，题目也由原先的描述性改为抒怀性，叫《红日照征途》。第三稿画于1971年，领袖着中山装，手势的指示性质比之第二稿更为明确，学员的跟从性也随之加强。第四稿毛泽东重新改为长袍，但手势变成握拳，有一种不由分说的支配存在，学员则以更加倾斜领袖的体态与手部动作，同样是握拳，表示绝对的服从。

前后四稿，画中人物表情也有奇异变化。第一稿中的毛泽东形象颇有沧桑感，脸部造型轮廓分明，描绘角度略为俯视，使毛泽东的脸侧向右方，一副诲人不倦的样子。第二与第三稿毛泽东的脸稍微圆润了一些，角度略为仰视，这样就有些昂扬的意味。第四稿毛的脸最为圆润，同时不再说话，坚定地抿着嘴，紧握拳，学员也以仰望握拳相配合。

据笔者与杨之光本人的交谈，杨之光认为让毛泽东既穿长袍也着中山装，是有两种考虑。长袍想表达毛作为青年知识分子的形象，而中山装则表明毛是一个革命家，以革命为职业。手势的改变与五十年代到七十年代政治与文化形势日益严峻有关。1959年创作时尚能有所放松，毛之青年知识分子形象跃然纸上，学员围绕着他，彼此关系相对随意，一个是诲人的导师，另一群则是愿意倾听的学生，①不像后边几张变体，毛成了理所当然的领袖，指引着仰慕渴望与紧跟的人们。最后一张则突出了斗争性，领袖握拳，表达坚定的意志，学员也握拳回应，意为无条件服从。

细心体察杨之光的变体画，就会发现他在创作时有两种不同的角色并彼此置换。第一种角色是导演，通过不断摆布画中人物，推敲其中的服饰、表情与姿势，来寻找最具权威性的瞬间。这个瞬间必须符合那个年代对毛泽东的神圣定位，符合领袖与人民的"法定关系"。另一个角色则是观众，想象观看中的各种可能性，从而有效地建立一个以毛泽东形象为中心的政治观看秩序，达成对观看的规训。也就是说，杨之光一方面是寻找典型瞬间的导演，另一方面又是敬畏与虔诚的观众。两者合于一体，便造成了一种内心紧张与渴望，不断地激发着创作的灵感。

在杨之光创作最为旺盛的年代，毛泽东题材是所有题材中最为重要的，也是他倾注心血最多的。1959年，为庆祝建国十周年，文化部集中了部分画家到北京进行专题创作。杨之光就是这时被召入京，命题创作《毛泽东同志在广州农民运动讲习所》。当年与他一起作画的是来自陕西的石鲁。石鲁也是画毛泽东，作品就是他的名作《转战陕北》。据杨之光回忆，石鲁当年创作时，手边总有一本唐诗选。这意味着石鲁心目中的作品，关键是要有诗意。这一点和杨之光刻意追求画中的叙述性颇有差距。石鲁的画后来引起重大争议，"文革"初期甚至受到严厉批判。杨之光的画则似乎没有听到什么反面意见，否则很难想象他后来还画了好几张变体。

---

① 关于杨之光这几张以毛泽东以广州农民运动讲习所为题的历史画创作，杨本人在1960年时写过一段文字，读者可从中略知他当年的一些创作心态："画得愈像照片，就愈不像。最后决定根据我对毛泽东同志的理解与印象来'创造'了。我认为以过去的照片作基础，宁可多一些现在的特征，也不可使观众一眼看不出是谁。1938年毛泽东同志与徐老合影的照片很有参考价值。毛泽东同志当时虽以教员的身份出现在学员面前，谈的又是一些严肃的革命的大道理，然而毛泽东同志又不同于一般的教员，他平易近人，作风十分朴素，而他的语言又善于深入浅出，富有幽默感。最近出版的毛主席在人民群众中及毛主席与赫鲁晓夫座谈的照片提供了可贵的形象参考。"见1960年《广东美术通讯》第17期杨之光《史画创作札记》。

一直坚持写旧体诗的杨之光不是不知道画中要有诗意这个道理，恰恰相反，诗意还是他在漫长的水墨人物画创作中刻意追求的目标之一。但是，从毛泽东在广州的活动为题材的多张变体画来看，凝聚在杨之光心中的志向，仍然是1954年临摹列宾油画时所浮现的对写实油画的挑战。有意思的是，在挑战的同时，杨之光其实还潜藏着另一种心态，那就是一种比较隐晦的、相对自觉的、同时又没有间断的"自责"。这种"自责"是那个年代知识分子自我改造的一个心理结果，表现为总觉得自己与"人民的要求"，与"党的要求"相距太远，总是不能很好地完成革命的创作任务，只能通过改造思想来"缩短"距离。前述发生在四十年代末杨之光在广州街头画睡着的入城战士时被巡逻军人抓起来的事件中，我们可以清晰地看到杨之光在向往革命的热情当中所呈现的一种受挫感。这种受挫感竟然一直伴随着他的前半生，始终没有断绝。有意思的是，他的一些著名作品又是和这些不断降临的受挫感有关。《雪夜送饭》是杨之光主动要求下乡劳动改造的结果，《矿山新兵》则是刚刚获得"解放"，可以重新创作时的佳作。

　　这充分证明，杨之光早年被进城解放军误抓的奇遇与临摹列宾油画的壮举，是理解他的主题画创作的关键点，并以此为基点，形成了他一生创作时的基本心态。这一心态，今天概括起来，就是一种隐晦的受挫与由衷的自责，以及在受挫与自责当中所获得的精神升华。从某种意义看，杨之光的创作是这一精神升华的审美转换。可以想象，如果没有艺术，杨之光是无法转换因受挫与自责而形成的沮丧的。事实是，杨之光从来就没有沮丧，相反，他的达观与积极，他的近乎阳光般的进取心，使他的画面始终洋溢着一种正面的、甚至多少有点唯美的愉悦风格。至今杨之光仍然信奉毛泽东《在延安文艺座谈会上的讲话》，自认为其一生创作均是遵从《讲话》之结果，就是一个明证。

　　隐晦的受挫与由衷的自责，就时代性来说，并不是杨之光一人之独有心态。那个年代的知识分子大多都在这样两种交错的心态中过渡了他们的"毛泽东时代"。与徐悲鸿这一代相比，杨之光与其有着显著的差异。徐成长在二三十年代，成就也在那个年代，杨之光则是在毛泽东时代接受高等教育，随后的创作也与这一时代同步。一方面，"劳动改造"是他们这一代知识分子的家常便饭，在改造中自责，在自责中继续改造成为一种生活常态。另一方面，唯有诚实的自责才能克服可能的受挫，才能把受挫转变为一种动力，通过创作来抵消因受挫而产生的沮丧，不过，前提是没有归入"阶级敌人"，成为残酷斗争的对象，否则改造就意味着羞辱，受挫会滑向绝望，更遑论艺术创作了。那个年代，这样不幸的例子，真是俯拾皆是。

5

从事革命水墨的同时，杨之光也在关注水墨革命。在相当一段时间里，这两者对于杨之光来说都是一体的。早年的西式素描教育，给他后来的人物画创作带来了莫大的好处，甚至立志与油画人物画相比美。同时，自小对书法、传统笔墨与古典诗词的学习，又让他始终保持了对水墨特性的由衷向往。五十年代虽然曾有人批评杨之光的水墨画是"彩墨画"，缺少传统涵养，但是，客观来说，除了少数作品明显采用水彩技法外，杨之光的代表作品均表现了良好的笔墨韵味，只是这一韵味是建立在对物象写生的基础之上的。

但是，水墨革命与革命水墨毕竟是两件事，不可同日而语。即使在毛泽东时代，两者高度重合，但在具体实践中也还是有所区分的。

杨之光对水墨革命的贡献，在于他把写生这一技法提高到了自由的境界，是杨之光之所以成为杨之光的内在原因。杨之光之于写生，有几点重要原则是不得不予以强调的。其一是对物象外形的准确把握。由于素描基础扎实，训练勤奋，速写数量惊人，使得杨之光对客观物象，尤其对人物的造型，有着准确的判断。他笔下的人物肖像，基本上达到了形神一体的高度，既肖似又传神，为水墨画界所公认。其二是作画绝不描摹，无画不"写"，把写意精神贯彻到底。这又使他笔下人物栩栩如生，丝毫也不板滞。本来，准确造型就容易板滞，笔墨潇洒又缺乏结构，是水墨人物画常见的病像，为不少画家所拥有。前面我已经略微讨论过这一点。而杨之光居然没有这一病相，准确而生动，天然合成，造成了他之水墨人物画特有的流畅与潇洒，非常人所能相比。表面看杨之光的画轻松自如，有形有笔有墨有水，一点也不累人，但只要握笔，只要面对对象，就会明白其中的难度，其境界绝对无法随意而得。其三是凡物均可入画，而且入画就一定会有画味。做到这一点，前提是上述两条的高度结合，是心眼手的高度一体化，真正做到眼光准确，笔法生动，造型扎实。这样的例子在杨之光漫长的艺术实践中简直比比皆是。就拿画了四稿的《毛泽东同志在广州农民运动讲习所》为例，大家可以注意人群背后的瓦屋顶与白玉石栏杆，几乎是无法入画的物象，居然在杨之光的笔下生动无比，疏密错落有致，浓淡干湿得宜。其他重要例子有六十年代初期到海军和空军所创作的一系列画作。有名如《浴日图》，用大写意花鸟笔法画军舰，大开人们眼界。画空军的几张作品，有飞机，有飞行员外套，还有夜航的探照灯光，用油画描绘尚且不易，何况水墨！ 可杨之光偏偏画得趣味十足，画味十足。明白这一点，就知道杨之光已经成功克服了传统狭义的入画准则，对他来讲，重要的不是能不能画，而是是否需要去画。他是按照需要，而不是能否入画的标准来选择描绘对象的。能做到这一点的，当今水墨画坛还真没有几个，尤其是他们那一代。

但这还是表面。杨之光对水墨人物画技法的贡献几成定论，无须多辩。仅仅如此，杨之光对水墨革命的意义还是浅显。我以为杨之光的价值是，水墨效果是其表，对创作的情节研究与典型安排才是其里。

中国传统人物画自有一套，不仅在描绘效果上，更在叙事方式与修辞策略上，与西方艺术大异其趣。元以后中国传统人物画开始衰落，尽管明末有陈洪绶、清代有郑板桥与海上四任力挽狂澜，但仍然无法阻止这一衰落的总体趋势，使其无法和花鸟尤其是山水的发展相比较。其中一个重要原因，在我看来，就是在叙事方式与修辞策略上缺乏真正的文化动力，无法达成一种社会性力量。原因不在这里分析，也不是本文的任务。对叙事方式与修辞策略的重视，从西方艺术史看，应该和古希腊艺术中的修辞传统与基督教艺术中的叙事经验有关。十九世纪所形成的以历史画为标志的古典主义，是一种建立在文学性基础上的现实主义流派。俄罗斯巡回画派恰恰是这一流派的一个"东方代表"。杨之光早年临摹列宾作品，足见其对这一传统的重视。在创作中，对于杨之光来说，笔墨只是其表，把自己想象成导演，同时又想象成观众，则是其里。杨之光不断画变体画，就像一个严肃的导演，在想象的观众注视下，编演一场重大的戏剧。这样一种创作手法，不仅传统中国所无，同时代众多人物画家也难以企及。从这个意义上说，杨之光不愧为当今水墨人物画第一人。

"文革"结束以后，毛泽东时代渐成历史背景，杨之光开始摆脱长期的精神压力，创作进入相对轻松自由的时期。这时的杨之光走上了唯美主义，独创没骨画法，寻求更新的突破。也就是说，由于政治压力消失，原有那种自责式的"改造"已经没有必要，同时主题性创作的动力也有所减弱。但是，杨之光有时仍会突然暴发出一种难以想象的力量，从事所熟悉的创作。画于1999年的《九八英雄颂》，算是他在新时期的一次重大努力，甚至还更上一层楼，尝试用独创的没骨画法予以完成。这张作品是杨之光类似作品的最后一张，从此他就封笔了。但也正是这张作品，成为一个时代的象征，既给杨之光在水墨革命与革命水墨的交错中留下感人的句号，同时也成为整整一个时代水墨革命与革命水墨双重变局的完美终结。

2009年7月15日

广州番禺"三号线艺术空间"至武汉百步亭

（作者系中山大学传播与设计学院副院长、教授）

▍杨之光和他的人物画

邵大箴

　　早在50年代，杨之光的名字已为画界所熟悉。1954年，他创作的《一辈子第一回》参加首届全国美展，被中国美术馆收藏。那时他才24岁。1958年，他又创作《雪夜送饭》，荣获维也纳第七届世界青年联欢节金质奖章及荣誉奖状，此作也为中国美术馆收藏。之后，他的作品《广州农民运动讲习所》（1959）、《浴日图》（1962）以及他为周立波长篇小说《山乡巨变》、艾芜长篇小说《南行记》以及金敬迈长篇小说《欧阳海之歌》所作的插图（1963—1966），也都受到画界的注意。这位很有才气的青年画家在"文化大革命"中受到折磨和迫害，是可想而知的。不得不委曲求全和逆来顺受的之光终于坚持下来了。70年代初期他又拿起画笔，画出了很有生气的《矿山新兵》（1971）、《白求恩》（1972）、《激扬文字》（1973，与鸥洋合作）。我想，假如之光在这时就终止了自己的创作生涯，他在中国现代美术史上的位置，也是应该得到肯定的。因为上面列举的那些作品，从表现的对象和表达的方式看，与它们所处的时代息息相关，代表了那个时代中国画的水平，反映了那时画界占主流地位的观念。站在今天的高度，我们也许可以对这些作品说三道四评头论足，但它们是画家真诚的心声，也代表了那个时代中国人民大众的心声，这是无可置疑的。而且，它们体现的审美情趣和格调是健康的、崇高的，它们形成的风格也是颇有特色的。太政治化和社会化了吧，也许。然而，作为之光同代人的我，重新读这些画，有一种重温那个时代的特殊情感。我想，比我们年轻二十、三十岁的人，也会在这些作品面前产生敬意。

　　之光在那些年代能画出这一批好画，绝非仅仅是因为他才能过人。除了他的天赋外，他勤奋好学。从13岁起，他就拜书法家李健为师，学习书法、篆刻；18岁就读于广州市立艺术专科学校及南中美院（即前春睡画院）随高剑父学中国画，成为高氏的入室弟子。在1950年9月入中央美术学院绘画系之前，他有半年的时间，"浪漫地"旅行到台湾，漂泊流离，靠在书局做临时工和抚琴刻印谋生（1949春至1949年秋）。还在苏州美术专科学校上海分校中国画科学习（1950年2月），并取得毕业证书。应该说，他在接受中央美术学院徐悲鸿写实体系教育之前，是有相当的传统中国书画的基础的，而且有一定的生活底子。他在中央美术学院的学习中得益不浅。对他影响最大的应该是徐悲鸿、蒋兆和和叶浅予，他从他们那里学习到严谨的素描写实造型和迅捷捕捉对象的速写的能力。至今，之光仍记得恩师悲鸿先生第一次见面对他热情而又严肃的谈话，要他忘记原来绘画的方法，从头学习素描。也许，之光要真的忘记原来已有的诗书画印方面的知识和文人画的程式很难做到，但暂时把原来熟悉的一套（在进中央美院之前，1950年夏，已经有上海安定珂罗出版社出版了《杨之光画集》；之光见徐悲鸿时呈上画集，悲鸿作如上教诲）搁置一下，认认真真攻克素描关，这是确实的。悲鸿、兆和和浅予先生都重视速写、默写，之光后来得心应手的招数以及在塑造人物肖像和舞蹈人物方面的成就，是由于在中央美院打下了坚实的基础。概言之，中国画的笔墨功力，写实的素描造型，敏锐的观察力，还有异常的勤奋，造就这位杰出的人物画家。当然，从性格和气质来说，还要补充两点，那就是之光的天真和随机应变的能力。之光的待人接物，他的性格，是开放型的，他心里想的，总要形露于外，即使有时在言行中流露出一点"狡黠"和"自负"，也使人感到他的天真和稚气。这是可爱的艺术家的性格。可以设想，之光当年不论是画课堂作业，临摹古代壁画，还是到工厂、农村和部队去体验生活，他是如何地虔诚和投入。我想，正是这些不可或缺的多方面的因素，使之光在同代人中脱颖而出，成为新中国卓有成就的一位人物画家。

　　在传统中国文人画中，人物画最弱。要振兴人物画，必须要掌握写实的本领。所以20世纪初以来，许多有见识的艺术家如徐悲鸿、林风眠等，都不遗余力地提倡中西融合。当然，中西融合是个大课题，怎么个融合法，可以有各式各样的见解和做法。之光追随徐悲鸿、蒋兆和、叶浅予等名师，在人物画中吸收素描和速写的写实技巧。最初，他的人物画素描味较重，笔墨情趣较弱，那是50年代人物画普遍存在的通病，是中西融合中不可避免地要经历的过程，也可以说是"矫枉过正"吧。西方的"写实"和东方的"写意"要熔为一炉，并非朝夕之举。但是，这些西画素描味较重的作品并没有因为缺少笔墨情趣而丧失艺术魅力。这是因为，第一，它们的生活气息浓，反映了那个时代朝气蓬勃的一面；第二，这种结合过程所产生的一种特殊语体，也是自成一格的。它生动地反映出中国人如何将西画素描法运用在水墨或彩墨画之中所进行的尝试和这种探索过程中所显示的能力。这些尝试的成果诚然可贵，而更可贵的是这种精神，一种开放和容纳的精神，一种自我否定和重塑传统的精神。这样做的结果必然会为传统输送新鲜血液使之更具活力。前面说过，之光对传统笔墨，对文人画的书法用笔入画情有独钟。在他的这些写实人物画中，多少也显示出他的传统修养。至于1962年创作的《浴日图》，更可以看出他对写意传统的留恋。

事物都是在一正一反的过程中发展，绘画风格的衍变大体也是如此。三十年河东主张素描写实，三十年河西强调传统笔墨。是片面性？难免。然而在片面性中也包含着合理性。"文革"之后，中国画在经历了否定十七年造型模式以至进一步否定整个中国水墨传统的思潮的。西化论"的冲击之后，有全面复归传统的趋势。在对西方思潮（这里指的是迷恋和模仿西方前卫主义的思潮）的热情凉却之后，人们重新冷静地审视传统，发现传统中很有值得我们深入发掘的东西。与此同时，人们每回过头来看50—60年代的艺术创作，也发现它的创造成果应该受到我们的珍惜。杨之光这位从50年代走过来的人，在这二十来年中，也是心潮起伏思绪万千的。但总的说来，他很稳定。在汹涌的前卫风中，他"巍然不动"；在复归传统的大潮中，他异常镇定、冷静；人们重新评价17年，他表示赞同却并不沾沾自喜。之光对艺术的理解更深刻了。中国和外国，东方和西方，传统和现代，表现上看，它们是彼此对立的，但本质上却是一致的。性相近，习相远。人类的感觉本质上是相通的，只是表现手段各有差异罢了。艺术的路可以无限宽广，每个人均可作出自己的选择。对艺术家来说最主要的是真诚、勤奋和创造。十多年来他继续从传统和外国艺术中吸收营养，继续寻找和发掘自我。80年代以来，他的不少舞蹈人物和人物肖像是相当有传统修养和现代意味的。这些作品更概括，更提炼，也更传神。近几年，他暂居美国，他的画在造型和色彩上又增加了洋味。对此，人们有不少议论，那是自然的。之光在探索新路，他会在探索中不断完善自己的创造。

之光少年得志，一生虽历经坎坷，但在同代人中，他是幸运儿；他担任广州美术学院副院长多年，创作和教学成果累累。也受到画界和社会的尊重。最近台湾"国风出版社"为他出版了一本作为"中国风采系列之一"的画集，书名为《当代杰出画家杨之光》。这个称号对之光来说，是当之无愧的。不过我从这里看到，在人们感觉里颇有些"海派味"的之光，骨子里是相当谦逊的，君不见如今画界某些一桶水不满的人早就自称"大师"了。

1995年5月1日

于北京，中央美术学院

（本文原载《中国画》1995年4期。作者系当代著名美术理论家）

杨之光和新人物画

郎绍君

20世纪后半叶的中国画，以革新为主潮，这一主潮又以新人物画为"火车头"。带动这个"火车头"的，是同行中出类拔萃的人物——如本画册的主人公杨之光。了解20世纪绘画不能不研究这些出众的人物，而研究他们也必须连及作为整体的20世纪绘画。

本文试从艺术历程和艺术探索两个方面考察杨之光的新人物画，并试图谈及与新人物画相关的历史经验。

艺术历程与分期

迄今为止，杨之光的艺术活动，可概括为三大时段，即奠基时期、创业时期和扩展时期。

一、奠基时期（1943—1953年）

杨之光小时兴趣很广，凡诗词、音乐、表演、书画、篆刻都喜欢，最痴迷的是书法篆刻和绘画。启蒙老师曹铭曾指导他临摹石涛、八大、吴昌硕和齐白石的作品。后经曹铭介绍，正式拜李健为师习书法。李健（1881—1956年），字伸乾，别署鹤然居士，江西临川人，是清道人李瑞清之侄，著名书法家。早年毕业于南京两江师范学堂图画手工科，是姜丹书、吕凤子、凌直支的同窗，官至内阁中书。民国后从事教育，曾游居南亚，任槟榔屿师范校长。美术史家俞剑华说他："于学无所不窥，真、草、篆、籀无不工。偶以书法作画，花卉、人物饶有佳趣……

亦工治印，谦和纯正，蔼然长者。"①杨之光课余至其家，磨墨理纸，研习笔法，历时六年。他后来回忆说，李老师要求很严，使我养成了一个习惯，放学回家，第一件事即倒锁房门练习李老师布置的书法作业，雷打不动。将"散氏盘""毛公鼎""石门铭""石门颂""张迁碑""十七帖""圣教序"等苦苦临了多遍②。在40年代的上海，一个年轻人经受这样的书法训练，并不稀罕，但对后来兼融中西艺术的杨之光来说，却是极为重要的一件事。

1948年冬，临近中学毕业的杨之光只身转回原籍广东，经李健介绍投师高剑父学中国画，又循高氏旨意入广州市美校习素描、水彩。高剑父晚年向传统回归，以"新文人画"自称。在南中美术院的阁楼上，高氏以"折中中西、改革中国画"的观念教导这个小弟子，并要他整本勾临《景年花鸟画谱》和《梅岭画谱》③。半年后，因时局动荡，杨之光和几个同学弃学自谋生路，最初想当流浪画家，向敦煌进发。但战火阻断了北去的交通，他们就乘五等舱渡海，转赴台湾。那时的台湾正一片混乱，他借宿车库、打临时工维持了五个月，画了一些画，终因前途茫茫，返回广州。台湾之行的最大收获，是得到了一次独立生活的锻炼。

1950年初，杨之光转到苏州美专上海分校中画科学习，以台湾写生为主要内容的第一本画集也在上海安定珂罗版社印行。当年夏，他以苏州美专毕业生的资格报考中央美术学院研究班。当他手持颜文樑的推荐信和个人画集谒见徐悲鸿时，徐氏却要他"从零开始"，报考普通班④。

---

① 《姜丹书艺术教育文集》，浙江教育出版社1991年版，又见俞剑华《中国美术家人名辞典》第379页，上海人民美术出版社1991年版。
② 杨之光《平生最忌食残羹》，载《杨之光四十年回顾文集》第109页，岭南美术出版社1995年版。
③ 杨文光在《谈中国画人物画的问题》一文中说："我是高剑父先生最后一个学生，他主张吸收中西长处，特别是西洋的明暗、透视法、解剖学、画光、画影、画飞机、大炮、时装，这些以前国画里都没有。"又在《平生最忌食残羹》一文中写道："入学不久，即在艺专的一个展览会上见到一幅高师的山水画中，画有一架飞机在山谷中飞翔。这飞机对我的震动极大，竟然影响了我的一生，我从此有了闯禁区的胆量。这就是我在日后的艺术实践中敢干表现一般国画家不大去碰的题材的原因。"载《杨之光四十年回顾文集》第112、166页，岭南美术出版社1995年版。
④ 《杨之光四十年回顾文集》第115页，岭南美术出版社1995年版。

从李健、高剑父到徐悲鸿，都按照自己的原则要杨之光"打基础"。在徐悲鸿看来，杨之光虽上过两个美术学校，却都没有解决造型问题，所以要求他从头学素描。50年代初的中央美术学院尚未恢复中国画专业①，他上的是绘画系，学素描、速写、水彩、图案和白描，而学白描是为了画连环画。蒋兆和、董希文教素描，叶浅予教速写，李可染、萧淑芳教水彩，李苦禅没课上，到资料室去了。这样，杨之光的功夫就下在素描、速写和水彩上了。他后来说："在中央美院的三年，是我打基础，尤其是打造型基础最关键的三年。"

从1943年到1953年，杨之光历经了三个美术学校，先后得到李健、高剑父、徐悲鸿、蒋兆和、李可染、叶浅予等名师指点，打下了坚实的基础。这基础包括艺术思想方面如中西融合观念、创新意识，也包括艺术技巧及相关修养如造型、色彩、笔墨、金石书法等。 就全面能力而言，由熏陶于上海艺坛再出入于岭南派、徐悲鸿学派，杨之光在转益多师中所打基础之全面，是同代人或单纯学某一学派的画家所难以比拟的——这使他具有更开阔的眼界，更广泛的素修②。

这一时期的杨之光还奠定了人格和人文素质基础，形成了他的性格、感情、意志特征和对人生世界的基本态度。这与遗传基因有关，但主要是后天塑造的。这是他选择人生和艺术道路的内在基础。

杨之光幼年遭父母离异，在母亲的新家里受到歧视，从小就滋生了一种独立意识。譬如18岁那年，父亲要他去广州学医，他却坚决跟高剑父学了画一年后，又不顾父母劝阻，弃学浪迹台湾。他后来在艺术追求中的执着和偏犟，可以看做这一独立性格的继续。

23岁前，杨之光已历上海、广州、台湾和北京四地学习与生活，

① 中央美术学院前身即北平艺专原有国画系，1949年新建中央美术学院只设绘画系、实用美术系和雕塑系，实际上取消了国画系。这与继承延安鲁艺体制有关。在当时的领导人看来，国画太陈旧，不能为新政治服务，学国画不如学年画、连环画有用，因此只保留了白描课，目的是教学生有画年画和连环画的能力。1954年后，因为批评了民族虚无主义，中央美术学院才着手组建中国画系（初名"彩墨系"）。

② "二高"的早期弟子如黄少强擅书法、能篆刻与诗词，徐氏早期弟子如吴作人擅书法。高、徐二人也都擅书法。

差异很大的不同文化环境丰富了他的人生体验和知识见闻，促使他早熟。30—40年代的上海，最富开放性，其就读的上海世界中学系辛亥元老李石曾创办的，学校重现代知识也重传统文化，开设了多种外语课，还组织音乐、戏剧、美术等课余活动，杨之光除参加美术活动外，还学过小提琴，演过话剧。他一生热爱艺术与生活，始终保持着多方面的兴趣；他性格中的热情、开朗和果敢，都和少年时代的这一环境的陶育分不开。杨之光是广东人，但没有明显的地域观念。"二高"弟子如黄少强、方人定、赵少昂、黎雄才、何漆园、苏卧农、叶少秉等，在突破地域局限、开放人生与艺术这一点上，似乎都不及杨之光。这种差异和它对艺术的影响，以及它产生的原由，是很值得思味的。

　　中央美术学院学习的三年，对杨之光世界观与艺术观的确立具有决定性的意义。新中国刚刚诞生，久经战乱，百废待兴，充满着憧憬，洋溢着活力。人们以虔诚的心情倾听毛泽东和党中央的每一个声音，期望自己也能为新中国的建设献一分力。杨之光回顾说："真正使我懂得艺术要为人民服务这个道理，是在解放初进入中央美院，学习了《在延安文艺座谈会上的讲话》之后，才明确了我的奋斗目标。"[1]那时的思想教育是专注的、正面的，一切复杂的社会、艺术现象，也都以简单的方式加以解释和处理。似远又近的美好理想把人们的精神世界变得蓝天般纯净。"为人民服务"——发挥主人翁的责任感、自信心和自觉意识，成为普遍的道德意识。1953年寒假，杨之光回到上海家里，动员母亲将家藏的古画捐给学校。他写信给同学说："已将这些画捐给图书馆保存，我知道这些画只有这样处理才能真的发挥作用。"[2]45年后，誉满海内外的杨之光将自己1200件作品分别捐给中国美术馆、广东美术馆、广州艺术博物馆和广州美术学院中国画系。他说："我是永远不会后悔的！

①　杨之光《在中国美术馆捐赠作品颁奖大会上的致辞》，见《让艺术回到人民当中——杨之光捐赠作品纪念文集》第32页，广州美术馆研究部・广州美术学院中国画系中国画理论研究室编印，1999年。

②　参阅杨之光1954年5月9日写给朋友的一封信。转引自李伟铭《名作的殿堂——杨之光捐画感言》，载《让艺术回到人民当中——杨之光捐赠作品纪念文集》第50页。

因为——我的艺术来自人民，我将我的艺术成果交给人民，是理所当然的。"①这样的精神境界，正是形成于50年代初的思想、人格的继续和升华。

二、创业时期（1953—1977年）

这一时期，杨之光从一个普通教师成长为广州美术学院的中国画系的主要教学骨干和负责人，创作上则有50年代和70年代的两度辉煌。

1. 从《一辈子第一回》到《雪夜送饭》

1953年，杨之光被分配到武昌，参加中南美专的筹建工作。中南美专是当时华中、华南地区唯一的美术专门学校。它和中央美术学院一样没有国画系，只有"彩墨"画课。②在选择面前他犹豫过。坚定于中国画的大师兄关山月和黎雄才给他鼓劲，说中国画可以"反映现实"，还能通过写生"发展新技法"。

《一辈子第一回》（1954年），是杨之光工作后的第一幅创作，刻画了主人公"刚领到选民证时脸上和双手激动的心情"，创作过程中四易其稿，但一炮打响，入选第一届全国美展并被中国美术馆收藏，获得武汉市"向科学文化进军奖"。普选"是新中国政治生活中的重要事件"，用杨之光的话说，它"标志着人民翻身的伟大胜利"③，在众多同一主题的作品中，《一辈子第一回》以简洁、鲜明、质朴、真实脱颖而出，赢得了美术界和社会的首肯。画家最初是从他同学的母亲把选民证藏在盒里、锁在抽屉里的情感经历得到启发，联想到太行山区妇女"把钱摺得整整齐齐放在手帕里，兴致勃勃地去赶集"的情景，构思出这一

① 杨之光《在中国美术馆捐赠作品颁奖大会上的致辞》，见《让艺术回到人民当中——杨之光捐赠作品纪念文集》第33页，广州美术馆研究部·广州美术学院中国画系理论研究室编，1999年。

② 解放初的各美术院校，国画（或曰"中国画"）被认为不能适应革命的需要，都不设专科。各艺术院校都推行融入西画以改适国画的方针，中央美术学院率先把"国画"改称"彩墨"。称"国画"有个是否"姓国"的问题，称"彩墨"就不存在这个问题了。约1956年，中央提出对"民族虚无主义"的批评，中央美术学院和备美院校陆续重建中图画系，"彩墨"的名称就自然被淡化以至消关了。

③ 杨之光《关于〈一辈子第一回〉的创作过程》，载《杨之光四十年回顾文集》第131页，岭南美术出版社1995年版。

细节。某位老先生曾批评《一辈子第一回》"取半身的构图不是中国画的特点，而是宣传画"。他觉得像宣传画也没什么不好，便用国画形式创作了一幅题为《耐心教，虚心学》的宣传画作为回敬。1956年夏，杨之光的写生作品因吸收水彩方法而引起争论，有人提出"杨之光的画到底算不算中国画"的问题。他回答说："如果说杠杆的两头一边是'生活'，一边是'传统'，那么，我的态度肯定是侧重在'生活'"，这是他的基本思想，也是他这一代人的基本选择。

50—60年代，苏俄绘画是唯一可以看到和自由借鉴的外来艺术。列宾、苏里柯夫成为美术院校师生崇迷的对象。决心要改造人物画的杨之光有一个惊人之举：用生宣纸和国画颜色临摹了列宾的油画《萨布罗什人写信给土耳其苏丹》，他的想法是，"传统中国画在塑造多种形象、多种性格的人物方面是一个明显的薄弱环节。虽然古代有阎立本的《历代帝王像》，近代有蒋兆和的《流民图》等可举例，但毕竟太少了，更多的是千人一面，缺乏性格及程式化的。克服千人一面，恢复生活中的千变万化，我认为只有学巡回画派在生活中艰苦地收集形象素材，创造动人的典型形象。"[1]对生宣性能稍有了解的人都知道，临摹列宾刻画了20多个剽悍哥萨克形象的巨作，是多么困难的事，但他居然临摹得形神俱似！

1958年有三件事，使杨之光终生难忘。一是他被下放到湖北周矶农场劳动锻炼，尝到了体力劳动的艰苦；二是中南美专南迁，扩建为广州美术学院；三是作品《雪夜送饭》荣获第七届世界青年联欢节金质奖章。

《雪夜送饭》描绘了大跃进时代的一个普通镜头：下放干部冒雪为夜耕的拖拉机手送饭。在农场，杨之光亲尝了劳动的艰苦，也体验了被美好乌托邦式理想激励的高昂劳动热情。在劳动间，他坚持画"速写日记"，获得了大量素材。《雪夜送饭》前后画了两幅，第一幅用水彩，描绘"送饭者正在端饭给拖拉机手"[2]，第二幅用彩墨——把行进的拖拉机推到远景，集中刻画两个送饭的下放干都。为了保持传统绘画风格，

---

[1]　杨之光《平生最忌食残羹》，载《杨之光四十年回顾文集》第121页，岭南美术出版社1995年版。

[2]　杨之光《劳动锻炼的收获》，载《杨之光四十年回顾文集》第141页，岭南美术出版社1995年版。

他用手提的马灯暗示黑夜。从肖像式的《一辈子第一回》到情景交融的《雪夜送饭》，可以看到杨之光创作主题的一贯性，又可以窥见他在风格上向传统靠拢的趋势。

2. 敦煌考察、深入生活和批斗改造

60年代对杨之光来说是喜悲交替的。喜的是他在教学、科研和创作上都有了很大进展，悲的是遇"文革"、受迫害，中断了艺术活动。

三年困难时期，"左派幼稚病"有所抑制，思想环境有所宽松。

在文化艺术界，人们在谈政治、内容、共性、革新的同时，也敢较多地谈艺术、形式、个性和传统了。1961年，杨之光约了几位同事，不顾饥肠辘辘，跑到敦煌考察。他回忆说："当我们下了火车，改坐汽车在茫茫的沙海中驰往敦煌途中，偶尔望见远远出现的沙漠幻影……兴奋得将疲劳一扫而光。"到了敦煌，"我们就一头栽进洞里不想出来了"。[1]他临摹了《张议潮出行图》等大幅壁画，选摹了许多人物、动物形象，甚至用剥落的墙皮复制一些原作局部。在大气候仍是"厚今薄古"的艺术界，杨之光对敦煌古迹的这种热情，在同行中是不多见的。这使我们看到了他思想的另一面——对民族文化和传统艺术的认同。

1962年，杨之光带学生到海军某部进行毕业创作实习，又随广州京剧团到汕头慰问某部队，画了一批速写和由速写加工成的创作。著名的有《浴日图》《慰问演出之前》及组画《水兵在欢笑》等；1964年，又到空军某部深入生活，创作了《飞行员高光飞》《夜航队》《空军组画》等，其中肖像作品都是直接以毛笔、宣纸写生。用水墨画闪光的甲板、钢炮、飞机和笔直的跑道，"在传统技法中找不到可借鉴的经验"[2]。然而杨之光喜欢面对这种挑战，他对学生说："我是有意找麻烦来了。"他用明暗法表现探照灯下的跑道，用倒影刻画明亮的甲板，用泼墨画水兵的衣服，用齐白石画水的方法画海……此外，他还到工厂、农村、堵海造田工地体验生活，画速写，创作了《缫丝女工队》《民工

① 杨之光《平生最忌食残羹》，载《杨之光四十年回顾文集》第141页，岭南美术出版社1995年版。

② 杨之光《平生最忌食残羹》，载《杨之光四十年回顾文集》第124页，岭南美术出版社1995年版。

乐手》《不爱红装爱武装》等作品。

1966年冬，杨之光成了"牛鬼蛇神"。先是"白专典型""反动学术权威"，随之而来的是"政治问题"——因为去过台湾，又"潜回大陆"，必是"美蒋特务"！有口难辩和无休止的审查批斗，逼得他几乎失去了生活的勇气。

3. 由《矿山新兵》开始的再度辉煌

1971年，杨之光获得"解放"，被派到矿区，并很快创作出《矿山新兵》。作品在《人民画报》发表，又印为邮票在全国发行。画家把女矿工放在逆光的晨光中刻画，突出了人物的青春朝气。强调光色并能把握恰当分寸，标志着画家艺术追求的新起点。

同一年，他又创作了大型历史人物画《难忘的岁月》（235cm×145cm）和《红日照征途》（145cm×247cm）。前者为白求恩逝世32周年而作，刻画白求恩迎着风雪，在山路上走来的情景。后者以毛泽东1926年主持广州农民运动讲习所为题，表现领袖为农民指明革命道路。杨之光画广州农民运动讲习所时期的毛泽东，始于1959年，终于1977年间，前后六张，此为其中之一。1959年那幅藏中国革命历史博物馆，横方构图，画毛泽东和一群学员站在石桥上谈话，房屋、树木占据了大部分画面，置人物于中景，视平线较高，画法以勾勒为主，描绘略显琐碎。1971年这幅为立式构图，低视平线，人物占了画面的主要位置，后有高耸入云的大树衬托，青年毛泽东显得十分高大。70年代初，文艺界正大讲"三突出"，画领袖人物如果不遵循这一原则，难免犯"政治错误"。画作相对工整，人物比例准确，面相英俊，气宇轩昂，笔墨技巧纯熟、果断、干净，显示了作者高超的笔墨能力。

此后，杨之光和鸥洋合作，又创作了《激扬文字》（1973年）和《不灭的明灯》（1977年）。《激扬文字》描绘1925年在广州主编《政治周报》时的毛泽东：取半身正侧面，桌椅、衣服、眼、鼻、下颏、颈部，都以阴影显示结构。以水墨写意的方式画大尺幅领袖肖像，技巧难度大，心理压力也大，稍有不当即有"歪曲伟大领袖形象"之嫌。画家说："在生宣纸上要求画出极为精确而又传神的形象极为不易，如过于小心则难求笔韵墨趣，如放纵笔墨，又容易走形，于是我巧妙地将光与色、西洋素描及中国笔墨兼施并用，终于达到了公众一致认可的程度。"①毋庸讳言，《激扬文字》中的主人公，有"亮相"式的舞台意味，这正是样板戏表现英雄人物的典型方式。不这样做，"就过不了关"。②

《不灭的明灯》描绘毛泽东在井冈山著文的情景，仍取肖像式构图，主人公正在拨亮油灯——这灯火暗喻毛泽东思想是中国革命的明灯。比起《激扬文字》的"亮相"式动作，点灯的细节较为平朴。作者追述说："自己开始觉得老这样（强调斗争——笔者注）太紧张了，就画了另一张毛主席起身挑灯的画，这样还温和些、亲切些。"③《不灭的明灯》更强调光影，更接近有明暗的素描效果。但由于用笔用墨把握得好，并没有失去传统水墨画的基本特征。

从《矿山新兵》到《不灭的明灯》，杨之光在创作上获得了第二次辉煌。走出"牛棚"很快就能成功，靠的是什么呢？是他思想的真诚和艺术的能力。"思想的真诚"，指他对中国革命和毛泽东思想的信念；"艺术的能力"，指他驾驭造型、色彩和水墨的出色能力，这种信念和能力是在50—60年代培养的。

三、扩展时期（1978—1999年）

标志新时期开端的那一年，杨之光48岁。他先后晋升为副教授、教授，担任系主任、副院长，他的名声更大了。在教学和行政之余，先后应邀到香港、澳门、台湾地区和印度、尼泊尔、泰国、美国、新加坡考察、讲学、办展。他的作品也以各种形式在海内外出版。但他并没有放松作画，而是利用外出讲学机会到宁夏、甘肃、新疆、上海、北京等地考察，画了大量写生与肖像。

1990年退休后，杨之光时而居美国，时而返广州，间或到欧亚各

---

① 杨之光《平生最忌食残羹》，载《杨之光四十年回顾文集》第127页，岭南美术出版社1995年版。

② 杨之光《平生最忌食残羹》，载《杨之光四十年回顾文集》第168页，岭南美术出版社1995年版。

③ 杨之光《平生最忌食残羹》，载《杨之光四十年回顾文集》第73页，岭南美术出版社1995年版。

地访问，过着往来于东西方的自由艺术家生活。不断给自己的艺术增加新的因素，力求把中国画推向世界，是这种生活的主要内容。如1991年，在美国纽约、康州，中国台北，新加坡举办"杨之光画展""杨之光游美写生展"；1993年，在台北、广州、洛杉矶举办"杨之光鸡年吉展""杨之光画舞展""杨之光、鸥洋画展"；1995年，在台北、北京中国美术馆、广州美术学院举办"杨之光画展""杨之光四十年回顾展"……由于对增进美术交流的贡献，相继获得了纽约国际文化中心颁发的"中国画杰出成就奖"，美国加州和旧金山市政府颁发的荣誉奖状，台湾"华夏艺术国际奖"金奖。他说："我对退休的看法是：'退'意味着超脱，'休'可不是休止符，而是意味着从此可以力所能及地干一点自己想干的事。""想干的事"就是多方面扩展自己的艺术：

第一，肖像。杨之光一向偏爱肖像。"如果问我，在我的艺术实践中难度最大、最受人瞩目的是哪一项？我会无愧地回答：肖像。"[1]他50—80年代的一系列代表作，就是肖像或肖像式作品。但新时期画肖像更多，最著名的是文艺名人肖像，代表作有《蒋兆和》《朱屺瞻》《张仃》《黄胄》《李苦禅》《石鲁》等，大都直接写生，"抢"时间完成。80年代的藏区写生，也多为肖像。1990年的《萨马兰奇像》，作为中国奥委会的礼物赠予萨翁本人。在画法上，包括纯水墨、纯色彩、墨色兼用、以墨为主、以色为主等。杨之光认为，画好肖像要具备四个条件：（一）熟悉被画对象；（二）具有较强的造型与色彩基础；（三）具有熟练的速写技巧；（四）具有一定的笔墨功力。[2]他本人恰好是多条兼备。

第二，舞蹈人物。杨之光从50年代开始画舞台速写，最初多用硬笔。新时期以来，画舞蹈速写激增，且多用毛笔宣纸，凡新疆舞、藏族舞、朝鲜族舞、傣族舞、印度舞、尼泊尔舞、巴基斯坦舞、夏威夷土著舞、芭蕾舞、日本舞、阿根廷舞、西班牙舞、西方现代舞，无不进入他

---

① 杨之光《平生最忌食残羹》，载《杨之光四十年回顾文集》第126页，岭南美术出版社1995年版。

② 杨之光《平生最忌食残羹》，载《杨之光四十年回顾文集》第126页，岭南美术出版社1995年版。

的画面。美妙的舞姿，奔放的线条，奇丽的光色，无不突显画家对生活的热情和强劲的生命力。

第三，女人体。用没骨法画人体，是杨之光对新人物画的一大推进。迟轲教授说，这些人体之作"含有某种耐人寻思的情趣和意境，美质是健康纯正的"[1]。无骨却有形，朦胧但清晰，概括得似乎省掉了一切多余东西，只留下生命的诗意和美。

对层出不穷的新思潮，杨之光保持着距离。他探索扩展但不变更基本的原则。这和同代艺术家黄胄、王盛烈、方增先、刘文西等，保持着大体的一致。概言之，新时期的杨之光在画坛有了崇高的地位，在艺术上不断扩展，但像《一辈子第一回》《矿山新兵》那样有广泛影响力的作品也减少了。在新人辈出的80—90年代，他已不属于最活跃的一群。

精神追求与形式探索

一、英雄主义和美的歌者

杨之光的人物画有两个基本主题：颂赞英雄主义和美。50—70年代，以英雄主义为主调，英雄主义与美合而为一；80—90年代，以赞颂美为主调，英雄主义迅速隐退。

艺术中的英雄主义，是时代性的精神现象。早在40年代，毛泽东就提出：你是资产阶级文艺家，你就不歌颂无产阶级而歌颂资产阶级，你是无产阶级文艺家，你就不歌颂资产阶级而歌颂无产阶级和劳动人民，二者必居其一……对于人民；这个人类历史的创造者，为什么不该歌颂呢？无产阶级，共产党，新民主主义，社会主义，为什么不应该歌颂呢？"一切危害人民群众的黑暗势力必须暴露之，一切人民群众的革命斗争必须歌颂之，这就是革命文艺家的基本任务。"[2]解放后，《讲话》成为制定国家文艺方针、指导艺术家创作的最高原则。得之不易的和平安定局面，毛泽东的崇高威信，政府的统一领导与管理，知识分子对革命和新中国前景的虔诚向往，形成50年代初积极向上的新气象。学习

---

[1] 迟轲《杨之光女人体写生精选序》，岭南美术出版社1998年版。

[2] 毛泽东《在延安文艺座谈会上的讲话》，载《毛泽东选集》（一卷本）第873、874页，人民出版社1966年版。

《毛选》、改造思想、下乡下厂，努力歌颂新社会、新人物，迅速成为艺术界的风气。但思想批判运动也接踵而至。1954年，对胡适及其学术影响的批判连及诸多文化人；1955年，胡风等一批诗人、小说家和文艺理论家被打成"反革命集团"；1957年，数以万计的作家、艺术家和理论家被打成"反党反社会主义的右派"。1958年，工农业建设的热情空前高涨，但"左派幼稚病"出现了，到处都笼罩着社会乌托邦的美好空想，虚报产量的"浮夸现象"也开始蔓延。正是这一年，毛泽东提出了"革命的现实主义和革命的浪漫主义相结合"的创作方法。结合的"主导"方面是革命理想主义，体现理想的主要方式，是创造典型的英雄形象。三年困难时期（1959—1961年），文艺政策有所宽松，但指导性的文艺理论并没有变化。后来，"四人帮"把革命理想主义加以歪曲，炮制出的"三突出"原则。异化的英雄主义遂成为"文革"艺术的共同主题。

在50—60年代的现实生活中，确实出现了一批英雄人物，如黄继光、欧阳海、雷锋、王进喜、焦裕禄，他们的事迹都曾感动过无数的人。文艺作品中的英雄人物如保尔、卓雅、杨子荣、董存瑞等等，也都曾成为几代青年尊崇的对象。一代领袖毛泽东，更是由对他的业绩、著作、诗歌和人格力量的尊崇演变为狂热的个人崇拜。英雄主义主题，国家、民族的利益，共产主义的理想，以及阶级性、党性，是绝大多数艺术家所宣传的主题。千方百计讴歌英雄与领袖，自觉服从主流意识形态要求，也成为一种集体的思想方式和审美定势。

杨之光作品的英雄主义，是逐渐形成的。《一辈子第一回》（1954年）歌颂的是"普选"这一历史事件，没有英雄人物。画中那位老大娘，极其真实、质朴、自然，没有一丝戏剧化的夸张——这源于对象，也源于画家的创造。正是这种自然质朴，才生动而令人信服地展示出中国人对"当家做主人"的喜悦感觉。如何评价1954年的普选，是历史学家的事，刻画那一历史事件在人们的生活和情感经历中留下了什么，是艺术家的事。它们的价值各不相同。

《雪夜送饭》表现友爱，但这友爱是以英雄主义式的劳动热情为背景的。此后的作品，大抵可分为两类：一类是工农兵人物，如《浴日》

《水兵在欢笑》《空军组画》《飞行员高光飞》《夜航》《女民兵》《矿山新兵》等；一类是著名人物或领袖，如《难忘的岁月》《红日照征途》《激扬文字》《不灭的明灯》等。第一类作品中的主人公，大都精神饱满，真实亲切，没有舞台腔和"英雄主义"架式。《浴日》《夜航》中的人物以背影出现，没有丝毫居高临下的感觉，《女民兵》刻画"不爱红装爱武装"的飒爽英姿，但形象仍是端庄秀丽的女青年：即便作于"文革"中的《矿山新兵》着重点也只在表现主人公的青春朝气，甚至还描绘出了她天真和稚气。这与画家的写生实践有绝大的关系：生活中的工人、农民和战士，都质朴而自然。但画家笔下的白求恩和毛泽东形象，都有些舞台腔和舞台势。这是个人崇拜和"三突出"留下的痕印。

怀有崇高理想的英雄必然是乐观、自信的，而与悲哀、愁绪、怀疑、犹豫、低沉、颓唐、孤独、软弱等等无缘。50—60年代成长起来的一代人，接受的是正面教育，是英雄主义、理想主义、斗争主义教育，在那种历史情境中形成的思维方式，是"二分式"的——非好即坏、非真即假、非善即恶、非美即丑、非正面即反面、非东风即西风、非同志即敌人、非无产阶级即资产阶级、非马克思主义即反马克思主义……正面教育使人习惯于从光明、健康、成绩、向上、乐观的角度看事物，"二分法"则使人的思想和处理事物的方式变得空前单纯（也简单）。一个习惯于从正面看事物的人，其乐观也必定较为纯粹。在那个年代里，唯少数有痛苦人生经历、深刻思想个性的智者和艺术家如陈寅恪、顾准、林风眠等，才会透过乐观表象感受到生命的沉重和孤独。世界观在解放后形成的杨之光、鸥洋这一代人，被革命英雄主义、乐观主义和奉献精神激励着，但他们的思想和知识结构又是单纯而浅透的。在"文革"中，杨之光历经长达五年的牛棚关押和劳改，他的父亲（医生）被不断批斗，岳父（经济学家）"像乞丐一样生活了多年"，母亲（先进生产者）被斗而自杀，岳母不胜重压悬梁自尽。但这些巨大的不幸，没有使他和鸥洋失去生活的信心和艺术探索的锐气。他回忆这段不幸遭遇时说："种种创痛让我们心里久久不能平静下来，但这是整个国家、整个民族的悲剧，连国家主席、开国功臣都身不由己，我们这些小老百姓的不幸又值几何？我把过去这一切就当成一场恶梦。"①这种理性态度和乐观精神，正是时代所培养的，也正是其作品乐观主义基调产生的内在根由。

但不能不承认，充满英雄主义和乐观主义的《矿山新兵》《不灭的明灯》等作品，同时也缺乏内在丰富性。真实的、有血有肉的工人、农民、白求恩和青年毛泽东，在作品中被过分简单化了。艺术当然要表现观念、必然、理想、共性、阶级或群体性，但如果放弃了感性、偶然、现实、个性、个人特质，就成了连恩格斯也批评过的"单纯的时代号筒"，丧失了它应有的感染力，也就不能深刻揭示人和世界的真实与丰富。政治化、一体化的文艺体制，使艺术家或者放弃了独立叩问人生和世界的自觉性，或者根本就没有获得相应的思想力和勇气。"文革"和"文革"前的许多作品，在它们呈现出单纯、乐观、向上和英雄气概的同时，也呈现着精神上的简单、浅薄、概念化和公式化。不正视和研究这一矛盾性、两面性，不从艺术家与时代关系中加以考察，就无法透析诸如英雄主义之类精神现象的方方面面并作出恰当评价。

如前面所述，杨之光"文革"后的作品，英雄主义迅速消退，对美的讴歌成为主调。他凭着真情实感描绘如真而美的肖像、舞蹈、女人体、风情、人文和自然景色。在肖像中，他刻画留在人物脸上的历史沧桑，揭示他（她）们的性格气度：在舞蹈和人体中，他描绘生命的旋律、健康、魅力，表现他（她）们富于民族和个人特性的青春活力，寄寓画家自己对世界和人生的爱。色彩的明丽缤纷，光的变幻跳荡，笔画的迟速重轻，都突显出画家未曾减弱的激情和朝气。作为历史性的精神现象，英雄主义的迅速消退与"文革"的结束、阶级斗争观念的隐没、个人崇拜的幻灭有直接关系。告别了英雄主义的画家个人，也迅速回到相对正常与平常的心态，曾被强制性压抑的自我亦逐渐苏醒。但是，杨之光和他这一代人"正面描绘"的思维方式却没有变异。他们中的绝大多数人，极少揭示包括"文革"在内的苦难经历和体验，极少描绘人性扭曲和生存状态的荒诞性，也回避真实存在的丑和病态，拒绝调侃和反

---

① 《杨之光四十年回顾文集》第115页，岭南美术出版社1995年版。

讽。耐人寻味的是，没有丰富人生经历和"文革"创痛的画家，作品中的痛苦和变态反而多而又多。这个事实似乎告诉我们，人生经历没有艺术观念、创作习惯对艺术家更富影响力。年轻画家表现痛苦，并不是因为他们有痛苦的经历，而是因为他们接受了西方表现派艺术的观念和经验；老一代画家不表现痛苦，不是他们没有痛苦经验，而是他们已经习惯于歌颂欢乐与美，不愿意或不能够把痛苦经验再现于艺术，也不轻易接受西方观念与经验。正面描绘，刻画光明，表现单纯、乐观、美的东西，是他们的艺术观，并成了他们的思维定势。

新时期艺术的经验表明，超越正面描写，重视艺术家个人经验与体验的意义，深入发掘人和人的精神世界的丰富性，追索人生的价值与意义，是人物画创作的重要课题。对此，相对年轻的画家作出了可贵的努力，对老画家有所超越，但这并不意味着正面描绘已经过时、可以抛弃了。不论西方还是中国的"现代""后现代"艺术，都存在着无限度的放纵个性、无意识、扭曲、荒诞、神秘、暴力、残酷性和性意识的问题，已经或潜在地造成了对人类精神健康的损伤和摧残。艺术不能没有对健康、朴素、乐观、理想、理性和美的正面赞颂。这绝不意味着要回到政治一元化时代，回到粉饰和浮夸。正常的、有良知的现代艺术家，不会埋没自己的个性和精神创造，也不会放弃对人类精神文化建设的责任。

二、写实、写意及其他

杨之光的绘画，可纳入"写实性写意"模式。其要点，一是"反映现实"，涉及观念上的写实主义；二是形象的写实特征，涉及造型上的写实方式；三是写意体裁与形式，涉及传统的写意画观念与手段。

作为一种绘画模式，"写实性写意"并非杨之光所独有，而是整个新人物画的共同特质。唯有从模式整体与具体派别和画家的比较中，才可能把握杨之光绘画在形式风格上的特色、成就与局限。

1. 背景与渊源

新人物画的"新"，一指题材新——画现代人物；二指风格画法新——吸收西画并加以综合创造。与新人物画对应的是传统（型）人物画，如齐白石、王一亭、张大千、徐燕荪的古装人物，它们有明显的程式和风格传承，重视笔墨表现，没有西画影响。新人物画的早期代表作首推陈师曾的《北京风俗图》和《读画图》。《北京风俗图》为册页式组画，描绘袁世凯政府时代北京下层人的生活风俗与情状；《读画图》为独幅作品，刻画1917年北京艺术家金城、陈汉弟等藏家陈列私藏书画以集资赈灾的景象。前者以勾勒为主，少画或不画环境，造型略似漫画但并不夸张；后者以没骨着色为主，人物与环境描写十分统一，画风相对工整，还略有光的表现。它们与后来的"写实性写意"模式有很大距离。20年代到30年代，相继出现了郑锦的人物画，赵望云的农村写生，黄少强、方人定、关山月描绘民间疾苦的人物画。郑锦画风工细，深受日本画影响，重视块面而不重视笔线，有写实性而无写意特征。赵望云的农村写生实际是一种毛笔速写，反映现实但缺乏写实与写意技巧，其意义主要在题材与主题方面。黄少强学习过素描，画法则完全是传统写意勾画，但写实与写意的结合还不够成熟。关山月画人物，取材近于黄少强，造型能力更弱些。曾在东京美术学校受过系统训练并长于理性思考的方人定，对以色彩的、装饰性的新日本画有很好的素养，归国后向传统回归，但传统根底较差。总之，陈、赵、黄、关、方等人的作品，在内容上具有突破性，但艺术上不成熟，未形成有力影响。30年代中到40年代初，徐悲鸿以技巧精熟的写实性肖像、群像和人物故事画，蒋兆和以描绘深刻的水墨人物写生与创作（特别是《流民图》），崛起于画坛并形成影响。他们都有扎实的素描根基，能把握准确的比例结构，进行深入的面部与体态刻画，显示了描绘现代人物的巨大潜力，初步形成了写实性写意人物画的模式。

杨之光正是在这样的背景下学习中国画，并相继接受岭南派和徐悲鸿学派教育的。对于中国画的整体观念，如传统与创新意识，笔墨意识，诗书画印一体意识，他得之于李健、高剑父多些，对于人物画的写实观念与技巧，如素描、水彩、造型、结构，他得之于徐悲鸿、蒋兆和、叶浅予等多些。

2. 综合与创造

杨之光的杰出，在于他对诸派画法风格的承继综合，更在他对"写实性写意"人物画的推进与创造。

50年代前期，新人物画正在合延安经验、苏联经验和徐悲鸿学派经验为一，形成它的基本特点：通俗大众格调，西式写实性，中式半工写画法。由于地域环境、借鉴方式、画家选择的不同，先后形成了不尽相同的风格流派——徐悲鸿学派（亦称徐蒋学派）风格、新浙派风格、西北风格、新岭南风格、速写式风格、连环画式风格等。而创造新岭南风格的就是杨之光。

　　徐悲鸿学派风格的代表人物，包括徐悲鸿、蒋兆和和他们的学生，追随着李斛、李琦、姚有多、马振声、王子武以及80年代以前的卢沉、周思聪等。其主要特点是重造型，重写生轻临摹，以素描打基础，重视结构，弱化光暗，相对忽视笔墨。新浙派风格的代表人物，包括方增先、李震坚、周昌谷和他们的学生吴山明、刘国辉等。其主要特点是重造型也重笔墨，强调写生但不轻视临摹，以写意花鸟的笔法入于人物画。西北风格以刘文西和他的学生王有政等为代表，主要特点是强调写生，造型写实，勾勒填色，画风近于漂亮、喜庆、红火的年画。速写式风格以叶浅予、黄胄为代表，他们都没经过学院教育，造型根基与方式主要来自速写，多以硬而直的笔线（包括复笔）作画，长于刻画动态。连环画式风格的代表人物，都是由连环画进入中国画的画家，如北京的刘继卣，上海的程十发、刘旦宅，辽宁的王绪阳等。他们的具体画法虽不一，但都偏重细节描绘，强于叙述而弱于概括。杨之光的新岭南风格，可以说是从徐悲鸿学派派生出来的，又吸收了岭南派和江南绘画的某些因素，其特点，一是具有明显的综合性，二是强调光、色。

　　综合性指对造型、笔墨、写生、速写、默写、色彩的综合把握，但综合并非等量相加。在杨之光看来，造型是人物画的首要因素。"我认为人物要传神，首先要解决一个造型问题，笔墨功力决不能代替造型能力，还必须懂得艺术科学。"这里说的"艺术科学"，即素描、透视、解剖、色彩的知识与训练。有了造型能力才能准确把握形，所以他又说"形准是前提"。他在教学上"基础要严，创作要宽"的主张，也出自这一观念。此观念得自徐悲鸿，也得自对人物画特殊性的清醒认识。但他并不因此而看轻笔墨。早在1960年，他就写文章说："应该很好地承继我们先辈的笔墨技法，不能把它看做是一套死东西，这实实在在是一套具有无穷生命的传统。"①后来又说："光有形准还不行，还要以形传神，把科学造型与传统笔墨相结合。"吸收西洋的并不可怕，可怕的是忘了祖宗，完全丢弃了传统的笔墨与诗书画印结合的表现方法。②这些看法，是徐悲鸿及其弟子所没有过的。除造型与笔墨之外，杨之光也重视写生、速写、默写等。这种综合性表现了超越门派学统的开阔视野，是杨之光在艺术上获得成功的保证之一。

光色的表现——在杨之光四十年回顾展座谈会上，我曾说到"把水墨画的勾勒、泼墨、没骨法与水彩结合起来，画出一种既写实又写意的风格，是20世纪后半期人物画的重要现象"③。传统写意人物画，向来以平光下的水墨为骨，色彩只是辅助性的。以墨当色或墨分五色固然是传统写意画的特征和优长，但换个角度看，贫色未免不是一种缺憾。色彩和光是人类视知觉中最敏锐、最普遍、最富心理性的因素，如果能充分发挥它们的作用，使中国画更丰富、更具表现力，不是更好吗？"水墨为上"的观念是文化史的产物，尊重并发扬这一传统，同扩展中国画的色彩表现并不矛盾。从第一代岭南派画家到致力于中西调和的林风眠，再到晚年的贺天健、张大千、朱屺瞻、刘海粟等，都致力于强化色彩的探索。但这种探索在写意人物画中却很少见——那主要原因，是写意人物画更强调以墨线为骨，以色夺墨很难突现笔法线骨，并呈现墨的透明性。杨之光最初把水彩画法引入人物画始于1954年，曾被人批评为"水彩加线"，"不是国画"。他作的回应是："我接受了批评的一部分，但对自己追求的目标没有放弃。一直到现在，我还是"水彩加线"。

在生宣纸上直接用色彩画运动着的人物，既要形的准确，神的表现，又要笔法韵味、光色变化，还要照顾到整体的和谐，是一种高难的技巧。画家王迎春说："杨老师的画从技巧上达到最高难度。画画之中人物最难，用水墨画人物更难；用准确的写实画人物最最难，准确而像草书一样写意地画人物，这个高峰一般人都不敢攀登。" 杨之光对这一

---

① 杨之光《创作札记》，原载《中国画》，1960年。又刊《杨之光四十年回顾文集》第145页，岭南美术出版社1995年版。

② 《杨之光四十年回顾文集》第166、169页，岭南美术出版社1995年版。

③ 《杨之光四十年回顾文集》第22、23页，岭南美术出版社1995年版。

高难技巧的把握得益于他的造型能力和水彩画技巧。不久前他在谈没骨人物画时说："一点一个脸，一笔一只胳臂，即使任意挥去，也能见出肌骨。此自由是由极不自由而来，绝非特殊天才。早年在美术学院学生时代进行大量的水彩习作，对我今天探索没骨写意人物画大有帮助。如今我要努力探索的，就是如何将传统的书法、大写意花卉的技法与西洋运用色彩的经验，巧妙地结合起来，创造一种如同八大山人挥洒自如而又笔简意赅的人物画。八大是侧重在水墨，而我的大写意人物偏重在色彩上做文章。"对于具有高超写实功底的写意画家来说，突出色彩的难点已不在"一点一个脸，一笔一只胳臂"的造型问题，而在笔墨与色彩的关系如何处理。水墨写意由水墨做主角，各种笔墨方法才大有用武之地。没骨法转由色彩做主角，不免要弱化笔墨性。色与墨的基本关系是相互消长，在一幅画中平均对待，势必相互损伤。很多探索色彩化的画家，都陷于这种对抗情境，致使作品过"花"，失去了艺术的单纯性。杨之光的没骨人物没有这样的矛盾：都是色彩充任主角。与此同时，他又本着以色当墨的精神，尽可能发挥笔触的作用。他只用透明色，从而保证了色彩与笔法结合中的透显性和层次。水彩有一次性画法，有层层覆盖法，水墨有一次泼墨法，有层层积墨法，两者是相通的。杨氏画人物，以一次性画法为主，强调薄、透，其风格，如钱绍武所说"清新、流畅、明艳、潇洒"。①

从《一辈子第一回》开始，光就表现光线、体积、结构，也表现情绪和感觉。1960年的肖像写生《汕尾渔家女》《汕尾渔业队长苏佛》，是运用逆光的早期例子。《矿山新兵》则是典范性作品，光是刻画主人公饱满面部、喜悦心情的手段，也是传达画家精神意向、确定作品风格基调的主要途径。到了新时期，光的运用更加普遍，方法也趋于多样，不仅没骨块面有光的变幻，线描也被赋予了光的性格。在《蒋兆和》肖像中，光表现了秀骨清相式的面部结构，是整个作品生动性和通透性的主要来源。在许多舞蹈作品中，淡的或似断非断的线常常是与舞台光照感分不开的，而在没骨肖像和人体中，忽明忽灭的光带来时间感、肌

① 钱绍武《在杨之光四十年回顾展座谈会上的发言》，载《杨之光四十年回顾文集》第26页，岭南美术出版社1995年版。

肤的透明感、生命的活力和诗情。光与色彩、笔触的有机结合，构成杨之光写意画突出的个性特征，也大大推进和丰富了写实性写意模式。

3. 写生的意义和局限

杨之光始终坚持写生，面对真人落墨落色，一气呵成。对杨之光来说，写生不只是积累素材的方法，更是主要创作方式。黄专、杨小彦在《写生的意义》一文中说杨之光是"认真地将写生作为一种艺术方案或者说一种突破口，来实现前人和他自己改造国画人物画的理想的"。他将视觉的生动性与笔墨处理的新鲜感通过现场写生自然而迅速地融为一体，这种不刻意求之的结果使得杨之光的每一次作画都带有传统绘画所无法具有的生动性。[①]这说得很好，但需要探讨的是，作品能否止于生动的写生？写生能否代替创作？它的局限性是什么？——写生与创作，对于某些画家（如追逐外光的印象派）、某些绘画体裁（如写生性的肖像画），没有明显的区别。但在一般情况下，写生只是搜集素材的手段，并非创作本身。只描绘面前确定的对象，势必把想象力闲置起来；直接用宣纸写生，势必集中于高难的技术处理，难以充分调动与升华情感，也无法充分发挥理性思考力。从生活中寻找生动的形象并通过写生把他们"固定"下来，对克服传统绘画脱离生活、辗转摹仿之弊有巨大意义；出色的写生作品，也具有永恒的价值，但写生毕竟不是创作。写生形象可以生动但不易深刻，可以具体但难以概括，可以进行充分的客体描绘但很难进行充分的内在表现。艺术创作是主、客体凑泊和相互作用的结果，是一种复杂的心理、情感与思维过程，"一挥而就"的痛快淋漓，须有"拂袖于前"的沉思酝酿做保障。满足于当场写生，在多数情况下难免停留于肤浅描绘。《一辈子第一回》中老大娘的形象是直接写生得来的，但人物手捧选民证的情节，以及年龄、身份、角度和具体动作，却是画家经过反复构思、想象、设计出来的，作为写生对象的老大娘不过是画家创造过程中选择的模特儿而已。画家如果没有对直接或间接生活经验的调动、汰选、联想，没有太行山农村妇女包钱赶集的生

---

① 参阅黄专、杨小彦《写生的意义》，载《杨之光四十年回顾文集》第77页，岭南美术出版社1995年版。。

活印象，没有对普选主题的感受和认识，就不会有这样的作品。所以，画中的老大娘首先是画家创造的形象，与一般的写生形象有本质的区别。后来创作《矿山新兵》《红日照征途》等作品时，也依循了这一方法，只是由于"文革"险恶的政治环境，不能自由想象和创造，形象塑造受到了一定局限。至新时期，杨之光全身心投于教学，肖像写生和舞台写生大都是急就章，写生与创作脱离，极少有像《一辈子第一回》那样由创作支配的写生作品了。生动有余而深刻不足，有新鲜感而乏于厚重意蕴，长于技巧性而弱于精神性，也就在所难免了。杨之光常用四尺宣纸当场写生，其驾驭材料工具、用笔墨把握造型与人物神态的能力，令诸多同行由衷地钦佩。在生活上当场写生，时间局促，必须做到笔墨简练而有效，在这方面，他多有创造，也积累了极为可贵的经验。但平心而论，在时间局促的情境中写生，与在画室中从容作画，哪个更能发挥笔墨本身的特性？显然是后者。笔墨在写意画中有特殊的表现力和较大的独立价值，如何在充分刻画人物彩象的同时也突出笔墨的表现力和相对独立性，始终是现代人物画的一个难点。当画家精神集中于写生对象时，笔墨只能充分发挥它的工具性即描绘性能，只有充分熟悉了对象（如反复写生以后）并在相当从容的情境中，画家才可能更多地顾及笔墨的独立性，更好地把握笔力、笔势、墨色、水分、韵味，以及整体与局部关系。

4. 写实与写意

"写实"（realistic）是与"写实主义"（realism）相关的概念，泛指处理艺术与现实关系的一种方式：强调摹拟现实，追求造型、质量、空间、光、色彩各方面的真实感。"写实"要求形似，但不等于传统画论说的"形似"。传统"形似"仅指外形的相近，并不特别要求摹拟对象的质量、空间、光照状态和色彩。"写意"原指情意的宣泄，后演为对"写意画"区别于工笔的、形简意赅的水墨形式的简称。

传统写意画以"不似之似"为最高造型原则，讲究相对独立的笔墨表现。而"写实性"把逼真的造型、色彩与空间视为第一要义，与写意画形简意赅、笔墨相对独立的两大要求有冲突。高度写实一定不能高度写意，不能充分发挥笔墨的作用，反之亦然①。尽管徐悲鸿的《愚公移山》、蒋兆和的《流民图》取消或弱化了光影，但仍具有较高的写实性，因而其写意性和笔墨意韵还是较弱（这种"较弱"，当然还与他们弱于笔墨功底有关，不具述）。后来的李斛、刘文西、王盛烈等，大致也如此。新浙派强调了笔墨，是以相对降低写实性为代价的。这是一种两难之境。写实性写意的模式，始终在这种情境中突围挣扎。

力图达到写实与写意的高度统一，也是杨之光一直追求的目标。论写实能力和写意能力，杨之光都属一流。但在写实与写意之间求取两全与高度和谐是不可能的，唯一的出路是放弃两全的追求，有意识、有目标地突出某一方面，弱化另一方面，达到某种不平衡的统一。而突出与弱化什么，怎样去突出与弱化，不平衡到什么程度，则可见仁见智，千变万化。人物画从来没有达到高度的写实，如果弱化写意性，就有可能得到突破，得到更深刻的形象刻画。杨之光曾追求像《萨布罗什人写信给土耳其苏丹》那样刻画人物，但他后来的人物画创作，在写实性上从未接近过《萨》画的程度——不是缺乏写实能力，而是"写实性写意模式"即对写实与写意两全的追求限制了他。人物画的特殊之处，在于它对造型（包括写实造型与变形）的要求更高、更严。只有高超的造型能力，才有可能深入刻画人的外在与内在形象，才能修正传统人物画过分程式化、表现力贫乏之弊。为了改造传统人物画，徐悲鸿、杨之光两代人做出了巨大努力和杰出贡献，但他们执意于写实性写意模式，而忽略了其他模式的探索和意义，如写实性非写意模式、表现性写意模式等。要求也许不切实际，超越了一个画家所能承受的可能性。但杨之光正处在创造力旺盛的黄金时代，我们可以期待他作出新的更大的突破。

1999年8月14日

于南望北顾楼

---

① 郎绍君《笔墨论稿》，载《文艺研究》1999年第3期，第224—226页。

▌永远的攀登者

冀少峰

　　杨之光的艺术历程是和新中国美术的发展历程密切相关的。新中国美术发展的历史图景从一个侧面也折射出了杨之光艺术的特点：即个人的命运是和国家的命运紧紧地联系在了一起，国家的命运走向影响着个体命运的沉浮，而个体命运的交叠与历史沉浮，也会昭显出时代的变化。正是这样的时代潮流决定着杨之光的艺术，恰恰因为这样的时代潮流，也奠定了杨之光在中国现代美术史上的地位。

　　如何认识杨之光及杨之光的艺术呢？显然，孤立地、静止地去认识、判断杨之光的艺术，是很难历史地、客观地得出有效的结论，必须重构历史文化语境，把杨之光还原到当时的社会文化背景中，非如此，是难以洞察到杨之光的艺术创作动因和艺术发展特点的。但杨之光在社会发展的不同时段能够以清醒的自我意识、独立的艺术判断及顺应时代又能超越时代的艺术表达，在赢得赞誉的同时，也迫使人们陷入深深的思考中。

一、中西融合的大旗与写实主义的视觉图式

　　当代中国水墨人物画的发展无疑深深受徐悲鸿和蒋兆和的影响，我们习惯称之为徐蒋体系。徐悲鸿曾明确地提出："我学西画就是为了发展国画"，并认为"古法之佳者守之，垂绝者继之，不佳者改之，未足者增之，西方画可采入者融之"。蒋兆和则提出要"很好地研究怎样才能沟通中西绘画的所长，来创造有时代精神的新国画"。他还进一步提

出学习西洋画"是为增进中国画而学习，不是为学成一个单纯的西洋画家，而是学成一个兼通中西的中国画家，不是为西洋画多一个模仿者，而是为中国画多一个创造者"。但在20世纪50年代初的中央美术学院推行的却是前苏联的教学经验和契斯恰可夫素描教学体系，强调"素描是一切造型艺术的基础"。这也导致了在对待国画问题上的民族虚无主义，认为"国画不能反映现实生活""中国画不科学""中国画没有色彩"等，甚至认为国画这个名称也不科学，国画系改名为彩墨画系。这就是美术史上著名的新国画运动——国画改造运动，即按照毛泽东文艺思想的原则和确立新的文艺方向的需要，画家们开始了改造思想，转变立场，深入生活，为人民服务的实践。

今天看这场争论，既不能以西画写实主义之长攻击中国画"不科学"，也不能否认以采西画之长革新中国画，无疑大大丰富了中国画尤其是人物画的表现力。艺术上的保守主义和民族虚无主义都值得我们去反思和思考，但写实主义的教学体系和视觉图式则不可避免地成为了艺术创作的主调且呈一统天下之势，至今仍发挥着巨大的影响力且仍未见消减之势。

二、写生与创作的结合既是时代的选择，又彰显了时代精神和时代品格

写实主义的教育体系与在战争中不断积累经验的革命美术教育传统的汇聚与结合反映了建国初期美术教育的特色。徐悲鸿曾十分感慨地说："新中国的艺术必须以陕北解放区为起点"，他认为，"我虽然提倡现实主义二十余年，但未能接近劳苦大众"。中央美术学院校史中也曾明确记载："美院在课堂教学上，将延安鲁艺和国立艺专两方面的长处兼收并蓄，除强调素描、速写教学之外，增加了创作课，并在每学年当中拿出一个多月的时间下乡、下厂，深入生活。过去艺专只有构图课而无创作课。现在中央美院从学生时期就练习创作，并将创作和与下乡、下厂活动结合起来，发掘题材，搜集形象，进行构思构图。当时下乡下厂，就像八路军住在老乡家一样，挑水、扫院子、帮助老乡干活，参加生产劳动。美院师生都以做一个美术兵而自豪。"（《中国高等艺

术院校简史集》第78—79页，浙江美术学院出版社1991年版）这时的创作教学强调生活为艺术创作的唯一源泉，作品反映的生活要比普通生活更高、更强烈、更集中、更典型、更理想。

再回溯到关于国画的改造运动中，关于中国画的争论已不是一个简单的教学问题，而是关系到能不能保留和发展这个民族绘画形式的生死攸关的问题。为此，蒋兆和吸收西洋素描之长，以传统白描为基础，在教学实践中探索出一条行之有效的教学方法。即首先以线为主，强调结构的中国画专业素描作白描课准备；其次用毛笔进行白描写生训练，结合速写和默写训练；第三是进行水墨写生训练，再辅之以传统山水画的皴擦、渲染的技法，形成勾、皴、擦、染一套系统的人物画表现方法，从而对传统画论中的"骨法用笔""以形写神"进行了科学的阐释，使之成为水墨人物画的传统基础训练的基本原则。众所周知，杨之光虽师从徐悲鸿，在徐悲鸿那里他从艺术的最基本学起，可以说从零开始，从圆柱形、圆锥体开始，这无疑为他日后的艺术创作打下了坚实的素描基本功和写实造型能力，但蒋兆和的教学理念和方法又潜移默化地影响着杨之光在水墨人物画领域里的探索。正是蒋兆和（还有时任国画系主任叶浅予）所坚持的立足中国画本身，适当吸收西画及素描之长，走推陈出新之路，使传统和生活相结合，并提倡传统、生活、创作三位一体的中国画创作原创，终成就了杨之光以后的艺术发展路径。可以说，写生与创作的结合是贯穿杨之光一生的艺术追求。

三、主题性创作与大众化图式的诠释：三贴近与《一辈子第一回》

客观分析《一辈子第一回》所产生的社会历史文化背景，不难发现，主题题材的局限及艺术家的激情表达与有限选择。新中国建立初期，人们欢欣鼓舞，意气风发，人们对新时代充满着希望和理想，艺术家则带着一种坚定的信念和激情迎接这个新时代并充满和人民结合的热情，这是一个艺术家充满热情的时代，又是一个政治热情支配着艺术家创作的时代。社会形式对艺术家则要求是一种主题性的创作，且只能选择歌颂与赞美的基调，而且仅限于表现乐观向上的工农兵形象，痛苦的人民和人民的痛苦则不需要出现在创作中，杨之光适时地推出了《一辈子第一回》，既顺应了这个时代潮流，又颇为幸运地为时代潮流所接纳，他以贴近现实、贴近生活、贴近大众而彰显出时代的发展和社会的变革所带来的社会主义背景下的新生活、新风景和新人物。由于杨之光现实主义的创作态度和主流社会赞美与歌颂的基调相吻合，因而在艺术上获得了空前成功。但不能否认的是，从蒋兆和那里继承的融西画之长来改革中国画也是《一辈子第一回》成功的关键：这是第一次以彩墨来表现，并采取特写的手法；其次这是直接以毛笔造型，现场写生为基础；第三，充分发挥中国画用线造型的优长，结合西画对光暗的处理。在形象的塑造上，始终坚持的是写实主义的手法，然而作品所表现的主题却是包含作者主观情意在内的社会性主题——他以火一般的热情在关心现实，而且能够抓住现实中的本质性问题，直接和间接地加以积极的表现，这种写实并不是纯客观地为写实而写实，而是与他要表现的现实本质和主观愿望紧密地联系在一起。人们由衷地热爱新生活新社会，作品充斥着的是歌颂新生活的热情和第一次当家做主的豪情。《一辈子第一回》包含杨之光对新中国的真诚，他发生活之源，从现实生活的细节入手，并充分展示了生活的细节，形式的美与内涵的情，溢于言表，他用真诚的心灵去感悟、去书写，既使今天的人们阅读它，仍然能感到一种浓厚的生活气息和扑面而来的乐观和昂扬的朴素情绪。这张画创作的第二年即1955年，时任中宣部副部长的周扬即在美术准备工作会议上指出：“创作能够在我们心中唤起美和健康的感觉的新时代的人物的真实形象，当是我们美术家的一个重要任务。”（潘絜兹：《新的时代，新的花朵——试谈建国十年来的中国画》，《美术研究》1959年第2期）紧接着在1957年的反“右派”斗争中，姚文元强调：“作为人民，作为整个工人阶级来说，在社会主义社会中是没有什么痛苦的”，他们有的是‘乐观的，自豪的，充满胜利信心的感情’，‘痛苦’是那些不甘心自动退出历史舞台的剥削阶级分子，那些人民的敌人。”可以说这个时期整个中国画界都沉浸在历史的乐观想象中，但此后，随着“反右”的不断扩大化，直至“文革”结束，杨之光的创作几乎停滞，也再难留下印象深刻的美术作品了。

四、真善美与红光亮的和谐

杨之光是中国现代艺术史上极为特殊的一个个案，可以说他以两张作品标示出了自己风格相异的两个创作阶段，如果说前期《一辈子第一回》体现了建国五年来中国画在人物画方面的突破的话，那么"文革"十年期间创作的《矿山新兵》则是这个时期难得一见的在艺术史上能够立得住并能经得起推敲的作品。毋庸讳言，"文革"对艺术的损伤首先是对艺术家人格的摧残和对人们情感的愚弄。而受"帮派文艺"的恶劣影响，推行一套"三突出"的创作原则，即"在所有人物中要突出正面人物，在正面人物中要突出英雄人物，在英雄人物当中要突出主要英雄人物"，帮派文艺立足反动的政治需要，任意歪曲社会现实，一时也曾令很多人迷惑，误认为它是典型化原则的创造性运用，实际上"三突出"原则最后只剩下"红光亮""高大全"虚假的躯壳。但它又和"现实主义的创作方法"绞在一起。其实恩格斯在1888年4月《致玛·哈克奈斯》一文中对现实主义有清晰的论述："现实主义的方法，首先便是以文艺的真实性为前提的，即它不仅要求'细节的真实'，更要真实地再现典型环境中的典型人物。"《矿山新兵》即是在这种文化背景中产生的。应该说在强调政治性、普及性、单一化，艺术绑在政治的战车上的年代，现实主义美术原有的积极方面相应萎缩、失落、消减殆尽，政治上的波诡云谲，不能不影响着艺术上的成熟。但《矿山新兵》却在极为真实朴素的形象中，蕴藏着一股建设社会主义新中国的激情，又蕴涵着一种"真"的美学理念：真实是艺术的生命，既真实而又典型的刻画，不仅是从生活深处提炼出来的真实的新矿山女工，更是杨之光全身心地以真诚的激情，对矿山生活深度体察及呕心沥血的一次次写生的结果。鲜活生动的形态，浓郁的生活气息，所引发的真情实感，不断感染着一批批走近它的阅读者，而充满亲切、阳光、幸福和喜悦的视觉图式，则洋溢着的是一种勃勃生机，把人带进一种开朗的心境，似乎它能消解人们在特殊年代的烦燥与焦虑，又能使你情绪舒畅，抚慰受伤的心灵。既真实，又典型，刻画得可信感人的《矿山新兵》，于平凡的生活中，被杨之光通过平实不张扬的艺术语言巧妙地表达出来。幸运之神再一次降临到杨之光头上，他的创作不其然又和当时流行的"革命样板戏"的创作经验和塑造人物的要求相吻合，在这里杨之光借逆光来表现人物的体面关系，曙光照射下，新兵的笑脸和眼神流露出的是对未来革命胜利的信心，而红润的肤色、均匀而健康的体态、矿工灯、工作服、束腰皮带又使女兵显得英姿飒爽，这恰是当时流行的赞美工农兵的图式，难能可贵的是杨之光再一次使具有新意的艺术形式有效地服务了"新"的主题，并且再一次印证了西洋画法中对光影的描绘与东方水墨画写意画法体系兼容的可能性。在一个极度张扬迷信的时代，也许正是那些敢于怀疑，清醒地表现着艺术家独立品格或多少闪现着正直情感和真理火花的作品，才是反映着历史本质并从艺术的自律方面给人以最珍贵启示的东西。（王宏建、袁宝林主编《美术概论》第531页，高等教育出版社1994年版）

五、多元多样的艺术表达与艺术上的"蜕变"

进入暮年的杨之光，艺术视野变得越来越开阔，而旅居美国的经历，又让他重新思考几十年走过的中国画之路，开始思考如何在光和色交织的背景中让人物突凸的奥秘，他开始尝试如何通过背景来突出人物，进而寻求自我在艺术上的"蜕变"。他始终坚持在运动中把握人物的动态神情和以默记速写的方式训练写实再现的能力，这也使他的舞蹈人物有别于他的老师——叶浅予的舞蹈人物。他用没骨法创作的《九八英雄颂》，则再一次续写了他在中国画不断革新之路上的神奇，也再一次让我们看到了在艺术之路上不断攀登的杨之光又攀登上了一个新台阶。

迟轲先生曾盛赞"杨之光所作人体之速写，常常含有某种耐人寻味的情趣和意境。它们的美质是健康纯正的，是青春的赞曲，是生命之诗，是人类的花朵"。

我们期待杨之光的艺术如青春的赞曲和生命之诗那样永远青春、永恒！

2009年10月5日

于河北师大

（作者系河北美术出版社编审）

▌直面现实与水墨变革

——杨之光的意义

殷双喜

在20世纪中国的近现代发展史上，广东这个南中国的边缘省份开埠最早，受欧风美雨的洗礼，变革者频出，近代以来对中国的影响力越来越大。太平天国领袖洪秀全、辛亥革命领袖孙中山的故乡都是广东。领导1898年"戊戌变法"的康有为、梁启超也出身于广东。毛泽东说他年轻时代，对他影响最大的人就是梁启超。

而在20世纪中国画发展的历史上，地处广东的岭南画派及其传人也因其前卫的、革命的内质和清新刚健的风格而在现代中国画史上占有重要的地位。岭南画派的辉煌，源自这一画派的"革命性"，来自于两个似乎并无关联的历史时期：一个是岭南画派在创立初期的创新探索，即"二高一陈"（高剑父、高奇峰、陈树人）的中国画革新。一个是60和70年代广东地区的现实主义中国画创作，在当时开中国画变革风气，处于一个非常领先的位置。而杨之光则是新中国成立以来，在广东现代中国画领先时代的代表性人物。他继承了岭南画派的革新意识与"徐蒋"（徐悲鸿、蒋兆和）人物画体系的中西结合，将20世纪中国水墨画的变革落实到一个坚实的基础之上。这个基础的基本内涵就是在内容上始终直面现实，在艺术上不懈地拓展笔墨语言的表现力。从而杨之光将岭南画派的美术革命与新中国的革命美术很好地结合在一起，在20世纪中国画走向现代的历史变革潮流中，占有一个重要的位置。

20世纪上半期，岭南画派开派者和徐悲鸿等中国画革新者的思想和康有为、陈独秀、鲁迅、蔡元培等一系列新文化运动的改革者们的思路是非常相似的。虽然新文化运动的代表人物在那个时代氛围里对中国画的态度是有差别的，但是总的来说是主张艺术面向现实、面向人生的。中央美术学院的教育思想与体系正是在这一代五四知识分子"为人生而艺术"的美学理想影响下，以及延安鲁迅艺术文学院的革命艺术家的实践中而形成的。而60年代以来广州美术学院的中国画教学，以及广东地区中国画的创作，又和中央美术学院50年代以来强调的写生基本功、深入生活、艺术为现实服务等，有很强的内在联系。我们知道广州美术学院就是由中央美院原党总支书记、延安时期的革命画家胡一川先生带了若干人员到广州创办的，而广州美院的一批著名教授杨之光、郭绍纲、陈晓南、鸥洋、郑爽等，都是从中央美院毕业后分配到广州任教的。胡一川不遗余力地探讨艺术为人民、为现实服务，这种先进的文化思想体现出他和他的学生们对中国画的社会功能和价值的态度。

岭南画派的开派者和当时的新文化运动者普遍对中国画寄予的功能给予高度重视，认为中国画应当对现实、对人生是有益的，应当慰藉人生。这实际上是蔡元培的观点，即是"美育之效果固有胜于宗教者"。这一观点在高剑父的《我的现代绘画观》里又一次得到明确的表述。高剑父说他的现代绘画就是所谓新中国画观（他在当时提出新中国画，显然要区别于老的中国画）要达到的作用是"潜移默化，以美化情感而变化他人的气质，引他人高尚优美之途"。由此，我觉得在某种意义上高剑父和徐悲鸿一样，对中国画的态度其实是改良，不是全盘否定；是一个渐进性的发展，只是他更强调对西方的学习和综合。

评论家杨小彦认为，百年中国美术的一个关键主题就是写实主义从西方的引进与兴起，以及伴随这一过程所催生的写实人物画的发展。传统水墨画在向现代形态转型当中，无法绕开这一主题。甚至在水墨领域对写实人物画的推进，还构成了其鲜明的时代特性，是其历史价值之所在。而杨之光则打破了传统中国画只在山水、花鸟等远离现实的画面里抒发个人情感的文人情怀，力求用水墨的方式，创作能在历史上驻留的经典杰作。

杨之光的艺术的一个重要特点就是"直面现实"，使自己的艺术伴随着新中国的成长，与时俱进。他通过写生与速写这一重要的艺术方式，保持了对于现实社会的深切了解，获得了与人民共同感受中国命运的变化，积极参与历史创造的现场感。杨之光并不讳言"艺术中的政治性"，他曾说："我始终追求生活中的美。所以我想应该表现乐观的，像朝阳一样的，阳光灿烂的场面，引导人们积极向上，奋发图强。就像《矿山新兵》的女青年那样，对未来充满了希望。我的画有很多是政治性比较强的，可是我觉得艺术不是政治的图解，政治体现在生活里头，体现在我们很平凡的日常生活里头。"

杨之光对"政治"的理解，其实是一种更为广阔的对于时代发展趋势和人民生活理想的贴近与表达。而在这一过程中，杨之光遭遇了20世纪中国画发展史上最为重要的历史性潮流——写实主义绘画的引进及在中国主流艺术教育和创作中的蔚为大观。他所师承的岭南画派与"徐蒋体系"正是这一历史潮流的体现者，这一艺术潮流最为有力地回应了20世纪中国革命与人民的变革要求。也可以说，历史选择了杨之光。

著名美术史家迟轲先生对20世纪中国画几位革新画家的特点有如下评价："程十发走的是民间艺术装饰化的路子，黄胄基本上是从速写发展过来的。而杨之光的特长是引进了西方的光和色。"杨之光对于水墨画的变革不仅体现在他努力将中国传统绘画的笔墨语言与西方绘画的严谨造型相结合，而且通过写意性的概括用笔，达到了一种融笔墨与造型于一体的新写实中国画。在这一过程中，他借鉴了水彩画的透明与晕染，将室外光线甚至是侧光与逆光，引入传统的平面化的中国画人物形象中，使人物获得了前人绘画所没有的生动与明亮。我们在其代表作《矿山新兵》（1971年）中可以看到，这种生动明亮的笔墨表现与中国画特有的留白相结合，使杨之光的绘画获得了深远的空间，大大拓展了现代中国水墨画的空间表现力。

杨之光对中国画中有关光与色的探索运用，使他避免了建立在长期素描基础上的学院写实绘画的严谨科学有余，生动活泼不足的弊病，在造型要求比较严谨的人物画中达到了一种"气韵生动"的境界。其实，无论西画或中国画，在20世纪的发展，都逐渐从写实走向写意，即"从形到神""形神兼备"。对此，余绍宋的观点很有代表性，他在1938年第二届全国美展上的讲演中就谈到中国画的气韵问题。在这篇演讲中，余绍宋承认中国画的衰落，强调中国画必须因应时代的要求而有所改变，并且承认郎世宁对中国画的改革是有功的，但其绘画在中国画界仍无影响，关键在于郎世宁的绘画缺乏"气韵"，此言抓住了中国画革新的精髓。

可以说，自20世纪60年代以来，杨之光对于中国水墨画的贡献，不仅在造型方面，更多的是他对于大写意水墨的探索，在于他对现代中国人物画从现实中来，又超越写实性的写生，达到抒情表现、"气韵生动"的自由境界。比较杨之光1973年所作的《激扬文字》与2003年所作的《抗非英雄》，可以看出，他对于水墨人物肖像的表现，在运笔用墨、色彩渲染方面更为娴熟，更加淡化了水墨画中的素描因素，而以生动的用笔表现人物的精神气韵，以简笔传神。近年来，杨之光探索在宣纸上用笔墨直接表现舞蹈人物（如2001年创作的《卡门》），拓展了水墨画的题材。他反复探索水墨人物没骨画法，综合了他写生造型的准确和对写意水墨语言的自由发挥，为当代水墨人物画的发展，做出了新的贡献。

几年前，杨之光在一次全国性的中国画研讨会上曾提出广东中国画的"多样性""前卫性""革命性""现实性"，这应当看作杨之光一生对于中国画革新的思想总结，他的中国画艺术体现了这种多样文化与艺术语言的综合。而高剑父提出中国画革新的一个特点就是"综合性"，这是当代世界艺术的一个特征。19世纪后期西方艺术经过印象派分析性的、极端性的发展以后，有一种综合的趋势。高剑父说："我不主张全盘接受西化，但西画的参考越多越好。"他把自己的这种主张称为"煲杂烩汤"，要产生一种异常的美味。高剑父在1915年就认为飞机、坦克、火车、铁路都要入画。高剑父说他当时画了一幅天上数架飞机、地下一辆坦克的画以后，就遭到传统派的大骂。他说："新国画是综合的、集采众长的、真美合一的、理趣兼到的，有国画的精神气韵，又有西画之科学技法。"他主张一种带有折衷的、综合的革新。高剑父强调绘画要与时俱进，他不认为自己的观点具有永恒性。他说这只不过是"我对我国现在的环境而言，只是占据了现代的一个时代的地盘。一个时期有一个时期的精神所在，绘画要代表时代，应随时代而进展"。

从杨之光一生的艺术创作上，我们可以看出他对于高剑父的艺术思想的深刻理解，体现了强烈的革新欲望。涉及到光影、明暗等等表现，以及高剑父所说的新中国画更注重于气候、空气和物质的表现，杨之光从未拘泥于一种艺术创作的风格和手法，而是不断探索，真正的"与时俱进"。

总的来说，杨之光的艺术体现了高奇峰所说的"画学不是一件死物"，文章合为时世而变——一种开放的、与时俱进的思路。杨之光的艺术对当代中国画的发展具有重要的意义，这种不断革新的实验精神，正是我们时代重要的文化传统。虽然，岭南画派的革新与20世纪中后期杨之光所领衔的广东中国画的变革有很大的不同，一个是美术革命，一个是革命美术。但在骨子里，他们都具有对现实社会的积极介入和以艺术改良社会，为人生而艺术的基本理念，这也是20世纪当代中国画许多画派如金陵画派、长安画派一手抓住传统，一手伸向生活的共同特征。

2009年10月5日

▎观念——匹配与图式——修正

——从《一辈子第一回》看杨之光的艺术创作特征

邹跃进

杨之光是新中国培养的第一代中国画人物画家，近六十年来创造了许多重要的美术作品，在新中国美术史，特别是毛泽东时代美术发展史上占有重要地位。

我认为，杨之光在艺术上的成功，除了他在艺术上的非凡造诣之外，更重要的是他能从政治和艺术的高度，准确理解毛泽东的文艺观念，认识到艺术在毛泽东时代的位置和作用，并积极努力地投身于其中。杨之光后来回忆自己的艺术经历时说："真正使我懂得艺术要为人民服务这个道理，是在解放初进入中央美院，学习了《在延安文艺座谈会上的讲话》之后，才明确了我的奋斗目标。"杨之光当时对自己从事的艺术与新的社会和新的时代之间的关系认识，无疑为他后来的艺术成功奠定了坚实基础。这是因为他的这种认识一方面与新中国成立后的社会和艺术制度，特别是中国共产党对艺术的要求是高度一致的，另一方面也符合毛泽东时代文艺创作的主要特征，这个主要特征简单地说就是观念先行，艺术在后的创作范式。但是这并不意味着艺术家的工作就是简单的对观念进行图解。那个时代的真实情况是：一方面影响和支配艺术创作的观念是确定和不可置疑的；另一方面这些观念又是概念性和宽泛化的。这意味着从观念到创造和建构符合观念的形象之间，仍然有很长的一段距离。正是由于这一原因，我们不妨用"观念——匹配与图式——修正"这一对概念和范畴，以《一辈子第一回》这一作品为例，考察杨之光是怎样把毛泽东时代的主流观念转化为视觉艺术形态，进而形成了他的艺术创作特征的。

杨之光的成名作是1954年创作的中国画《一辈子第一回》，值得注意的是，与当时其他几位同样是新中国培养的第一代中国画家和作品相比（如周昌谷的《两个小羊羔》、方增先的《粒粒皆辛苦》，与杨之光的这一作品比较起来就更为生活化），杨之光从一开始就显示出创作重大政治主题作品的意识和才能。《一辈子第一回》之所以能在当时一举成名，首先与它的政治正确有关系，因为这一作品表达了新中国成立之后，受苦的劳苦大众翻身做了主人，享受到了从未有过的政治权利的观念，从当时的历史情境看，这一观念的政治意义就在于它是新政权的合法性中不可分割的重要组成部分。

其次，从艺术内容上看，杨之光为了用恰当的艺术方式匹配"劳动人民翻身做主人"的观念，他从题材的选择、形象的塑造和艺术语言的探索等方面都是匠心独运的。比如作品中的人物年龄较大，就是为了说明她人生经历中大部分时间都过着受压迫的悲惨生活，这种人生经历才使她能真正从心底体会到翻身做主人的喜悦，而人物的中国农民身份，则与作品要表达新中国成立之后，漫长的中国封建社会中地主压迫农民的阶级关系被彻底颠覆相关联，至于选择女性形象则更是体现出杨之光对"劳动人民翻身做主人"这一观念的深刻理解，这是因为毛泽东说过，在中国封建社会，妇女受的压迫最重，所以，杨之光用一位年过半百的劳动妇女形象来表现作品的主题，正是为了证明她对于翻身做国家主人的体会比其他身份的人要更为深切。在毛泽东时代，我们能发现艺术家们用"受苦与解放""旧中国与新中国"等二元对立结构创造了不少红色经典作品中，而在这些作品中，主体形象几乎都与劳动妇女有关，如戏剧中较早的有《白毛女》，舞蹈中有《红色娘子军》，而在美术中则有《考考妈妈》《血衣》《红太阳光辉暖万家》《农奴愤》等。从这一作品序列中，我们能发现在用劳动妇女形象表现"受苦与解放"的主题上，杨之光仍然是较早进入这一领域的艺术家。杨之光在1956年写的《关于〈一辈子第一回〉的创作经过》的一篇文章中说："一个普通的劳动妇女，经过了无穷苦难的年月，过去被踩在脚底下，几乎连生活的权利都剥夺尽了，但是今天站起来了，像巨人一样的站起来了。"这段文字说明，杨之光在用最贴切的形象匹配宽泛的政治观念方面，是多么的用心而又充满智慧。

第三，由于杨之光对"劳动人民翻身做主人"的观念有深刻的理解，他才能找到与这一观念最匹配的人物身份，同时他也能在这一观念的指引下，调动他人生中所有的生活经历，去寻找最能与这一观念，以及人物身份最契合的情节、动作和表情。这也就是说，杨之光之所以能通过创作《一辈子第一回》而一举成名，还在于他不是在一般的意义上去认识和理解毛泽东关于生活是艺术的唯一源泉的文艺思想，而是能从当时的历史情境出发，看到了当时所谓的生活，对于艺术来说，是一种被观念化，或者更准确地说是被意识形态化了的生活。正是这种对当时什么才是真正的生活的深切理解和体悟，才使杨之光能从自己的选举经历和一位同学叙述其母亲——一位留学美国回国的知识分子——把选民证锁入首饰柜的事件中，找到表达一个新时代所需要的主题，而在匹配这一主题中，杨之光用年过半百的农村劳动妇女的身份取代那位知识分子，用农民常用的保存钱的情节替换首饰箱，则非常贴切地完成了对"劳动人民翻身做主人"的观念的匹配，这也证明了杨之光对那个时代关于艺术与生活关系的深刻理解和领悟。

最后，杨之光除了在作品中使人物身份、情节和动作与"劳动人民翻身做主人"的观念相匹配之外，他也在艺术表达上探索各种可能性，以达到与主题相一致的艺术效果。这主要表现在构图上，如他自己所说的那样敢于打破成规，不按传统中国画的构图方式组织画面，而是采用宣传画的构图方式，以肖像画的单纯与简练，突显人物的表情和手拿选民证的动作。也许杨之光对过去中国画图式的修正，受到新中国成立之初艺术普及运动的影响，因为在此期间，杨之光正在中央美术学院学习，当时教学的主要内容都是为创作普及用的年画、连环画和宣传画服务的，虽然我没有证据证明杨之光自觉采用宣传画形式，与他在中央美术学院的学习有必然的联系，但可以想象的是，那个时代流行的视觉样式是完全有可能成为杨之光修正已有的中国画图式的重要资源的。

从艺术匹配政治观念，修正已有的艺术图式以符合主题的需要这一角度看，杨之光的《一辈子第一回》无疑达到了那个时代的最高水平。这也是这一作品能一举成名的原因。当然，在我看来，这一作品更为重要的意义还在于，它为杨之光后来创作每一幅重大主题性作品提供了行之有效的创作方法和思路，从而使他后来创作的《雪夜送饭》（1958）、《毛主席在农讲所》（1959）、《浴日图》（1962）、《红日照征途》（20世纪70年代）、《矿工新兵》（1971）、《激扬文字》（1973）等都能在毛泽东时代美术史上产生巨大影响。如果我们把杨之光在毛泽东时代创作的作品给予整体分析，我们就会进一步发现杨之光的艺术创作与毛泽东时代历史进程的紧密联系。首先，从题材上看，除了描绘毛泽东形象的作品之外，杨之光几乎所有的作品都是表现工农兵的，并且走了一条从农民（《一辈子第一回》《雪夜送饭》）到解放军（《浴日图》《夜航》）再到工人（《矿山新兵》）的路线。这一路线的意义在于它反映了各种人物身份在不同历史时期的特定意义，以及在表达特定主题时所承担的意识形态的功能。如艺术家在1962年和1964年分别创作的表现中国人民解放军的作品《浴日图》和《夜航》，从历史的角度看，正是解放军的社会地位因林彪得势而呈逐渐上升势头的时期。再如"文革"后期创作的《矿山新兵》，它不仅是为了表现工人阶级，更重要的是与"文革"的本质特征相关联，我这样说的理由是毛泽东之所以要发动"文革"，与他担心中国会改变社会主义集体所有制的性质密切相关，所以重视革命接班人的培养，成为"文革"的重大主题。杨之光创造矿工中的"新兵"形象，也意在表达红色江山后继有人的观念。

　　荣格从集体无意识的角度认为，不是哥德创造了浮士德，而是浮士德创造了哥德。从毛泽东时代美术看杨之光的艺术成就，我们也可以说是毛泽东的文艺思想、社会主义的集体意识和共产主义的理想创造了作为艺术家的杨之光，包括他的艺术创作的特征。

2009年10月7日于北京望京花园

第三篇

杨 之 光 作 品

I 画作

I 若干重大主题创作

◎ 一辈子第一回 1954年 宣纸水墨设色 102cm×59cm

◎ 雪夜送饭 1959年 宣纸水墨设色 288.5cm×119cm

◎　不爱红装爱武装　1960年　宣纸水墨设色　82cm×55cm

◎　浴日图　1962年　宣纸水墨设色　117cm×95cm

◎ 毛泽东同志在农民运动讲习所　1959年　宣纸水墨设色　200cm×120cm

◎ 毛泽东同志在广州农民运动讲习所　1972年　宣纸　164cm×189cm

◎　红日照征途　1971年　宣纸水墨设色　247cm×145cm

当
代
岭
南
文
化
名
家
·
杨
之
光

◎　红日照征途　1976年　宣纸水墨设色　247cm×145cm

◎ 矿山新兵 1972年 130.5cm×94cm

◎　激扬文字　1973年　宣纸水墨设色　97cm×131cm（与鸥洋合作）

◎　不灭的明灯　1977年　宣纸水墨设色　96.5cm×131cm（与鸥洋合作）

◎　九八英雄颂　1999年　宣纸水墨设色　145cm×210cm

◎ 妈妈的衣服宝宝的被 1981年 宣纸水墨设色 97cm×61cm

人物肖像

◎　吹唢呐的民工乐手　1960年　宣纸水墨设色　70cm×47cm

◎　汕尾渔家女　1960年　宣纸水墨设色　34cm×27cm

◎ 飞行员高光飞　1964年　宣纸水墨设色　45cm×31cm

◎　塔吉克族老太太　1980年　宣纸水墨设色　67.5cm×45.5cm

◎ 赛马冠军札考 1981年 宣纸水墨设色 136cm×68cm

◎　评剧演员新凤霞　1981年　宣纸水墨设色　65cm×48cm

◎　画家蒋兆和像　1982年　61cm×46cm　国画

◎　画家李苦禅像　1982年　63cm×48cm　国画

◎ 画家赵少昂 1984年 宣纸水墨设色 68cm×46cm

◎ 画家石鲁像 1990年 宣纸水墨设色 46cm×69cm

◎ 意大利街头艺术家 1994年 宣纸水墨设色 69cm×69cm

◎　恩师徐悲鸿　2005年　宣纸水墨设色　97cm×182cm

▌舞蹈、女人体

◎　斯里兰卡罐舞　1981年　宣纸水墨设色　55cm×90cm

◎　水　1985年　宣纸水墨设色　68cm×46cm

◎　现代舞印象　1992年　宣纸水墨设色　68cm×100cm

◎　孔雀舞　1993年　宣纸水墨设色　69cm×137cm

◎　四只小天鹅2　1996年　宣纸水墨设色　137cm×68cm

◎　西班牙舞蹈　1997年　宣纸水墨设色　46cm×69cm

◎　罗密欧与朱丽叶　1998年　宣纸水墨设色　84cm×76cm

◎ 写意女人体之四 1998年 宣纸水墨设色

◎ 卡门 2001年 宣纸水墨设色 145cm×360cm

◎　女人体写生2　2002年　桑皮纸水墨设色　60cm×88cm

▌ 花卉、动物、风景、书法

◎　爱猫　1979年　宣纸水墨设色　70cm×39cm

◎ 草原牧歌 1981年 宣纸水墨设色 55cm×46cm

◎　银色小城　1991年　宣纸水墨设色　46cm×70cm

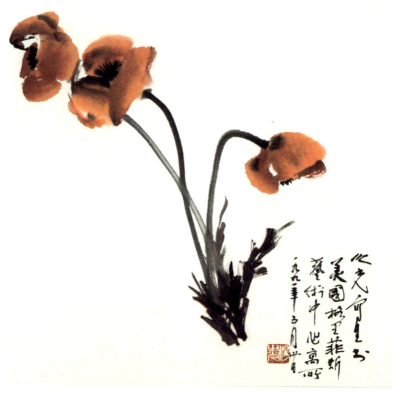

◎　罂粟花　1991年　宣纸水墨设色　47.5cm×41.5cm

◎　草原芭蕾　1992年　宣纸水墨设色　20cm×25cm

◎　大地惊雷　1994年　宣纸水墨设色　84cm×153cm

◎　勇者的游戏　2002年　宣纸水墨设色　137cm×68cm

◎　油画花卉　2006年

传神阿堵 经精运体 发挥妙重 左瑶借鉴 古洋蕴承法 平生最忌 食残美

辛酉冬自题人物画写生诗句

己丑年大雪重于字花简斋之光

◎　大书法　2009年　4张丈二宣纸

II 文萃

▌ 平生最忌食残羹

难忘的岁月

童年往事留下的记忆不是温馨甜美的，由于父母离异，各自另婚娶，孤独时常伴随着我，母亲当时改嫁给颇有地位的富贵人家，我被看成是"拖油瓶"，经常在她家的橱房里诉诸委屈，母子偷偷抱头哭泣。

唯一使我兴奋的一件事，是在小学一年级开学不久，轮到我值日擦黑板，离上课铃大约还有几分钟，我忽然灵感来了，我拿起粉笔，迅速地在黑板上画了一匹高头大马，马上骑了一个背枪的将军。刚画完，上课铃就响了，我还来不及将画擦去，老师就已经进门了。当时把我吓傻了，站在黑板前不敢动弹，我知道一顿痛骂是逃不了了。谁知老师看了看黑板，笑咪咪地说了一句："画得不错嘛！"这一句话竟在我幼小的心灵中爆发了火花，也许就因为这偶然的鼓励，影响到我以后将美术定为终身坚定不移的事业。

我就读的中学是享有盛名的世界中学（International School），学校创办人是开国元老李石曾先生。这个学校颇有特色，极重外文，学多种外语——英、法、日文——并请外国人任教。学校根据学生不同兴趣组织各种课余活动小组，我的兴趣十分广：跟当年上海市交响乐团第一小提琴手章国灵先生学小提琴，同时我又参加话剧排演，我们演出了曹禺的《正在想》（我在剧中主演"老窝瓜"的角色），还演出了吴祖光的《少年游》（我主演枪杀大岛的爱国青年），我们还应电台之邀去电台直播巴金的《家》及曹禺的《原野》。

　　我的古诗词兴趣亦在中学时代形成。顾影佛先生（大漠诗人）在上语文课时教全班同学一起吟颂他的词作《嘉陵江》："嘉陵江接长江水，长江一去三千里，到海不回头，回头即是愁……"他摇头晃脑用上海腔唱一句，全班跟着摇头晃脑唱一句，这首词至今我仍能一字不差地唱出来。不论在日后的"台湾日记"中，或在我中国画作品的题款中，我经常会以诗词的形式来抒发感情或表达观点。

　　我的美术启蒙老师是在学校兼课的青年国画家、篆刻家曹铭先生，他仅比我长几岁，我每周至少要去他家请教一次，不止学花鸟画，同时学篆刻。他将我引荐给上海著名的书法家、清道人的侄子李健先生。李老师见我勤奋好学，即接纳我为入室弟子，让我经常在课余去他家帮他磨墨。他常写大斗字，我磨了半天，他一笔就舔光了，但我愿意当这书僮，因这样才有条件看李老师写字，体会用笔的道理。李老师要求很严，从此我养成了一个习惯，放学回家，第一件事即倒锁房门练习李老师布置的书法作业，雷打不动。现在回想起来当时将"散氏盘""毛公鼎""石门铭""石门颂""张迁碑""十七帖""圣教序"等苦苦临了多遍，临字的废纸高达数尺，这个功夫下得值得。可惜温馨的中学生活未能到毕业，离中学毕业还差几个月，我却毅然走上了一条坎坷的生活道路，也许是一次错误的选择，也可能就是命运的安排。

　　我父亲原是国民党十九路军的军医长，离开军队后一直在上海开业，他最仇视日本侵略者，十九路军就是坚决抗日的，他辛辛苦苦建立起来的妙成医院一夜之间就被日军的飞机炸为平地。他也不满当时国民党的腐败统治，但他对共产党更为疑惧，使他产生了让家室先南下避难的念头，而当时我正暗恋着一个与我同龄的K同学，所以我表示坚决不离开上海。但父亲还是发出了"最后通牒"，如不听他的话，不南下广州，就脱离父子关系。把我逼急了，我也提一个"谈判"条件：除非他同意我南下进广州艺术专科学校，从高剑父学画，不然我就不走；父亲一直坚决反对我学画，而要我像他那样学医，他认为医生这职业是金饭碗，你不用求人，而别人一定求你。而学画最多是画广告，做个穷画家。我自从学画起，就已经做了穷一辈子的准备。我有一首自励诗为证："画饼充饥涎代乳，诗文何妨锅里煮，艺人活命赖精神，万古遗碑同此语。"

最后父亲妥协了。于是我就向我最放不下的两个人——生母与K小姐——告别了。我知道那时另有一位W君亦在追求K小姐，我虽在告别时表示希望她等我回来，但我已有心理准备，这一走，我已处于劣势地位。

临行前李健老师给高剑父先生写了一封推荐函，希望他接纳我从他学艺。高先生看了我的书、画、篆刻印后十分高兴，当即同意收徒，我恭恭敬敬地在红纸内包了一百大洋。我拜师后第一个作业就是要给师母刻一方"翁芝长寿"的印，我真是受宠若惊。高师建议我在广州艺专学素描、水彩，打一点西洋画基础，同时又进入南中美院（即春睡画院）学国画。他当时就住在南中美院的一个阁楼上。就在这昏暗的楼上，他穿了一件千疮百孔的背心为我们作示范，他画兰花十分苍劲，画的南瓜很厚直、立体，而且还带霜的。以往我在上海都是临摹画本，这次算是开了眼界——多么浓厚的生活气息，多么有说服力的国画技巧。高师要求从严格的勾勒花鸟入手，借给我一套《景年花鸟画谱》及《梅岭画谱》，要我整本临完，这对一直玩弄笔墨的我来说是一次十分重要的补课。先学走路，再练跑步。难怪他的大弟子黎雄才、关山月有如此成就，就是因为有这样的严师。入学不久，即在艺专的一个展览会上见到一幅高师的山水画中画有一驾飞机在山谷中飞翔，这飞机对我的震动极大，竟然影响了我的一生，我从此有了闯禁区的胆量，这就是我在日后的艺术实践中敢于表现一般国画家不大去碰的题材的原因。1949年5月，动荡的时局使经济来源断绝，我当时住在亲戚家，长久寄人篱下，使我再也不能安心在"象牙之塔"内画人体、石膏。正好我们班里有几个志同道合的同学，经过酝酿，终于萌发出万里流浪的念头。这几个充满了幻想、却尚未真正尝过人生辛酸的小青年——蒋健飞、叶世强、叶大东及我（后叶大东退出）四个竟然通过报纸向社会作万里流浪壮举的誓言（见当时剪报）。我们的目的地是敦煌，因为有出息的画家都朝拜过这个圣地。

我们变卖一切可以变卖的东西，以换取必要的绘画用品。父母亲友闻讯，认为我们此行太冒险，纷纷进行劝阻，但并未动摇我们的决心，最后决定改变计划的是来自一条"国军失守汉口，退守株州"的新闻报导。株州一阻，北上已不可能，于是我们重新商议，决定改道台湾。我们三个人于1949年5月31日登上了"海鄂轮"，我们只能买最廉价的五等仓——睡露天甲板。上船后发现甲板上早已挤得水泄不通，找了好久才抢到三个空档躺下。过台湾海峡，船首尾摇摆几乎成45度。世强不断呕吐，健飞突然打起摆子来了，一连两晚我只睁大眼睛望星空，我从未见过海上的奇景，密密麻麻的星星，不停地从我脑后迅速地飞到脚跟前面，又沉入海底，再从前面飞回脑后，不停地重复。风浪愈大，飞得愈快。有些患病的旅客经不住风吹浪打，就彻底躺下了。水手们用白布与木板裹了这些尸体往海里丢。时隔数十年，至今尚不能忘记那恐怖的情景。

到了台湾才可以说真正开始尝到了人间辛酸。原来说好一个人有饭三个人吃，但三个人都没有饭吃，这"桃园三结义"毫无作用。一进台北市就各分东西，自找门路。我沿着马路找广告公司求职。当时台湾到处裁员，找了很多家，见到的老板都是一张冷酷的脸。饿了买香蕉当饭吃（台湾香蕉又大又便宜），走到绝路了，什么美丽的幻想、雄心壮志全完了。当时台湾对外来人口十分警惕，严查户口。我在台北的几个老同学到处东躲西藏，不能久留。后来还是通过同学的父亲李玄伯教授将我引荐给李石曾先生，我才落下脚来。李先生平易近人，十分惜才，当即给世界书局的李韵清、刘雅农两位经理写了推荐函，让我到世界书局作临时工。当时书局也困难，只能管饭，发不了工资，为了能解决绘画用品费用，我在书局挂了牌帮人刻印。当时我才十几岁，怕别人不信任，便想了一个妙计，用了个假名字挂牌："上海名金石家杨熔石篆刻"。由于这个招牌的作用，加上当时台北刻印艺术还是空白，我的篆刻生意也还不错，足以解决购画用品及日用品之需。我寄宿在一间叫七宝的上海工友的车库里，在车库角落里放一木板床，既是睡床，又是画桌，1950年上海出版的我的画册中的大部分的作品都是在这狭小的板床上完成的。我印象最深的是每次睡完觉，带了汗的草席上总引来一堆壁虎。七宝叫我不要怕，说它们是吃蚊蝇的益虫。我赋诗自嘲："壁上伏忠肝，蝇蚊供四餐，苦因生相恶，认作毒虺看。"

流浪台湾的日子，使我倍感孤独无助，我当时画了一幅国画《劫后》，把自己比成大风浪里飘泊无定的孤舟，随时可能覆没，这是我当时处境的真实写照。是年10月3日，书局李经理从香港回来。听说共产党苦干实干，作风好，没什么可怕的，因此我对命运又作了浪子回头的选择——登上"秋瑾轮"与芳岛告别，结束这流浪生涯。回到广州不久，解放军就进城了，没有想到自从"秋瑾轮"后，两岸的交通从此断绝。

解放军进广州城后，一切都充满新奇感。我看到车站月台上有几个疲劳不堪的战士蹲在墙边打盹，满怀崇敬的心情打开速写本画了起来。突然，两只大手搭上我的肩膀，两个巡逻的战士厉声地问我："干什么的？"画画的。""为什么站的不画画睡的？""……"接下来就是搜身，从我口袋里发现一张台湾回来未丢弃的"秋瑾轮"船票，这下我平时爱收藏东西的习惯却给我带来了大麻烦。"哦！台湾来的，跟我走！"后来在审问的过程中又发现我画速写的纸的是美国海军军用信笺（台北地摊上到处可以买到），这下可逃不了了，"蒋帮""美帝"全沾上了。于是铐上手铐，关进牢房收审。以前只有在电影里才能看到的场面现在却身历其境了。和我关押在一起的都是些社会渣滓，我感到恶心、恐惧、委屈。我还记得当时还真急出"诗"来，记得其中的几句："生来初度囚囹圄，盗贼流氓同一所""为爱将军描小图，将军反把此情辜"。大约他们翻阅了我全部的"台湾日记"，确定无"特嫌"，由一个排长模样的人物出面向我道歉，说："小同志，误会了。"这时我反而哭出了声来。

台湾流浪的那段经历，没想到成了以后"文化大革命"中我遭劫难的"重型炸弹"。广州解放前夕神秘地由台湾返回大陆这一事实，让革命小将怀疑我是"美蒋特务""潜回大陆"。红卫兵抄我的家时，竟然将我家每一块墙砖都敲过，看看有无在隔层里藏收发报机。他们要我妻子鸥洋揭发我的"特务罪行"。鸥洋回答说："如杨之光是特务，他瞒不了我。如我知道他是特务，也瞒不了你们。"（众所周知鸥洋是心里藏不住秘密的人。）那查无对证的日子真是有口难辩，加上我在当时又是"反动学术权威""白专典型"，仍然作全院重点打击目标。鸥洋不服，作"保公派"，站出来与造反派辩论，为此触怒了造反派，把我第二次关进牛栏，将我最后生存的勇气都折磨完了。我想到自杀，准备好绳子。写好遗嘱，正在院内找树枝上吊时，幸好给一位同室难友谭××

发现，他开导安慰我，使我打消了绝念。

"文革"十年中我们家人也都遭不幸，我父亲因是国民党军医，虽是十九路军，是抗日，但只因是"国民党"，一样挨斗。生母是"刘少奇的黑样板"、上海市先进工作者，也因被斗而自杀。鸥洋的父亲因有"右派"老底，被遣送回乡监督劳动，让一个拥有数本著作的经济学老教授，像乞丐一样生活了多年，鸥洋的继母在这种压力下也不幸悬梁自尽。种种创痛让我们心里久久不能平静下来，但这是整个国家、整个民族的悲剧，连国家主席、开国功臣都身不由己，我们这些小老百姓的不幸又值几何？我把过去这一切就当成一场恶梦。

以勤补拙从零开始

1950年夏，听说北京徐悲鸿先生主持新成立中央美术学院，并开始招生。我激动万分，当时我已取得苏州美专国画科的毕业证书，决心更上一层楼：投考中央美院的研究生班。颜文樑先生也认为我有条件报考，并主动提出为我写推荐函给徐院长。北上时我将刚刚出版的《杨之光画集》带上，我估计这是一份比毕业证书更有效的成绩单。到北京后，暂住在我中学同学沈人骅的祖父沈钧儒先生寓所。沈老先生看了我的画册，十分高兴，又帮我写了一封推荐函。记得我第一次拜会徐悲鸿院长时，徐院长先翻了翻我的画册，露出一丝微笑，并先表扬了几句："画得不错，这么年轻就出画册是很少的"，接着就严肃地问我："你是不是下决心认真学画？""是，如果不下决心，我就不会来北京投考了。""那你肯不肯听我一句话？""我一定听！""那好你就把画册收起来，把以前画的画都收起来，而且我不主张你考研究生班，我建议你去考普通班，从零开始，从头学起。"他还怕我没有听明白，又补充一句："就是从三角、圆球的素描画起。"当时我在口头上虽很痛快地同意了，但说实话只是"遵命"而已，对"从零开始，从头学起"这八个字的深刻含义并不理解。什么时候理解了呢？是在毕业之后，随着时间的推移，当我自己也身负重任、主管全院的教学时，更体会到这八个字的分量有多重。我真庆幸在我一生中能遇到像李健、高剑父、徐悲鸿那样的严师。在我学艺的过程中，我发现他们在强调"没有扎实的基础就不可能腾飞"这一观点上有着多么惊人的相似。

在中央美院建院初期，没有细分专业系科，只设绘画系。学习内容包罗油画、水彩、雕塑、图案、木刻。国画未提到日程上来而只设勾勒课。当时培养出来的干部我们称之为"万金油"，意思是什么都拿得起，但什么都不精。但现在回顾当时的做法也有它的好处，就是营养较全面，对我日后专攻国画并无害处，而且都成为国画之画外功。一年级时，我们全体学生被派到天津马场去布置一个大型展览，我将新学的图案基础与原有的书法基础结合起来，在工作中练就了一套写得又快又好的仿宋体的功夫，在日后长时期的社会服务中我占了很大的便宜。我对水彩画有特殊的偏爱，这兴趣在广州艺专时我已养成，外出写生必携带国画及水彩两种工具。在中央美院，肖淑芳老师教我班水彩，我与王乃壮的水彩经常在班上公开表扬，使我兴趣益增，甚至我的毕业创作《老羊倌》就是采用了水彩的表现形式。毕业后，我被分配到武汉中南美专任教，当时我担任的就是水彩教研组组长。

当年的中央美院对国画极不重视，可能是由于片面地认为中国画不能适应革命的需求，不擅长反映现实生活，所以李可染老师不能教国画，而让他教水彩，他先将苏联克里马辛的水彩临摹一遍，再给同学作示范，实是痛苦。课程中唯有勾勒课是与国画沾上边的，由黄均老师教白描勾勒，除了白描写生人物外，还临摹刘继卣的连环画原稿。蒋兆和是我最崇敬的中国画家，但他只教素描，虽然他未曾做过我的国画导师，但我在探索新人物画方面，受他的影响较深。

在中央美院的三年，是我打基础、尤其是打造型基础最关键的三年。素描课任课导师是董希文先生。徐院长到教室的时间不太多，但他的教学方法是我一生受用不尽的。记得有一次他看我画的男人体素描，上身已画得十分细微深入了，下半身才几根框架轮廓线。他突然问我："你自己认为哪里画得最好？"我指上半身。他说："下半身最好。不要看它只是轮廓线，但它有发展前途。上半身已画死了没得救了。"我一时听不明白，但后来愈学愈明白了这几句话中包含着深奥的哲理及科学的方法。

叶浅予老师的速写教学，对我日后坚持生活速写及舞台速写起着重要的作用。他让模特儿在教室内不停地走动，或作手持锄头不停地锄地的巡回动作教我们如何在运动中去把握瞬间。记得在1981年冬，我与叶老师同住在北京藻鉴堂作画，当时我已开始进行文艺家肖像系列的写生工作，我向叶老师提出希望他给我做一次模特儿。当时他正在作画，他说："好，但我是不会停下来给你做模特儿。"于是他画他的，我画我的。这等于是时隔三十年后的一次速写考试，还好，没有考砸。

在中央美院学习期间唯一的一次向传统学习的机会就是1950年冬我参加由文管会裴文中先生组织的河南省白沙水库出土宋墓壁画的临摹工作。参加临摹工作的有叶浅予、刘凌沧、林岗等老师，一队人中就我一个学生，我极珍惜这次学习机会，几乎不知疲倦地一天十几个小时猫伏在冰冷昏暗的墓窟里工作不止，这也算是圆了部分我解放前朝思暮想的"敦煌梦"。这一批可以乱真的临摹品后来在国家文物局最早出版的大型画册《白沙宋墓》中发表了。除了刊登了我临摹的多幅壁画，在画册卷首还刊登了我画的《宋墓外景》的水彩画。这次壁画临摹引起了我强烈的奔赴敦煌的愿望。1961年，尽管那时正值经济生活最困难的时期，我仍邀广州美院的几位国画教师及西画教师同赴敦煌考察。那时沿途的馒头竟卖到一元一个，而且刚买到手，即被饥饿的灾民由手中抢走。一路颠簸之苦难以言表。当我们下了火车，改坐汽车在茫茫的沙海之中驰往敦煌中，偶尔可望见远远出现的沙漠幻影，什么杭州的翠堤春晓、上海的国际饭店……令我们兴奋得将疲劳一扫而光。我领悟到人就是因可见到一点希望而顽强地活着，即便它是幻影，永远走不到尽头，最后埋尸于沙堆，但人们还是源源不绝地奔向"极乐世界"。到了敦煌，我们就一头栽进洞里不想出来了。在昏暗的洞窟里，仅凭藉洞外透进的一丝光亮，使我看到了世界上最震撼人心的艺术。我将宣纸在地下摊开，双膝下跪，这种"五体投地"不只是形体上的，而且是最自然地表达发自内心深处的敬意。我不仅临摹了通幅著名的唐朝《张议潮出巡图》等巨作，亦选临了整整一厚本的以"传神"为主题的人物及动物的生动形象。这部分是传统的精华，我盼望着有一天能有出版面世的机会。当时我还做了一件现在人们不可能再有机会去做的一种特殊的临摹工作：我利用原坏墙剥落下来的残壁，对着原作直接临摹，在残壁上"做假"，这比纸上临摹更为逼真。原作上缺一块,我在残壁上也挖去一块,可以做到天衣无缝的地步。

　　五六十年代我就以身作则提倡在生活中"曲不离口,拳不离手"地画生活速写。我在最近出版的速写集中,有意收入了1958年下放湖北周矶农场在劳动间隙中画的速写。那时的劳动强度现在想起来都有点怕,最为艰苦的是在暑天室外温高达华氏一百度以上,我们在烈日下双膝跪在发烫的泥地上剪棉花苗,一天一干就是连续十三个小时,下放干部的膝盖全肿了。从棉子下种到棉花收成,我参加了整整一年全过程的劳动,到下放归来时,我的行装里比别人多一种收获,即画得满满的几本"速写日记",这是我发明的一种新的速写形式,我抓紧劳动间隙五分钟的休息时间,别人抽烟、聊天,我则放下锄头从口袋里掏出手掌大小的速写本,并经常在速写背面配上一首首小诗。这些速写本几乎记录了我们下放干部们的全部生活内容及生动形象。我认为生活本身向画家提供丰富的速写内容,而速写的过程反过来又能加深生活的理解。反复的速写实践就是对认识生活不断深化的过程。我的获奖作品《雪夜送饭》就是在大量的下放速写中提炼而成的。另一幅《慰问演出之前》是我随广州京剧团赴汕头慰问部队时,在后台见到一位扮"穆桂英"的女演员利用出台前的空闲时间帮一个小战士补军衣,形象十分动人,一个是古装仕女,一个是现代战士,两个不同时代的形象很自然地揉合在一个画面里。我立即速写了下来,以后就发展成为国画创作。生活中很多偶然的现象却包含着必然——生活的本质。我们还鼓励学生直接用毛笔画速写。用毛笔就要求观察敏捷,落笔果断。速写的过程也是一个探索根据不同物象寻找不同技法的过程,这也是一个克服传统中笔墨线条程式化的弊病的最有效的办法。包罗万象的生活迫使你使用千变万化的笔墨技巧,这本身就是一场突破传统局限的革新运动。决不可低估速写在丰富国画技法方面的重要作用,不要以为有了照相机,就可以省却直接描绘对象的训练。即使你课堂长期素描画得很好,而速写画不好,那我就十分赞同叶浅予老师的评价:那种素描的"五分"是假五分。众所周知,我国的传统既优秀,又有不足。传统画家虽主张"行万里路",但所用功夫仍侧重在斋室之内,案几之上。笔墨的磨炼多过生活的磨炼,临摹的比重大大超过从生活中来。宋代陆游说得好："纸上得来终觉浅，绝知此事要躬行。"我理解这"躬行"就是要强调到生活中去亲自体验一下。既然古人有此不足之处，我们大可以按徐悲鸿老师所说的"未足者增之，西方之可采人者融之"或再重温一下高剑父先生的呼吁："欧西画人能采用我国之长，是他有眼光处、聪明处，何以我们不去采西画之长来补我之不足呢？"其实我们先辈画家也运用这种对景写生的方法，记得程十发对我说过，他曾见过一张伯年的人物画，画上题了作画的过程，他是点了蜡烛对人写照，画未竟而烛已燃尽，不得已立即燃纸照明，匆匆画就。可见任伯年的速写功夫。只可惜这种功夫并没有在过去发扬光大。速写的过程确是十分艰辛的过程，既是脑力劳动，又是体力劳动，有时还会遇到风险。我在甘南的一次赛马运动会上速写时，一匹受惊的马从我身后奔来，在草原上我听不到蹄声，等到我发现，马蹄已落在我头上，幸好我闪避得快，马蹄只踢伤了头的表皮，如略迟一秒钟，脑袋就可能开花了。我在全国体育美展获"荣誉奖"的《赛马冠军札考》一画，就是在那种紧张的环境中当场完成的。

生活中的生动对象往往离不开他特有的生活环境与正在从事的工作。有一次我在湛江堵海工地上见到一民工乐手在吹唢呐，那高昂的乐声与富有节奏感的动作以及豪迈的性格交织成一体；如果你提出希望他能停一停给你画，那所有的生动都将立即消失。我终于成功地运用抑扬流动的书法线条完成了这幅现场速写。笔墨的生动性可加强人物的生动性，这是一个画例。迟轲曾专为此画写过一篇评论文章。

这里不能不提的就是俄罗斯巡回画派列宾及苏里科夫等人的经验对我的影响。五十年代我就思考一问题：现代的中国画人物画应该也能画史诗般的交响乐式的群像，应该也能反映历史的重大题材。1955年我试着用国画生宣纸临摹了一张列宾的《萨布罗斯人》，这一试验受到同行们的肯定，认为对突破国画的局限性方面作了可贵的启示。临这幅画还有一个想法，即传统中国画在塑造多种形象、多种性格的人物方面是一个明显的薄弱环节。虽然古代有阎立本的《历代帝王像》，近代有蒋兆和的《流民图》等可举例，但毕竟太少太少了，更多的是千人一面，缺乏性格及程式化的。克服千人一面，恢复生活中的千变万化，我认为只有学巡回画派在生活中艰苦地收集形象素材，创造动人的典型形象。这就是我在创作《农民运动讲习所》一画有勇气从1959年至1981年不厌其烦、六易其稿的原因。为了收集学员的真实形象，我曾遍访湖南并一直走到井冈山。我画中大约有十来个人物，因当年的学员是来自全国各地，形象特征应该是不同的。我为了塑造每一个典型形象，每一个角色我至少要在生活中写生五至六个人物作素材，犹如导演挑选演员一样认真。单为这一幅创作，我在生活中收集的人物形象素材几乎近百。有的人不出房门可以"闭门造车"，我只能"以勤补拙"，用笨办法来达到预期目的。

我有一个学生画钟馗颇有名气，我对别人讲实话，他不算是我的"高足"，因为钟馗谁也没有见过，任你涂抹，是印度钟馗也好，中国钟馗也好，你也管不着。市上还流行文成、昭君一样，李白、杜甫不分，只一抬头、一跷胡子，就是风骨之人……这几乎已成了一种"流行病"，如不及时引起警惕，总有一天会把人物画的大好前途给葬送掉。还有一种现象我也极不赞成：学生学老师，或有目的地"垂绝者继之"，那无可非议，但"大李小李""大程小程"成风又变成了坏事。对所有的有成就的画家，我都抱着虚心学习的态度，但绝不模仿。我讲一个只有两个人知道的故事：1959年，我与程十发同客北京雨儿胡同白石故居作画，程十发经常将自认为不值得保留的练习之作弃置纸篓，有一次他将随笔画的两个墨羊揉成一团向纸篓墨一丢，我觉得这幅"废品"正有可取之处，因为他画羊角与羊身的用笔，粗细距离拉得很开，对比很强，这正是我画中不足处。于是我不声不响地拾起这"废品"带回广州常加揣摩。但在我的作品中绝无程十发画风的影子，连羊的造型我都不受影响，而且我认为你愈崇拜的画家，愈要与他拉开距离，学习不等于摹仿。直到三十多年后的前年，我才托一学生将此画带到上海去请程十发补上了题句，作为很有意义的纪念。

借鉴古洋寻我法

"促进现代画（新国画）之成立，最好是中国国画西画两派有相当造诣之人，起而从事。盖此派是中西合璧的，那就事半功倍，易收良果。"（高剑父：《我的现代画观》）"古法之佳者守之，垂绝者继之，不佳者改之，未足者增之，西方之可采入者融之。"（徐悲鸿：《中国画改良论》）以上这两位老师的观点几乎完全一致。应该说，我从四十年代末、五十年代初就接受了这种观点，正如我一首题画诗中的两句："借鉴古洋寻我法，平生最忌食残羹。"中国画有悠久的历史传统，但也会带来沉重的包袱，难以越雷池一步。我访问美国的感受正相反，因美国建国才几百年，没有历史的包袱，以艺术创造性、个性见长，但缺乏深厚感，这是由于缺少历史经验的积累所带来的缺陷。我想方设法走一条自己的路，吸收一切古、洋的经验，通过描写现实生活的实践，大胆突破传统的局限，丰富传统的经验，创造一套自己的表现方法。我认定只有在生活中不断寻求"千变万化"，才能有效地克服"千篇一律"的痼疾：只有把了解人、熟悉人作为第一位的工作，才有可能塑造出有个性的人物，才能有效地克服形象的公式化、概念化之通病。通过生活速写来寻找新国画语言，捕捉有性格的人物形象，这一工作几乎占了我国画生涯的一半，我并不以为憾。

　　只要创新，就会引起争议，这是必然的规律，问题是要顶得住。正如徐悲鸿老师说的要"我行我素"。1954年我画《一辈子第一回》，就有老画家非议，说这种取半身的构图不是中国画的特点，而是宣传画。我不但没有认输，反而真的用国画形式画了一张反映师徒关系的宣传画《耐心教、虚心学》，这是新中国成立后的第一幅宣传画"怪胎"。1956年我在杭州写生了一幅《玉泉观鱼》，我参用了大量的水彩画技法画池中锦鲤。在南京，傅抱石先生看了我的这批写生，看到《玉泉观鱼》时，我虚心地说："这大概不能叫国画了吧！"没有想到傅抱石先生大不以为然："国画就可以这样画！"这句肯定的话竟成为我当时一个精神支柱。1956年前后，国画写生尚未成风，当时我与画家关山月、黎雄才等老师一行在华东、湖南、广西一带作国画写生．并出版最早的写生画集，在国画界树立了新风，颇受好评。1956年12月，湖北省举办省美展，我的参展作品在武汉的报纸上引起了一番争论，争论的焦点是："杨之光的画到底算不算中国画？"有的说，杨之光的画只能叫"水彩加线"，不能叫"中国画"，为我抱不平的亦写署名文章反驳，如《摇头派与风格》（羊喜平）及《未免太粗暴了些》（张季友）等。

如果说杠杆的两头一边是"生活"，一边是"传统"，那么，我的态度肯定是侧重在"生活"。有些生活领域中国画尚未介入，我决心作先行者。1962年我带国画系毕业班下海南岛进行毕业创作实习，我特意亲自带一个小组赴榆林军港。登上一七二旗舰，眼前闪亮笔直的甲板、钢炮完全不是国画笔墨善长发挥的"一波三折"的小桥流水。我对学生说这次我是有意找麻烦来了，因为创新本身就是找麻烦。失败了也不要紧，最多"不成功则成仁"。在困境中反而会逼着你设法杀出一条生路。一天傍晚我在甲板上画速写，舰尾正好有一对官兵在谈心，前面一轮血红的落日，正照出两个黑的背影……我忽然找到了我自己的语言——用传统大写意花鸟画技法来表现这崭新的生活。我有意借鉴齐白石画墨荷、虾米的没骨技巧来表现人物及甲板，用齐白石画池水的简洁线条表现滔滔海水。这幅画画成之后得到画界一致的肯定：它既是地道的大写意手法，所表现的又是前人从未表现过的生活。在舰上我还以现场水墨速写的形式画了一套《水兵在欢笑》的组画，这又是一种新的尝试：在现场速写中直接进行创作，它既不是想好一套主题再去找生活图像，也不是纯客观地画到哪里算哪里，毫不启动主观能动性，而是在感受生活时去思考含义，速写的同时在塑造，在表现的同时向传统借鉴及向传统挑战。

在舰上取得的成果使我信心倍增，第二年我转入空军部队，这是另一块国画尚未开垦的"处女地"，面对阳光下耀眼的喷气式战斗机、笔直的跑道、飞行员闪亮的皮上衣……在传统技法中绝不可能找到丝毫可借鉴的经验，可以借鉴的就是高剑父老师率先在国画中画飞机的胆识。记得当我背了行囊画具进入湖南大托铺空军基地时，师政委热情握着我的手说："我们全体指战员欢迎第一位国画家的光临，不论你这次来能否画出东西，都是一次有意义的（中国画）革命行动！"与飞行员一起生活的日子里，我在表现技法方面又有了一些突破：《夜航》一画表现战机在一道强烈的探照灯导引下降落……我画出了国画从未画过的一种崭新的美。我在空军部队的努力，没有使指战员们失望，不久《解放军画报》先后发表了我的海军组画《水兵在欢笑》及《空军组画》。在大托铺我还首次用整张大生宣纸席地为飞行员画巨幅肖像，有了这个开端，取得经验后才有以后八十年代初在新疆少数民族地区及大庆等地的巨幅人物写生作品，如《葡萄熟了》（新疆）、《维族老汉》（新疆）、《葡萄架下》（新疆）、《评雪辨踪》（宁夏）、《还是铁人的样子》（大庆）、《赛马冠军札考》（甘南）等。

肖像画几乎占了我全部写生作品的半数，因为描绘生活中各种不同性格特征的形象，是我最大的乐趣。由于画肖像往往是在时间十分紧迫的情况下完成，故多数是采取水墨速写形式，而且经常是不画稿线，以毛笔直取，简约着色而成。我较注意不同的对象采用不同的手法，而不是一种方法往上套。例如汕尾渔家女的形象与发髻都很像古典美人，所以我采用纤细的线条来表现一种柔美，而渔业队长由于经常出海肤色如铜铸的一样，我在表现方法上则采用刚强的有力的用笔，而且采用逆光表现来加强他的环境特点。从此画开始，我对国画中表现光与色进行了一系列的试验，最引起人们兴趣的就是《矿山新兵》（1971年），我将女矿工处在逆光的环境下来表现，这逆光是一种晨光的感觉，可强化主人公的乐观、富有朝气的性格特征。有人说我"把阳光带进了国画"。到了画九十六岁老画家《冯纲百像》（1979年）时，我的"逆光法"渐趋成熟，是将素描与大写意技法相结合得较好的一例。1984年第四届全国美展上展出的《天涯》（1984年与鸥洋合作）一画竟把画中电影放映机的射灯强光直接射向观众的方向。从1959年的《雪夜送饭》远景中出现的隐约的拖拉机前灯一直发展到《天涯》近景中放映机的强灯，我好像有意无意地在填补传统中的某一项空白。1990年，我应美国"格菲斯艺术中心"的邀请在美国康州进行了一年的研究工作，与同时被邀的两位美国和德国画家一起工作，互相交流，互受影响。他们的作品不自觉地输入了东方的书法味，而我的作品不仅在取材方面更宽了，而且在光与色的追求上也走得更远了。最典型的画例是《傣族蜡条舞》（1990年），我试用了两种截然不同的方法做试验，第一幅是用传统中国画惯用的手法以空白背景衬托出前面的舞者，蜡烛火苗亦沿用齐白石画蜡烛的办法，以朱砂点成。但第二幅我试着摆脱常规，反其道而行之，竟用浓墨染满背景，留出极亮的人体及烛光，让观众似乎又回复欣赏舞台现场的特殊光感。另一幅《反弹琵琶》（1990年）亦采用沉重的紫蓝色调背景反衬出前面两个明亮的舞者，背景的色彩已近似油画的复杂色调。丰富多彩的生活往往会使你改变惯用的手法，当我一到夏威夷，我就感到我的色彩不够用了，如不能画出夏威夷色彩的特点，也就无法传夏威夷之神。在我画《欢乐的夏威夷》（1990年）的时候，我将背景交织处理成如同一首色彩斑斓的交响乐。有一位美国艺术家在参观了我这批新作后高兴地说："杨，你的画已有了美国色彩。"

近几年来我热衷于画舞，还有一个原因，就是舞蹈题材容易发挥没骨技法与书法用笔。我将传统大写意花卉的技法与西洋的水彩技法以及书法用笔自然地结合在一起运用，这种没骨造型的特点是用笔简练、色彩丰富，加上衣服、长绸等处理可充分运用书法行草富有节奏感的用笔，而这种笔墨的节奏感对表现舞蹈的节奏感十分有利。当艺术语言完全达到传神的要求时，这才能获得最大的满足。

为当代人传神写照

如果问我，在我的艺术实践中难度最大的、最受人瞩目的是哪一项？我会无愧地回答：肖像。

西方艺术自文艺复兴以来的数百年中，肖像画的发展甚快，无数杰作给世人留下难忘的印象。相比之下，我国的肖像画的水平望尘莫及，不像我国的山水、花鸟画那样可独领风骚。偶而出现个别人物肖像高手，亦成不了太大气候。我认为我们这一代有责任为振兴人物肖像画作出贡献。为什么说肖像画（主要指当代人物肖像）难度大呢？因为画家须具备以下几个条件：（一）熟悉被画之对象；（二）具有较强造型基础、色彩基础；（三）具有熟练的速写技巧；（四）具有一定的笔墨功力。这几项缺一不可。

我试举几个画例，谈谈我画肖像画的体会。

《激扬文字》（1973年，与鸥洋合作）这幅属创作性的肖像画，暂不谈构思之复杂过程，仅谈技法，确实是难中之最。画领袖人物非同小可，在那个年代无错都会成罪，如在画毛主席肖像时稍一走形即有可能上纲到"歪曲伟大领袖形象"。当时画巨幅的水墨领袖像以《激扬文字》为最先，在生宣纸上要求画出极为精确而又传神的形象极为不易，如过于小心则难求笔韵墨趣，如放纵落墨，又容易走形，于是我巧妙地将光与色、西洋素描及中国笔墨兼施并用，终于达到了公众一致认可的程度。通过这次实践，我对"剑胆琴心"四个字有了深刻体会。也正如吴昌硕讲的"精微处照顾气魄，奔放处不离法度"的道理。

继而又创作了《不灭的明灯》，由于有了第一次的经验，这幅的水墨技巧发挥得更舒畅自如。在八十年代初，我萌发了为当代文艺名人画像的念头，起因是鲁迅先生生前的速写肖像好像只有陶元庆画的那一幅，深感遗憾。我珍爱那寥寥数笔的传神写照远远超过照片。于是我开始进行了一系列的名人肖像速写活动。画得最满意、体会最深的有两幅：《蒋兆和像》及《李苦禅像》。

1982年元旦，我约好拜访蒋老师并为他造像。为人物画大师画像，未免有点紧张。他又是八十高龄老人，如画坏了，岂非白耗老人家的精神？出于思想包袱太重，第一幅起炭稿勾线已去了半个时辰，拘拘谨谨，大冷天画得满头大汗，不得其神。蒋老师看出我的心情，安慰我说："失败了再画过，画好为止。"于是我将第一幅撕掉，换一张纸来过。当时天已将黑，我干脆不起稿，直接用毛笔从额部勾下，不到半小时，竟顺利完成。蒋老师十分高兴，连连说："像！像！这是画我的肖像最好的一张。"并马上叫师母请我吃烤鸭。从此我总结出一点道理：为什么打乒乓球时往往在练球时抽球命中率几乎是百分之百，但一上场正式比赛，就反而不行了？只有克服了心理上的障碍，排除了一切杂念，才能果断用笔，直取其神。

画《李苦禅像》时就比较轻松，李老师已忘了在做"模特儿"，一时又吊起嗓门来唱几段京戏，嘴巴几乎没有停过一分钟。我一边画一边暗暗叫好："这才是李苦禅的庐山真面目。"他的戏唱完，我的画也画完。我抓住了他一个最典型的特征：一张永远停不下来的嘴。李老师满意地在画上题句："之光为我造像不知像是我我是像矣。大家均以为苦禅真庐山也。"

最后的冲刺

我画的高龄艺术大师中有些已先后作古了，当年被人责之为"水彩加线"的我，转眼亦成为六五老人。1990年7月我办了退休手续。我对退休的看法是："退"意味着超脱，"休"可不是休止符，而是意味着从此可以力所能及地干一点自己想干的事。

我离开了广州美院的讲台之后，并没有停止教学活动，实际上是走上了一个更大的讲台。不论在美国的东部、中部还是西部，听我讲学的有白发苍苍的美国老教授、校长，有各种肤色的学生。在密苏里州的Culver-Stockton大学演讲时，很大的演讲厅座无虚席。该校的负责人说这个情况是空前的，并认为这次学术报告是该校有史以来最为成功的一次，之后几年我又在加州进行了多场讲学。有一次我的讲题是"神奇的笔墨"，一边讲，一边向数百听众示范笔墨技法的奥妙。有一个美国老太太激动地上台与我热烈拥抱。我最初来美国住在东部，没有什么朋友，更谈不上有多少知音。但当我举办了几次新作展之后，我不再孤独了，远近都知道从大陆来了一位中国画家。我的朋友、知音愈来愈多了。我的研究工作室经常挤满了美国客人，他们对我融合中西并可以为他们所理解、所接受的艺术深感兴趣。一些外国朋友过去对国画多少存在着一些误解，将"传统"与"古老"看成同义语，他们看了我的作品之后。对中国画有了新的认识。当我的《石鲁像》在美国康州展出时，我第一次感受到肖像艺术的震撼力量。美国朋友们在画像面前对这位去世的画家流露出沉重叹惜与真挚的敬意。当时康州大学决定收藏该画，而纽约的国际文化中心负责人也想将此画拿去纽约展出，在双方争执不下的情况下，两边的负责人竟然激动地互相拥抱哭了起来，场面十分感人。一个艺术家没有比获得知音更安慰的了。由于在美国努力工作，我有幸在美国先后获得纽约国际文化艺术中心颁发的"中国画杰出成就奖"、加州及旧金山市政府颁发的"杰出成就荣誉奖状"。

最近欧游一趟，既开阔了生活视野，也开阔了艺术视野。回来后试用中国画形式画欧洲题材反而觉得传统的笔墨游刃有余。我仍深信，只有保持鲜明的中国画特色，才能在世界艺术之林站住阵脚。

我的画风日后肯定还会变，因为观念在变，笔墨不能不变。

我想，我的艺术追求应该朝向国际的水平线。中国画要走向世界，这不是一句空话。我愿意在我有限的晚年，为此作最后的冲刺。

《浴日图》创作心得

　　我在60年代创作的海军题材的作品有一组画，在当时的《解放军画报》上刊登。组画的名称叫《水兵在欢笑》。《浴日图》是组画中的一件。

　　当时怎么画这张画的呢？那时我带学生下部队，就是现在广州美术学院任教的郝学君当时那个班。我们下到海南岛的榆林港。我们去了以后，榆林港的负责人给我们介绍情况。当时备战很紧张，蒋介石"反攻大陆"的叫嚣比较厉害，我为什么要带学生到那地方去？那是我第一次去，是为了找新的东西。传统的说法，认为一波三折能够发挥国画的笔墨。一波三折，无非是讲笔墨的变化发挥比较好，画小桥流水啊，得心应手，很生动。可是你画部队、画工厂就不容易了。从1962年以后，我找了一系列难题，包括去茂名。60年代我有一个总的意图是想有所突破。用擅长的国画技法来画不擅长的题材，把不擅长的东西变成擅长的东西，转化一下。这种转化是我的意图，我想到军舰的甲板，光溜溜的；大炮是平的，直线的；机舱是闷热的；水兵的服装，不像舞蹈那样可以飘起来。这个我都估计到了。但是你要找难题还是要走捷径？我是主张找难题。所以我带学生下去，也是为了学生在毕业创作当中能出现一些新的创作题材。后来我们登上了172号旗舰。那个旗舰当时是一艘指挥舰。海军部队很重视我们，把我们安排得很好。指导员姓黎，是舰长助理，他直到现在还跟我有联系。当时我给他画了一张像送给他。

　　海军的友谊在哪里呢？就是一出海，我们的命运就系在了一起，因为出海会遇到敌人的军舰。当时出海的时候，生活很苦。我们都不适应海上的生活，呕吐，学生呕吐，连有的海军战士也呕吐。我们在军舰上很少吃东西，也不能吃东西。海军战士把他们的罐头、水果都留给了我们。他们对我们的关怀无微不至。从榆林港出到公海的时候，遇到了敌人的军舰。我记得好像是韩国的，从对面开过来。我们看到了，双方都做好了打仗的准备。炮都启动了，罩子拿开了，互相对着，说干就干，很紧张。当时舰长考虑我们的安全。我说："很简单，不用了。生活，大家都在一起，现在到了这个关头，大家生生死死都在一起。"我还跟他们开玩笑说："你们不是有装炮弹的塑料筒吗？你把我写生的那些画装在那筒里。如果我们的人都牺牲了，那些画还可以飘在海上，还可以捞起来。"这段故事他们现在还记得。当然后来双方没有打。

我的《浴日图》就创作在这样的环境里。记得有一天黄昏，我到甲板上去，一到甲板就看到一个官和一个兵两个背影在那里聊天。这张画简直就是一张速写，放大了就是。我看到的就是这个场面。而且也很巧，虽然没有我后来画的太阳那个效果，可是黄昏很美，海上的黄昏非常美。两个黑背影，我一看到这两个黑背影，心里想："真是好啊，天赐我也。"现成的构图，现成的技法。为什么呢？两个黑背影就是没骨的整体，齐白石画虾就是这样的技法。海水，就是齐白石画池塘的技巧。栏杆，黑的栏杆就是书法中篆书的笔法。这张画是连题材、感受、构图和技法一次过的，统一在一个瞬间。这是一种比较特殊的情况，而且画得很顺利。

从这件作品中，我又想到刚才谈到的笔墨问题。刚才已经说过了，我这张画有意识用了文人画的笔墨。大写意的笔墨画现代生活，画军营的生活，这是在以前来讲两个不大搭边的东西。传统的笔墨来画现代社会，画厂房，画炼钢铁，我都画过，都是一种试验。可是部队题材，我是第一次接触。我觉得没有什么不能解决的。文人画的笔墨应当是无所不能的，问题是怎么用。你没有这个笔墨真的不行。你换一个手法，用洋的手法来画，不是不行，为什么这张画人家说是开了大写意人物画的先河？就是这个意思。的确是因为我突破了。我的实践还是很有意义的，树立了我一个信心：现代生活可以画，而且可以画得很有诗意，硬邦邦的东西可以是诗意的。这一矛盾可以解决。所以人家看了这张画印象很深。几十年过去了，当回顾展出来的时候，人家就想到了这张画。

　　这里头有内容，有技巧，不完全是内容的问题。官兵关系题材有很多人画，可是我这种语言很特别，于无声处，不是说教，让你感觉他是在做思想工作也好，谈什么心里话也好，都是可以接受的。

　　我在《水兵在欢笑》组面里还画过一个小海军，画得很好，很成功。我很想知道那件作品的下落，可惜《解放军画报》那边对那件作品一直没有下落，我希望那件作品还在，还没有丢。

1999年9月16日

（录音采访及整理：王嘉）

▌ 《毛主席在农讲所》创作心得

　　这件作品的创作我花了比较多的心血，创作的前后跨度将近20年，先后画了六次。我最喜欢的还是1959年创作得最早的那一张。那段时间，画坛上比较有名的作品，如石鲁的《转战陕北》，是跟我在一个屋里画的。当时我们画这些画的起因是一样的：上级把创作历史画的任务交给了我们，我们为了完成任务开始创作。我当时在接受这个任务的时候还只是想把它作为一个任务来完成，主要是政治任务。

　　可是任务接过来以后，我就考虑用什么创作方法来创作。这个不能不提到俄罗斯的巡回画派。列宾、苏里柯夫他们对历史画的认真态度。当时历史画应该说只是起步，在1959年时，我们这批人又是带头人，是历史画的带头人。石鲁的《转战陕北》跟我的这张画，当时为什么影响比较大？因为我们尽了自己的力。你想这么大的场面，表现主席主办讲习所这件事，如果表现不好就容易画得枯燥。这比画《转战陕北》还要难。至少《转战陕北》还有一个大场面，大风景在里头，我这却是硬邦邦的，模特是来自各省的学员，比较枯燥，比较单调，要画出效果很不容易。当时我就想，这里很重要的一点就是要有生活的味道。历史也是生活，历史的生活，画历史画不能生活乏味，不能变成历史的图解。如果不能让主角回到历史生活中去——我的意思是让创作对象回到1926年这个特定的历史环境，就不算成功。毛主席的身材，毛主席的动作，学员的服装，学员的形象，尽可能让人家感觉到是生活里头的。特别是设计主席的动作，我看了很多书，最后还是决定采用主席启发农民的阶级觉悟的形象。我抓住了"启发"二字。怎么启发呢？向农民了解受剥削的情况，给农民算剥削账。毛主席手指的动作就是为农讲所学员算剥削的动作。创作这件作品也是我第一次画大场面。当时的勇气从哪里来？这不能不谈到列宾的《萨布罗什人》。以前我临摹过这幅大场面的油画，我早有准备在中国画打开这样的局面，虽然我一生当中历史画作品不多，可是我是有准备的，有备而来。所以临摹《萨布罗什人》的大场面，我是为了今后画大场面而做准备。在处理的过程中，1959年画的时候模特一般都是熟人，老师啊，或者是鸥洋的同学啊，伍启中啊，都有，生活中来嘛。他们也是真人，虽然他们不是来自湖南、江西的学员，但是让人一看就可以相信，这是当时的认识。

到了70年代，"文革"当中对历史画更加重视。我一直在酝酿这个题材还有没有再画的可能性。六稿从那个时候起就在不断变体。这种"变体"跟政治因素有关系。"文革"当中"枪对枪，刀对刀"的理论出来了。枪杆子里出政权啦，等等。我就觉得以前画得文绉绉的，觉得革命性不够，这个思想是受到当时社会思想的影响，于是就变体，六易其稿。后来题目改为《红日照征途》。从题目来看就是受到了"文革"的影响。这是1972年的作品。这题材直到1978年还在画。

在这"磨"的过程中，从总的来讲，有一点是不断提高了，这就是深入生活来画历史画。70年代我沿着湖南、江西上井冈山，一路上画了不少素材。我是这样创作的：我先构好图，确定人物的角度，然后在生活中专画这个角度。我这些素材都是有用的。每个人物都画了不少素材，都有五个以上的素材。这种工作很少有人这样做。对历史画这么认真，很少。我的素材一大叠，从钢笔到国画，到铅笔，全有。你从素材中可以见到我非常认真。当时有一个理论就是创造典型人物。我把很多素材集中到一起创造一个典型人物。典型的理论我接受，可是我认为典型的结果还得考虑个性。不是典型到最后变成一个概念的人，脸谱式的人，要有个性。所以，我很重视具体的人的特点。我的素材都是有根有据。加工的结果不能把他的个性磨掉。我运用素材的原则就是保留他的个性。这个应该说到了1978年最后我搞完了之后，我总结了一下。我觉得意义不是在这张画本身的提高的问题，而是"对待一张画，对待创造性的劳动应该怎样？"我跟别人有一个对比，我不满意的是有些人对待生活草率。对待创作草率，对形象没有追求个性。像我看电影，我总希望看到一个很有个性的演员和人物，我不喜欢雷同。人物形象雷同化是一个弊病，现在已经发展到20世纪末，虽然你技巧提高了，形式多样了，可是形象雷同，这雷同可怕到不是一个人画得雷同，而是张三李四画家的雷同，不得了。你也变，他也变，变到最后又是兄弟俩。这个情况不好。

再就是"样板"。我对"样板"的理论始终没有接受。"样板"就定型了嘛，一定要怎么怎么样。从理论上我不会接受这种说法。我的画是追求自己的特点，每张画尽量不重复。我开四十年回顾展时有人注意到我的风格的多样化。风格从总的来讲是从内容出发的，什么内容采取什么手段。我也想，对罗马的建筑物，大的，古老的，我就用传统的山水画技法来表现。欧洲洋的，如雕塑，我就用水墨，用现代概括手段来画，用带洋味的手法给外国人看看，中国人画的也有外国人的生活，很协调。不像吴冠中讲的那样，笔墨等于零。我不能同意。因为我觉得笔墨真能够解决问题，笔墨不等于零。内容和形式的关系，完全可以解决得很好。中国画的笔墨是我们的特点和长处，吴冠中说笔墨等于零，这么讲对中国画的发展不利。这个是学术问题。再回到这件作品的创作上，我觉得人物不能雷同。"样板"虽然已经过了，"样板"不再提了，但是另外一种"样板"又出来了，我觉得"样板"这个东西模式化的倾向太严重，你可以把中国画人物画全国分成几个模式。某某影响很大，往往就一窝蜂学他，全国各省都可以抽几个加入他的队伍。某某跟某某变形变得一个样，到最后李白、杜甫不分，昭君、貂蝉不分。直到最后人物画雷同、类型化，把中国画带进了死胡同。人物是有生命的。人物所可贵之处就是张三李四有个性。你现在看电影，你看哪个电影雷同你就不想看。听歌，如果只是听到一个调子你就不想听。虽然唱得很好，你觉得还是要命，听得难受。因为它没有什么特点。为什么刘欢一唱大家都受到鼓舞？因为他有特点，你看一下子蹦出一个刘欢，你觉得奇怪，不要这样，画画也是一样，道理很简单。

现在还有一个问题就是我认为理论界缺乏指导，甚至是放弃了指导。理论要指导实践啊，可是现在的理论家不大谈这类东西，一味地叫好。或者听讲，这个讲，那个讲，到底怎么走下去，理论家有点失职。

不管怎么样，王朝闻他们那个年纪的人的理论是有一定的局限性，但是人家还是写了《一以当十》等书，影响了我们整整一代人的实践。我们是实践，理论家是研究。理论研究对现在的一代年轻人应该有一个起码的参考作用。现在有的画家除了自己的生活圈子之外，他不大关心周围的东西。传统的他看不起，别人的，他也看不起，总认为自己是最好的，别的视而不见。艺术要这样的话就不能发展。我们对前辈很尊重。我画农讲所的时候是怎么画的？当时程十发在旁边，石鲁在旁边，我为了追求画农讲所的房顶，我就研究传统画屋顶怎么画，它有规律。一片瓦一片瓦画出来才是整体，不是随便勾出来的，少画几笔都不行。"每笔勾到"，这是石鲁教我的。石鲁说："你去看我的中国画的整体。每一笔都画到。虽然笔多，但是整体。"这我学到了。假如我很草率，或者只按照西洋画的某些原理，省掉，反而乱了，瓦顶就承不住了。你看我的葵叶，就很传统，我用传统的大写意的笔法横扫。借鉴别人的经验，创造自己的风格。不能凭空，哪有凭空发展来的？不可能！你看那榕树的叶子，一笔一笔怎么画的。这都是我跟同行学习的结果。艺术创造不是乱来的。

1999年9月18日

（录音采访及整理：王嘉）

《矿山新兵》创作心得

《矿山新兵》是我一度中断了创作五年之后的重新创作。可以说是五十年代的创作《一辈子第一回》《雪夜送饭》的延续。当时画的心情是我重新获得了创作的权利，中断了五年，当时我曾经死了心，以为会死在干校，以为没有机会再画了，好像人生到此也画上句号，完了，不抱任何希望还能够画画。忽然又能够画画了，我的心情就像《矿山新兵》里的那个女孩子的心情差不多，很吻合。

生活又带来了光明。下去画的时候，我有一个矛盾，这矛盾跟下部队很像。当时文艺办分配任务：你去这条线，他去那条线。因为美展要反映各条战线。当时提"北煤南运"，为了改变北煤南运的难题，要求南方自己要出煤。在广东，肇庆等地出现了一些小煤窑，都是在这样的指导思想底下产生的。这种要不要表现呢？要表现，可是很难。为什么难呢？你想，国画是墨，是水墨。任务一分配给我，要我到肇庆的马鞍煤矿我就伤脑筋。我想这完了，没有希望画好这画了。

我带着墨下去的，我在想，这下子好了，用黑的墨，画黑的煤，再加上矿工脸上都是黑的煤渣，好了，等于是黑人在黑洞里打架（我这是开玩笑）。你去画吧，怎么也画不出效果来。当时我有一点想不通。

后来为什么想通了，还要下去呢？因为好不容易得到一个画画的机会，再大的困难我也要下去，也不能放弃。开始下去时思想还不是很通。下去以后，我觉得生活在这里很重要，你在家里想不到煤矿是什么情况，下去以后生活教育了我，引起了激情。

当时矿党委介绍马鞍煤矿的情况，里头有一个很生动的事例就是杨木英的事迹。杨木英是一个女矿工，她的丈夫不久以前在煤矿事故中牺牲了，结婚才几个月，新娘子。这件事之后她要求矿党委接过她丈夫的矿灯下矿井，完成她丈夫的遗愿。后来矿上组成了一个三八队，女矿工队，就是这样搞起来的。三八队不简单，因为女的下矿井是新事物。这些人是农民，都是农民，是肇庆近郊的农民，文化水平也不高。接触开矿，她本身也有一种变化，农工的变化。农民变成工人，文化不高的接触了需要点头脑的工作。这个例子一讲我就很感动，我说我要见见杨木英。我就给她画了一张肖像。我一边画她一边讲，她讲的过程我又很感动。

　　我就想这个题材，有点引子在哪里呢？就是这代人，新女性，给我感受是新女性。别看她还是农民出身，她充满了乐观。新娘子死了丈夫是悲剧，这能不能画？我不能画，画了也是悲剧。我这个人的观点是这样，始终追求生活中的美。你可以注意到我的一系列作品，生活的美就是我的追求。你怎么骂我也好，你说我唯美的，只歌颂，都可以，我都可以接受，可是我就是追求美，美术美术，讲的就是美。《雪夜送饭》都是这么画出来的。我在生活里发现美并没有错，我并没有上纲上线，无中生有，美化我们的阴暗面，没有，从来没有。所以我想应该表现乐观的，像朝阳一样的。主席的一句话来了，八九点钟的太阳，画《矿山新兵》的时候有很多因素，其中也有主席的思想在里面。这几个一碰头，我就不画黑洞洞的煤矿，我把煤矿生活挪到阳光底下来表现。

　　这是一个选择题材如何表现的窍门，是我找到的。我就表现阳光灿烂的场面，她的人也像朝阳，背影也是朝阳，逆光表现。这也是我在创作上第一次追求逆光表现人物。所以当时的影响除了题材之外，表现技法也是一个影响，同行非常高兴说我这是开了个先声。所以这个画画出来以后，全国发行邮票，《人民画报》及各报刊也大幅报道，都有它一定的道理。

　　我不是歌颂"文革"，不要搞错，千万不要搞错。我不是什么不好的也要美化，生活就是这样的，杨木英的本身就给我们一个教育。她追求什么？她的精神生活讲老实话比现在某些不求进取的年轻人还要充实，还要有意义。

　　这张画画的过程中，我画了一大摞女矿工的肖像，而最后的定稿的形象是我创作出来的。那么多的肖像我没有如实画哪个，的确是创造了一个典型。里头的一些细节，你仔细分析就可以看到我都用心良苦。比如农民的内衣裳衬衫，她还是农民，可是做了工人，她还不适应穿工作服。不习惯怎么扣扣子。这工作服她穿在身上完全是新事物，土土的，可是她跨入了工人阶级的队伍。墙上还有她农民的斗笠帽子，可是她已经是一个工人。喇叭，还有背后的大字报，一切一切组成了当时的真实环境，很有代表性的，这个年代，这个环境，比较典型的环境，比较典型的人物。

所以，我想到美术的功能。美术要不要讲功能？我说要讲，美术的功能就是要引导人们积极向上，奋发图强。功能从古代到现代都有，问题是你要不要这功能。你反对这功能，我不同意；但是你不要把它强调得太过分，像教科书一样，说教，也做不到，美术也不能这样。可是，美术在精神上应该是引导人积极向上的。对照来讲，我觉得现在有些文艺太低沉，太阴暗，我们这个国家尽管经历了这么多的苦难，可是你回忆一下，到今天真不容易。尽管法轮功在那里捣乱，还有什么什么在那里捣乱，不断地有人在捣乱，可是我们的国家还是在前进，还是赶上了世界水平。不然怎么参与世界贸易？不然人家怎么承认你？我们的进步很快，应该看到乐观。这"乐观"就是《矿山新兵》的女青年的形象，对未来充满了希望。尽管有些还只是幻想，我现在对生活都还充满了幻想，怎么苦我都觉得生活有希望，对不对？要不我怎么去了美国又回来了呢？就因为忘不了这个国家，我们这个国家的前途有希望。我相信我们的国家有希望。所以整个来讲，我这张画不是偶然的，其中有我的主导思想在里面起作用，不但是表现"美"，而且还倾向于明确地倾向于表现了"新"。

1999年9月16日

（录音采访及整理：王嘉）

▌《雪夜送饭》创作心得

谈起《雪夜送饭》，其实是这么回事：当时我的处境是劳动改造。当时的劳动改造跟以后的牛棚式的劳动改造不同，当时的劳动还尊重知识分子。而所谓的"劳动改造"还只是一种劳动锻炼，并通过锻炼作为完成思想改造的一个环节。这次改造得比较彻底。那时候我在武汉的农场种了一年的棉花。那个艰苦是没法说的，应该说比农民还要艰苦。一天要工作十几个小时，不管是烈日当空，还是寒风吹面，都要下地劳作，累到每个人都要趴下了。还有就是当时我们劳动的地区是吸血虫最厉害的地区，一下水就容易感染，一感染就大肚子。当时我们受了自然环境以及吸血虫的威胁整整一年。

这张画是当时为农场的宣传栏画的。我们农场有一个墙报栏，那时候迟轲担任墙报的主编，他发动我们来宣传农场的生活。当时"大跃进"的气氛蛮浓的，不管形式，什么水粉啊，水彩啊，国画啊，你只要能够反映农场的生活就可以了。所以我们农场的画家都画了很多画，有些画仅仅是在图画纸上简单地涂一些水彩、水粉之类的颜料，近乎粗糙了一些。我画《雪夜送饭》的题材也是从这里头产生的。

当时农场有一个很感人的事情：由于农场机器少，拖拉机少，任务多，所以机器就不能停，拖拉机二十四小时要连续运作。你八小时，他八小时地轮班，晚上那一班的拖拉机手最辛苦，天冷，下雪，大雪纷飞，我们有一个队长为拖拉机手送饭。这个故事打动了我。我这张画从政治角度来说，是歌颂了"大跃进"，其实我是歌颂人与人之间的亲密关系。这张画之所以站得住，正是如此。它如实歌颂了共产党领导下的阶级友爱，关心同志。夜晚队长亲自送面送饭给拖拉机手吃，拖拉机手远远看到队长的马灯在晃悠，心情是震撼的。旷野里头什么都没有，只有队长的马灯。这是当时农场生活的真实写照。怎样把这个场面变成艺术来打动人，我动了一下脑筋。开始的宣传画还是比较单纯地反映那位拖拉机手。后来，我把它变成国画的时候，我就思考进行了一些艺术处理。我决定在画面上不出现拖拉机手，只出现拖拉机从远处开过来，这样比较有诗意。画面的前面有两个人物，队长是背影，拿着马灯在黑夜里晃悠。还有一个人物，那个女的，比较美的女的，正在准备热饭，这热的饭跟寒冷的天形成对比。我从中找到了艺术中最感人的一个瞬间。心是热的，血是热的，天是寒冷的，条件是艰苦，而阶级友爱是温暖的。我找到了创作的灵感。

《雪夜送饭》从题材到画面都是现实生活，都是我们当时自己的生活，而且是非常平凡的生活。当墙报要歌颂我们农场生活的时候，我首先想到的就是这个雪夜送饭的事情。所以《雪夜送饭》从开始到最后仅仅是形式上、构图处理上的更改，而其主导思想是一开始就定了的。当然最感动的首先是我自己。后来，感动了别人，拿到国际上还感动了更多的人。当它被送到世界青年联欢节上，走出了社会主义阵营，他们也承认了，把这个评为金奖。中国在国际上拿金奖的先后有三人，另外两人是黄胄和周昌谷。为什么能够打动人？因为这个不是歌颂政治上的，而是真实的人与人之间的友爱关系，是全世界都有的。后来我为这张画写了一篇体会。我觉得艺术这个东西不是无中生有，而是要从生活中得感受，跟我们自身的思想锻炼都发生了关系。因为我有这个体会，我认为知识分子在这个环境里头能够锻炼得更坚强。我自己承认了这种锻炼，不是像以后的"关牛棚"那样被迫地劳动。

我认为这张画里头的概括性体现在：它概括了我们当时社会的变革，知识分子要通过劳动来锻炼，现在看来还有意义。如果知识分子缺乏这种锻炼，特别是对文艺工作者来讲，可以说是不行的。可是锻炼归锻炼，不能采取像后来牛棚式的惩罚式的劳动。我这张画并没有副作用，当时有很多人画了很多歌颂"大跃进"的画，"大跃进"一过，存在价值就没有了。我还是比较注意概括我们国家的社会主义，把握正确的东西。所以这张画的生命力不会因为时代的变化和政治因素的变化而变化。《雪夜送饭》的创作动机并不仅仅是为了迎合一种潮流，不是单纯地为政治服务。如果文艺单纯为政治服务，从我的经验回过头去看，那么做的确有极大的片面性。从艺术家来讲，选择艺术创作题材的时候一定要选择一个比较永恒的、比较正确的、比较美的东西。我自己比较重视这些，阶级友爱、友谊等，奋不顾身地把自己的青春投入某一种战斗，这值得歌颂，这没有什么怀疑。所以，我觉得艺术家选择题材很重要，你单纯从政治来画，政治一否定就不行了。你要概括，通过你自己的分析，你认为能代表我们新中国的新气象吗？我是比较注意"新中国的新气象"。再就是，我觉得知识分子成长的途径也很有特点。我每一次运动、劳动都参加过，这里有苦的一面，也有对我很有帮助的一面，接触了群众，知道了劳动的甘苦，这一点你不能否认。所以毛主席在延安文艺座谈会上的讲话里头，把"熟悉人、了解人"放在第一位的地位。如果我没有这些经历，我怎么了解他们的感情？我怎么体会阶级友爱？没有办法。你坐在书房里是怎么也体会不到这一点的。那么，这就说明毛主席的这一论断是永远不会过时的。了解人、熟悉人，对今天来讲还有很多启发。现在还有一些画家不一定了解人的思想，他们把自我的东西夸张到不恰当的地步。客观上不去了解，这个不行。这属于深入生活的问题。现在演艺界也提出来了，不能整天在房里胡思乱想，胡编乱造。像李双双这些活生生的人，你不深入生活根本写不出来。画家也一样，我回顾总结创作《雪夜送饭》也是这个体会，比较有意思，不能否认这种锻炼。

这张画我在画的时候就感到这种气势盖天地，气魄很大。所以我用丈二匹整张来画。这种形式跟内容有关系，它使我克服了困难。听说世界青年联欢节的展场里头，我的作品尺寸是最大的，这是一种气势。新中国，新气象，有气势，反映了人的伟大。这种伟大与"大"字分不开，所以如果我把这张画画得很小，气势没有了，这跟形式有关系。加上表现上，拖拉机灯光的处理，也是第一次。因为我一生当中喜欢处理光。我的作品里面各种光都有：正面来光、逆光、侧光、电灯光、日光、月光、蜡烛光等。这是我的个人兴趣，也是我的作品的一个特点。在这张画的艺术处理方面，我还吸收了传统的理论，有点像京剧《三岔口》那种。全幅画的整张都是亮的，就是这里一小块是暗的，这就表示人物是晚上出来的。就像《三岔口》里面，演员在台上摸来摸去，灯光打得很亮，大家看得清清楚楚，演员的"摸"让你感觉到其中的故事发生在黑夜，但是又不至于让人家什么都看不到。我吸收了这种表现手法，我没有因为黑夜影响了人物的形象，我的这种处理方法也可以说是国画的一个特点。国画跟西洋画完全不同：西洋画是用自然光线，国画是用暗示的手法，点出来给观众自己去体会。这是我在处理上的一个特点。

再就是前面人物的一个主角，我采用了鸥洋的形象，这个很自然，因为我们一起劳动锻炼，都是这个年龄。为什么画鸥洋？因为我刚跟她谈恋爱，结婚。结婚完才一个礼拜我就离开家去了农场。所以我是有意识拿鸥洋的形象做模特。这种东西在"文革"时被编了罪名，什么"画鸥洋啊"，《雪夜送饭》在"文革"中也被打成"黑画"。大概这过程就是这样。后来我写了一些文章，谈《雪夜送饭》的创作体会。我的体会确实是这样的，现在看来还站得住脚。我们不能脱离政治生活，我们生活在这个环境里，离不开政治，离不开锻炼，知识分子离不开劳动。可是我们不是劳改的对象，我们不是喊政治口号的人，我们是现实生活中的人。所以艺术家要有自己选择什么、表现什么的权利。这是邓小平讲的，画什么，怎么画，是艺术家自己的事情。这个，应该说就是经过了多少次教训才得出来的这么一个结论，给我们艺术家点明了一个方向。在第四届文代会上，邓小平的讲话非常了不起，这比延安文艺座谈会上毛主席的讲话又进了一步，这是经验教训的一个总结。艺术家不是政治的附庸，而是生活的主人。

1999年9月16日

（录音采访及整理：王嘉）

《激扬文字》《不灭的明灯》创作心得

　　我画《激扬文字》和《不灭的明灯》，可以说这是农讲所创作的一个分支。画主席的作品一条线。对主席的评价，除了"文革"一段我对他的意见比较大之外，此前一段时间主席的贡献我一直是比较肯定的，特别是他对建国的功劳。你必须肯定这个，农讲所1926年以后到《不灭的明灯》以及"星星之火，可以燎原"这种观点，历史证明主席的指导思想是对的，他看得很远，他不怕现在是弱势，他相信总有一天会变成强势。主席这一点在思想上是成功的。主席的笔杆子很厉害。你看他以前写的文章，看他学生时代写的文章就好得不得了，是真的有才能。我有一系列关于主席题材的创作思路，也画了不少草图，到最后还是选择了《激扬文字》做概括。因为鸥洋有一个很好的素描稿，很完整，我把它变成了国画。这张画打响了，鸥洋有功劳，因为她的整体设计布局都很好，适合于国画的肖像画。这张肖像画我觉得在肖像画领域里是零的突破。我是这样评价的，不是夸大自己的成绩，而真的是一种突破。因为我画领袖像的难度最大的，而且画得还比较好的就是这一张。当时"四人帮"不服气，但是又不能不承认。当时把这张作品当作样板一样，肖像画的样板。但是我不这么看。我觉得这张画的不同之处是难度大，稍微马虎一点就没有办法表现，因为你要画得很准，又要画得很放松，很自由，处在这样的矛盾里头，能这样处理，已经发挥了我自己的最高的水平，是比较好的一张肖像画。

　　《不灭的明灯》是很偶然发现的一个副产品。那是我沿着长征的路走的时候，去到了八角楼，我一看到那场面就感觉到我应该画这张画。当时我就感觉到是毛主席坐在那里点油灯。这个构图是当时就有了，画起来并不难。等于是条件成熟，包括主席披毯子的形象，我用了象征的手法表现那晚上天很冷的环境里头，主席拨油灯、指挥天下。有一种含义在里面。这些画都是一条线，从农讲所引出来的一条线。

1999年9月16日

（录音采访及整理：王嘉）

《九八英雄颂》创作心得

这张画的过程也很简单。1954年我们学校在武汉，大洪水，抢险，我们学校都上阵了，当时搞得很紧张，我还画了宣传画。那时很紧张，跟武汉共存亡、最后一战的那种感觉。当时我参加了，印象深，而且也画了。

这次抗洪我没有直接参加，可是想画。只是当时没有把握画，仅仅是一个愿望，要表现。

当时每天看电视，见到很多英雄，高建成他们的事迹，老是不能平静下来。英雄牺牲了，我们的责任，就是应该给英雄树碑立传。不是给高建成一个人树碑立传，而是给众多的英雄树碑立传。这是一个愿望。

讲老实话，画和不画，我有顾虑，年龄大了啊，已70岁的人了，你说再画这样的大场面，心有余而力不足啊。憋一口气，就怕画不上来。还有就是这样的大场面，难度很大。我的技巧呢，我这20年研究没骨法，我觉得用没骨法最理想，也是一个总结，用没骨法画重大题材是一个机会。这个机会你要不要？再不画，等年纪再大了就更画不成了。也可以说这是最后一战，最后一搏。在这过程中，我想画却不敢画。

后来，鸥洋在旁边给我打气，要我上。

"不管怎样，你都要上马。因为跨世纪，1999年，做出最后一个贡献。"

"不管成功还是失败，都要画。失败就不参加美展，成功了就参加。"

鸥洋的意思是"画了再说，上了马再说"。

我说："好，那就上马。"

画的过程中，我就找我的老学生来看，我很慎重："如果你们认为不够水平，我就算了。不要砸我的架子。努力了一辈子，弄到最后大家说杨老师退步了，那就完了。"我希望他们给我一个台阶，当然这是我的私心杂念。开始正式画之前，我先用毛笔画像做试笔。因为毛笔的限度已经发挥到了最大，到了极限。这跟舞蹈不一样，舞蹈面积小。这跟《激扬文字》也不一样，《激扬文字》是先勾线后上色，那个难度虽然大，它是靠明暗线条来顶住的。而画《九八英雄颂》的时候是一气呵成，很少复笔，也没有重画。就算完成了，这也不是偶然的，这是多年的经验的积累。想来有道理。就说从小画、从舞蹈画来练习我的没骨技法。书法、水彩功底也派上了用场。画完之后找国画系陈振国等来评。能不能送？他们说可以送，不但可以送，而且是很成功。在他们的鼓励下，我就送了。后来北京来电话说要收藏，我说选上选不上还不知道，你要收藏。我没有办法答复，我自己有自知之明。我画了为什么人家一定要把我选上呢？后来刘曦林写了文章，那是他的事情，作为我，只是感觉到了却了一桩心事。从我的责任来讲，我觉得我尽了自己的责任。可以说，告别1999年，我说得过去，我没有把精力花在追求名利上。根本没有想这张画画了以后人家拿多少钱来收藏它。我花了很多力气，几个月，人都画出病来了。连草稿带完成，花了好几个月的时间，花的功夫比任何作品都累。

我想这幅画，是一个阶段的蛮好的一个结束。1999年，比较好。因为我每个十年都有一些作品出来。十年一个脚印，十年一个脚印，很完整。幸好画出来了，画不出来以后就很难画了。这，可以说是借美展的刺激。一定要参加美展，五十周年，尽一份献礼，你不表现不行。

另外，就是空军部队对我的支持。我在画的过程中。部队给了我什么支持呢？空军去找我所要的高建成的照片，找不到我所要的角度，最后也很难找到，没有找到。我想要侧面的，可是他们只有正面像。一有可参考的照片，马上送来给我。所以我创作这张画跟他们的鼓励和支持都很有关系。当然，最后的这个角度是我创造的，不太像高建成。可是人家空军一看说还是高建成。空军出版了一本《英雄高建成》的书，还用我这张作品做封底。部队的反应很好，我的积极性他们也肯定了。我对部队有特殊的感情，海军、空军，包括这次画高建成。虽然我不是部队的人，但是有点他们把我当成部队画家一样。蛮好的，大概就是这样。

最后我还想谈谈笔墨当随时代的问题。这个问题岭南画派开了一个好头。就是从现在算近百年来看，它的确开了一个好头。这与高剑父的观点也很吻合。明清时代有成就的画家也是这样，包括恽南田、任伯年等，的确反映了生活。随时代，无非就是反映生活，有感染力，笔墨感染力发挥得比较好。我觉得我一生当中追求笔墨与生活的关系，我扣得很紧。这中间的矛盾，我是通过速写解决的。我的大创作，培养和锻炼的基础就是生活速写，很简单。大量用毛笔直接在生活里头速写，不管什么场合都符合生活的真实内容，扣得很紧，很客观。用生活来启发创作，该怎么表现就怎么表现。经过长期几十年的锻炼，我就总结出总的一条就是什么内容用什么技法。我也积累了很多这方面的经验，非常多。不用讲生活，单讲舞蹈，我很多好的舞蹈都是通过生活速写来的。日本舞蹈《驱鬼胜利舞》就是用毛笔直接在现场勾的速写，为创作提供了笔墨的依据。这是生活给我的启迪，我的国画技巧不是凭空得来的，是生活给我的启发。例如60年代初在海南画的白木棉林，我先用白粉在纸上正面画木棉树，再把纸翻过来画远山。这技巧是当时生活给我的启发。当然以后很多人都用了。我在创作《夜航》等作品的时候。我就有办法把生活真实的一面通过笔墨反映出来，长年累月的生活速写非常重要。到创作了，生活跟技巧、笔墨的关系还不是完全被动的。形式不完全服从于内容，用得好还可以有反过来的作用，笔墨可以强化内容。独特的语言去表现内容，有一种主观能动性在里面。形式与技巧的关系不完全是从属关系，不是很简单的"内容决定形式"。形式也有反作用。在这点上，创作时发挥得比较多，写生时就少。比如《九八英雄颂》，这么一张大面积的作品画没骨有难度，不大好解决，可是我就要用这个技巧，非要达到目的。难度大，这也是我的优点和长处。我就要用这个形式来画这个内容，这试验是成功的。有的评论家把我归为学院派，也有一定的道理。我是做老师的，我在跟学生讲的过程中始终讲要注意生活，爱惜生活，这也形成了我的习惯。我尊重生活是主要的，尽量不要歪曲它。你可以强化它，但是不要歪曲它。所以我画大创作到小的舞蹈，尽量不歪曲，朝鲜舞蹈不能画成墨西哥舞蹈，两个节奏完全不同，尊重它，画出它本来的味道，这个是主要的，这个不能变。

1999年9月16日

（录音采访及整理：王嘉）

关于《一辈子第一回》的创作经过

1953年我从北京中央美术学院毕业后，就分配到武昌中南美术专科学校担任彩墨课的教学工作。我对彩墨是有兴趣的，不过在学校学习时对这方面锻炼不够，过去只搞过些西洋画、速写，而且思想中对搞这"老古董"是否有前途，多少是有些怀疑的，觉得油画能很好地反映现实生活，彩墨就难以表达出来。同学们对这门课也不够重视，有些同学宁愿买其他绘画工具而不愿意将彩墨必备的工具买齐，要买也是买次货。有些同学看了古典美术作品和临摹用的古典美术作品石印稿时，就非难古人说：解剖不对，透视不对，总之，认为不科学，把古典作品现实主义的精华部分也否定掉了。由于我自己懂得太少，自己对彩墨也有些怀疑，所以感到很苦恼。后来这些问题在教研组里进行了研究，教研组长关山月同志给我指出了彩墨有着广阔的前途，同时根据他自己丰富的创作经验指明彩墨是完全可以反映现实生活的。黎雄才同志也介绍了他刻苦地学习遗产，旅行写生，以致使山水画的技法发展了一步的体会。许多老先生都鼓励我们青年助教刻苦钻研，大胆尝试，用自己实际行动来说服同学。每次苏联专家和国际友人来我国访问时，也总希望我们大大发展民族绘画传统，创作出更多更好的具有中国民族独特风格的绘画作品。我逐渐地提高了对学习遗产发扬祖国绘画优秀传统的认识，进一步培养了对彩墨画兴趣，坚定了从事彩墨专业的决心。我进一步体会了毛主席"推陈出新"指示的精神，认识到艺术创作不能和传统割离，民族绘画是群众喜闻乐见的形式，学习并发扬祖国遗产是爱国主义的具体表现。一种愈来愈深的责任感在我的思想上形成了，我要做好彩墨的教学工作，并努力创作彩墨画，在发扬祖国民族遗产方面贡献自己的力量。

我决心把彩墨作为终身事业，我就努力学习历史、文艺理论。教研组经常对一些古典优秀作品进行分析、讨论，我还经常和同学一起听关山月同志介绍名作的课，这些活动进一步提高了我对学习和发扬祖国绘画遗产的认识，也学习了遗产中的精华，对自己的彩墨创作有很大帮助。

因此当我获得《一辈子第一回》的题材以后，我就决定作一次尝试，用彩墨来表现它，也把这次尝试当作对教学工作的一种很好的示范。

普选是一件惊天动地的具有历史意义的大事情，这标志着人民翻身的伟大胜利，人民真正获得了民主权利。我记得很清楚，当我领到选民证时，心情十分激动，深怕把它拆损了，小心翼翼地把它放入纸盒中，锁在抽屉里。我永远也忘不掉那天全校集体到省府大礼堂投票时的动人的情景。当我走近票箱时，心情万分激动，那是多么神圣的一票。尤其使我感动的是，有些白发苍苍的老爷爷老婆婆也怀着庄严而又喜悦的心情，把选票投入了票箱。他们的心情是能够理解的，在他们漫长的岁月中，经历了多少朝代，遭遇过多少不幸和苦难。解放前他们也见过选举什么"国大代表"，那真是见鬼，欺骗、包办、收买、垄断，至于选出的是些什么样的"人"，大家心里面都明白。今天老百姓真正当家作主了，能够行使自己的民主权利，选举自己愿意选的人，这样的事，他们虽然年已半百以上，跟我一样，也是一辈子第一回。这种情景怎么不令人深深感动呢？这种感受使我有了一种强烈的欲望要表现这不平凡的事件，让人们回忆一下过去，再想一想今天，激发人们热爱祖国，热爱新的社会制度，热爱我们的党和毛主席。不过，我还不知道如何把这种感受表达出来。那年寒假我回上海过春节，遇着一个老同学，他对我讲了他母亲在普选时的动人的情景。他母亲是个美国留学生，过去一直不关心政治的，可是这次普选时不同了，当她领到选民证时，就很爱惜地用纸包好，锁在她放贵重物品的首饰箱里。这是很有意义的事迹。不过通过美国留学生和首饰箱来表现这个主题终究是不够典型的。我联想到过去到过的太行山区，那儿的妇女一到赶集的日子就把钱摺得整整齐齐地放在手帕里，兴致勃勃地去赶集。那儿一定也在普选，当这些劳动妇女手里拿着选民证时会怎样呢？一个生动的形象就出现在我的眼前了。一个普通的劳动妇女，经过了无穷苦难的年月，过去被踩在脚底下，几乎连生活的权利都被剥夺尽了，但是今天站起来了，像巨人一样站起来了。我决定要表现这样一个普通的劳动妇女的形象，用大幅的宣纸来刻画她那副刚领到选民证时脸上和双手激动的心情，喜悦的情绪。

刻画人物细致复杂的内心世界，对我来说已是一件十分困难的工作。现在要用毛笔宣纸来处理，更感到不知如何下手了。起初，我基本上是用单线平涂的方法处理，因画幅太大，这样画就感到很空，不厚重，同时，因用彩墨来表现老太太的脸部表情很不容易，这样画，画不出来，头一次失败了。后来我就利用了光暗的效果来使表情明确起来，但头部处理好了，衣服又画坏了。因宣纸与其他的绘画工具不同，不能改来改去，只好重来，一直画到第四次才达到现在发表出来的这张的效果。在创作过程中，同志们给了我很大的帮助，对我克服碰到的困难有很大的鼓舞。起初我的草图有村庄群众作背景，有的同志说不必要，后来把背景去掉了，果然效果好得多。在笔墨技法上也得了老先生的指导。在创作过程中，也碰到过一些保守的意见，如有的说脸部应当用过去的渲染法来表现，光暗不能处理得太明确，不然就是西洋画的素描方法了。有的说过去传统的彩墨中很少见有半身的，应连脚都画进去才是完整的。我觉得根据这幅画的主题应着重表现脸部和双手的表现，脚没有什么作用，不必画出来。我认为形式和技巧应该服从主题需要，在学习运用传统技法时，必须在社会主义现实主义的原则下予以发展，才是正确的，才有广阔的前途，因此，我就还是按我那样的理解处理了。

（原载1956年武汉市知识青年代表大会专刊《青年们：向科学文化进军》）

《花鸟、动物、山水、书法作品选》前言

我所见到的传媒介绍及评价文章皆称我为"人物画家",而这本小辑出现的却不是人物,而是展示着我另一个世界——花卉、动物、山水及书法。如果要研究我的成长过程,我在这一方面所作的努力不可忽视。我在中学时代已致力于书法、篆刻、花卉的研究,临摹了不少海派画家的写意花鸟。广州艺术博物院出版的我的专馆画集,第一张就是一九四八年画的《芙蓉斑鸠图》。行家们说事隔半个世纪,这幅画仍然耐看。一九四九年我南下从高剑父习画,入门第一课即要我整本临摹日本的景年及梅岭两位大师的花鸟册。与五代黄荃的《珍禽图》对我的启示一样,不论哪家哪派,首要的是必须先从生活中来。没有对事物认识的深度,也就不可能有表现事物的深度。在这一点,工笔与写意无一例外。意笔画是对生活的提炼,所谓"笔简意赅",生活仍然是基础的基础。梅、兰、竹、菊画了一千年,跟着古人走,永远超不过古人。我有一个远房侄子寄来一张新作《葫芦知了》,请我提句,我写了十六个字"画葫芦易,易在依样;画葫芦难,难在出新。"不出新则难以超过前人。我平时画花卉,习惯将花卉当人物肖像来画。我从小爱画兰,如今对兰写照已能区分不同个性,如人物之张三李四,有的枝叶生长颇具舞姿,有的是"独舞",有的是"双人舞",均从把握花卉的结构特征提升至传神写照,这样的花卉画有生命力,可远离公式化,可避俗。

"将赡才力,务在博见"(《文心雕龙》),学问要"博",画工也要"博",我除了画人物,还喜欢画多种多样的动物:牛、马、狗、猫……有的动物作为人物的陪衬,有的动物就是画中的主人公,这本小辑收入我部分动物速写,说明在我的人物世界里,动物该有它一席之地。

至于山水画，中学时代热衷于临摹石涛等人作品，但真正入门，仍然是通过写生。早在四十年代末浪迹台湾时即速写台北街市风光、淡水海滨浴场等。一九五〇年出版的我第一本画集中，即收集了我众多的花卉及山水画写生作品。五十年代初期，中国山水画写生在全国尚未形成气候，当时北方的李可染、张仟先生，南方的关山月、黎雄才先生南北呼应，首开一代新风。我也有幸加入了这个队伍，从此使我下生活时将画人与画景的兴趣放在同一个天平上。而且受关、黎两位的影响，也养成了用毛笔宣纸在生活中直接写生的习惯。如果说徐悲鸿老师的体系对我最主要的影响是打扎实的造型基础，强调素描、速写功夫，那么另一个深深影响我的就是岭南画派的面向生活、重视毛笔写生的好传统。在这个小辑中可以看到一般山水画家较少涉及的内容，如古罗马的斗兽场、威尼斯水乡、美国的大峡谷……这些新的内容迫使我寻求新的表现方法，这样也就达到了创新的目的。

这本小辑还收入了我的书法作品，因为我深深感到书法艺术在我学画过程中起了十分重要的作用。石鲁曾对我说"书法应列入中国画的基本功"，我百分之百的赞同，他将书法的作用从"能"提升到"专"的地位。在我新出版的书法集中，特意选了两张画例：《兰花写生》及《西班牙舞》，正是说明花卉用笔与书法密切关系。《西班牙舞》的用笔简直就是狂草，中锋直落，一气呵成。

最后书法部分包括我数十年如一日临摹碑帖的成果，证明"先走路，后跑步"的真谛。如没有这个功底，人到老了，就会没有后劲。年龄的增长与艺术的提高并不一定成正比。

我的一生始终奉行着徐悲鸿老师对我的教导："从零开始，从头学起。"

2003年6月

▌ 画像悟道记

　　那是今年元旦的下午，蒋兆和先生的新居不好找，等找到已是下午三点多了。北京的冬天黑得早，我一看表，最多只能画一个半小时，这一个半小时"不成功，则成仁"。年近八旬、身体极其虚弱的老先生，如果万一画失败了，为我端坐一个半小时，我怎么对得起老师呢？也许是因为背上了这个沉重的思想包袱上阵，手上拿的那支"大白云"好像比平时重多了，画起来不是太顺手。我先用十多分钟画了炭笔轮廓稿，刻画他那双炯炯有神的眼睛又花了十多分钟。一看表半个小时过去了，等五官勾完线，太阳已经开始西沉，把画往远处一放，糟了！比例轮廓稳稳当当，用笔也认认真真，但蒋先生那种特有的深沉、敏锐的神气则完全看不到，看来今天是非"成仁"不可了。按我通常的习惯，眼睛画不好，我就把画撕了重来。但今天描绘的对象却是高龄体弱的老师，他已为我端坐了整整一个小时了……蒋先生似乎察觉到我焦急不安的心情，安慰我说："不要紧，你重新画，画好为止。"这句话确是起了"起死回生"的作用。我迅速地从画夹中再抽出一张宣纸，不知从哪里来的胆量，稿子也不起，勾完线，着完色，天正好黑了，前后大约只画了半小时就顺利地完成了。蒋先生拿起画来左看右看，连声赞曰：好！好！好几位画过我，以这张最好！"并拿起笔来在画的右下角题上"妙笔生辉，神采奕奕……"刚从失败的深渊挣扎出来的我，真有点不知所措。蒋先生说："这个经验值得好好总结，为什么第二张又快又好？"其实这个经验教训已不只一次，两年前曾为老画家冯钢百先生画像，出现的情况与今天一模一样：第一张画用了近一个小时，失败了；第二张只用了十分钟，却成功了。这个经验确是值得好好总结。为什么我打乒乒球，经常在练球不记分的情况下，抽杀的命中率要比正式比赛时高？急于赢球的心理引起肌肉和神经的过度紧张，这岂不就是我刚刚"只许成功"这个包袱使我手里的那支毛笔突然变得沉重的原因？画第一幅时间充裕，有足够的时间慢慢起稿，主要是"稳"字作怪，不求有功，但求无过，杂念多了，自然使注意力分散，放松了对"神"的捕捉。而第二张时间紧迫，"逼上梁山"，你非抓主要矛盾不可。思想集中了，下笔果断了，是"狠"字在起作用。在这种情况下，小错误有时难免，但大错误（失"神"）不会犯。清代朱彝尊论画："观人之神如飞鸟之过目，其去愈速，其神愈全。"这话虽对学生讲过多少遍，但每实践一次，仍然感到"温故而知新"。

1982年

▌金花朵朵今何在，遍及苍山洱海边
——从画"金花"谈写诗

出于对电影《五朵金花》的好奇，我到了云南大理。一进白族的沙村，就看见一群嘻嘻哈哈的姑娘们在田里劳动，我大声呼唤着："请告诉我金花在哪里？"这一问竟激起了一阵笑浪："同志，你别找了，我们都是金花！"我还来不及拿起画笔，脑子里已涌出两句诗："金花朵朵今何在，遍及苍山洱海边。"这种脱口而出的情况太多了，有时我真不知是先有画意还是先有诗句：它们融在一体，难解难分。我不是诗人，不像诗人那样严格地逐字推敲，当然我更讨厌无病呻吟。多情与自作多情只两字之差，可相距却十万八千里。

我学作诗是受中学时代语文教师顾佛影先生（大漠诗人）的影响。他上课经常让学生们与他一起吟唱他的诗作："嘉陵江接长江水，长江一去三千里，到海不回头，回头即是愁……"全班同学与他一起摇头晃脑，渐入诗境。从此我就对诗产生了兴趣。有一次我的作文作业是用诗来表达我对时局的忧虑。当时上海对共产党的传说纷纭，顾老师也用诗在我的作业后加批语："延安岂是梁山泊，即是梁山何必怕……"真是好老师呀，他在教诗，更在教人。从此，诗就伴随着我的一生。从黄埔江畔到珠江之滨，浪迹台岛时也用幼稚但真切的诗句来倾吐对人生的感受。一九四九年冬在广州写的长诗《阿汪不归》，几乎是一字一泪，一气呵成。我想如今养宠物的朋友，读此诗一定会有共鸣；而对宠物下毒手的人，不知作何感想？我对母亲的感清最深，对母亲的思念无法用画笔来表达，唯有诗句。

画完一幅画，仍感到意犹未尽，怎么办？唯有诗句。如《石鲁像》的题诗："……石公笑时我则哭！"使观众更深体会我作画时的极度悲恸。

画上题诗，也是一种表达艺术观点的形式，如："借鉴古洋寻我法，平生最忌食残羹"，又如题画回民像："若要英雄传本色，挥刀跃马陕甘宁"，点出人物画传神之要领。

偶尔我也写新诗，因为它可以自由地直抒感情，可以更贴近群众。如我在访尼泊尔时写的《小鲁娜》，它像讲故事一样朴素，不过是将故事诗化，我将长短句押韵，与合平仄的律诗一样可以朗朗上口；我最满意结尾的那句："这不要紧，我就认你作'中国爸爸'。"它比古体诗读起来更亲切，更具现代感。

话又说回来，以上只是一个画家对写诗的体会，谈不出什么诗的大道理，说白了，我最多是一个诗坛票友。通过大半个世纪我写诗的实践，深深体会到所谓"诗情画意"的不可分割性。还不只如此，我在一首论诗画的诗中谈到："印画书诗融一体，大师自古是通才"，这个"融"，才是我国艺术所以能在世界上独树一帜的特色所在。

▌ 史画创作札记

　　第一次画革命历史画（《1926年毛泽东同志在广州农民运动讲习所》），困难甚多，特别是表现领袖，更没有经验。学习了不少史料，仍然不能全部解决我的难题。一系列的矛盾，有待妥善处理，如怎样创造领袖的形象、历史的真实与艺术的真实问题。借来的一些毛泽东同志在1920年、1925年……照的相片应该说是最可靠的根据吧！然而与我们心目中的毛泽东同志的形象却相距甚远。画得愈像照片，就愈不像。最后决定根据我对毛泽东同志的理解与印象来"创造"了。我认为以过去的照片作基础，宁可多一些现在的特征，也不可使观众一眼看不出是谁。1938年毛泽东同志与徐老合影的照片很有参考价值。毛泽东同志当时虽以教员的身份出现在学员面前，谈的又是一些严肃的革命的大道理，然而毛泽东同志又不同于一般的教员，他平易近人，作风十分朴素，而他的语言又善于深入浅出，富有幽默感。最近出版的毛主席在人民群众中及毛主席与赫鲁晓夫座谈的照片提供了可贵的形象参考。也许是在赴京前学习了一下革命的现实主义与浪漫主义的问题，思想似乎比前深入了些，在是非原则问题上我"灵活"了一下，当时所里的学员是剪光头的，全部穿的是蓝灰军服，又硬又圆的军帽上据说还有国民党的帽徽，如果如实描写，真是不能想象。我只有请他们长上一点头发，脱下件军装上衣，露一露农民的服装；拱桥后面的两株大树也给它们换了，拱桥前面的一堆繁琐的植物也换成了葵叶……美协的领导同志也支持我这么做。创作完成了自己不太满意，但对如何处理历史题材却有了初步的体会。

（原载《广州美术通讯》1960年第17期）

谈中国画"四写"教学

——摹写、写生、速写、默写在中国画系人物科教学中的意义

一、摹写（临摹）

学习传统首先要明确目的，然后还要讲究方法。目的不明确，为继承而继承，只能是抱残守缺，重弹老调，这样的学习在书斋中钻得愈深，就愈脱离现实。练了嗓子，就是唱不出时代之歌声，岂不白废？但如果明确目的，而没有正确可靠的方法去实现，那么，学习传统也就会成为一句空话，推陈出新当然就成为不可能的了。

作为学习传统的重要手段之一的"临摹"，作为国画教学重要手段之一的"临摹"，在国画系应占有重要地位，不可忽视。我国的传统绘画在长期的历史发展过程中，已形成了独特的风格，并具有自己特殊的发展规律，不承认这种特殊性是不对的。有的人喜欢戴了西洋的眼镜来看中国画，说这也不科学，那也不丰富。前面说过的某些学生在前几年选系不愿选国画，不得已学上了，也安不下心来，要求转系，也属这种错误思想的反映。周扬同志在第八次党代表会上曾经分析过产生这种错误思想的原因："这一方面是由于对外国盲目崇拜，另一方面也是由于对本国遗产缺乏知识，缺乏理解，因而不爱、不尊重自己民族的传统"。对青年学生来说恐怕更多的原因是后者。记得前两年我们有一部分青年教师到敦煌去参观临摹，见到了过去只能在印刷品上见到的世界上第一流的艺术，每个人都如饥似渴，如痴如狂。在光线幽暗的洞窟中每天每人的工作量几乎都超过了十个小时。有的同志过去只承认文艺复兴之三杰，有的同志对中国传统人物画的水平估计不足，有的同志过去

认为中国画的色彩比不上西洋……到了敦煌，语气就变了。有的说"再'虚无'的人到这里也得五体投地"；有的说"在我的脑子里，这些无名的艺术家已代替了过去我们所拜倒的那几个欧洲名匠"；有的说"色彩的对比如此强烈而又调和，在油画里也罕见"；有的同志特别赞叹魏代的动物画，说"我从未见过这么传神的速写式的动物画，他们是真正的世界上第一流的动物画家！"通过临摹学习之后，体会就更深更具体。这些作品中构图的宏伟、人物动物的传神、色彩的辉煌、线条的丰富表现力等等，虽历经了千百年，至今仍然射出灿烂的光辉，仍然值得我们认真地学习。今后我们将争取条件有计划地带学生到敦煌、永乐宫等地进行教学实习。

但在学校，经常性的临摹实习仍应以卷轴画为主要范本（包括原作与复制品的临摹，并应辅之以参观博物馆中之优秀作品）。卷轴画的表现形式及艺术技巧对我们发展今天的国画创作来说，更有其直接的借鉴价值。过去曾经有过这种说法，这些艺术都是些为宗教或是为宫廷服务的，我们怎么能拿过来为社会主义服务呢？这里有两个问题要弄清楚。第一：它们的内容不好，我们当然不要继承，应加以否定。可是每门艺术都有其科学规律。关山月同志说得好："常规可破，而规律不可破。"常规是指金科玉律，是束缚创造性的框框，而规律却应该很好地去掌握、去发展。革新不能割断历史，任何一种民族文化的形成与发展主要不是取决于历史上少数的统治阶级，虽然历史上的统治阶级对民族文化也起促进或促退的作用，但起着主导作用的是人民。我国的民族绘画艺术与民间艺术有着血肉的联系，是相辅相成的。它所以能发展，首先要得到人民的承认与爱戴。它体现了我国人民传统的欣赏习惯和审美趣味。这点在临摹时应加以分析研究。第二：随着历史的发展、社会的变革，人们的精神面貌在变，人们的欣赏习惯审美趣味也在变，人们有权利要求我们有力地反映出时代精神。要完成这崇高的任务，在继承传统方面，如果只是一味地生搬硬套，当然是行不通的。内容的革新必然要引起形式的革新。傅抱石同志说得好："思想变了，笔墨不能不变。""变"不能只靠整天面对着范本来变，而是必须通过写生来变。这个变也不能光靠坐在家里变，而必须到火热的斗争生活中去变。所以临摹学习本身不是孤立的，承继传统必须与反映现实斗争相结合，这方面取得成就的很多，例如石鲁同志就是比较突出的一个。

蔡若虹同志在《关于美术教学中基本训练课程的改进问题》（下简称蔡文）一文中也谈到："过去的临摹（主要是中国画方面）给我们带来的毛病是多数美术家所熟悉的。第一，艺术形式的长期临摹，往往容易走到创作内容上的模仿，而内容的脱离现实，又使得艺术在表现上不能够描写现实；第二，临摹不与写作相配合，笔墨容易僵化，不能够破格创新，甚至，不能够应物象形；第三，临摹限于一派一家，艺术的门路就愈来愈窄。现在看来这些毛病的产生，并不能归咎于临摹本身，而是因为临摹没有和写生并用，临摹的对象不广，临摹的方法不善的缘故。因此今天的防止之道是：（一）在学习临摹的同时一定要学习写生，只有源流的相接，才能够做到笔路畅通。（二）在教学之前，要制定一套从各种技法到各种派别的临摹纲要；在实习之前，要讲解古人创造这些笔墨技法的目的和意义，要领会不同的艺术表现手法和作品内容的关系，从而使学来的艺术手段能够在创作中批判地运用。"我们同意这些看法。从我们过去的临摹实践来看，或多或少地存在着这些问题，首先是对原作的分析批判工作做得不够，也许是由于怕学生"虚无"，从作品中尽挑这挑那毛病，看不到优点，所以教师在介绍作品时几乎是全盘肯定，很少谈缺点，有时还为缺点辩解，缺乏一种实事求是的精神。对作者的历史、风格特点以及作品所反映的时代背景、技巧等虽然也作了一般的介绍，但从阶级观点、审美观点及思想感情这方面去分析少，如果对这些不加分析而只讲技法，那就很可能囫囵吞枣，不加批判地运用优点、缺点，精华、糟粕一块儿吞下来，也就不能很好地吸取其精华。我们感到陆定一同志说的"愈是精华，愈要批判"具有深刻的指导意义。《红楼梦》的杰出成就是早已定论了的，但不是有的青年读完之后，反羡慕起贾宝玉的生活，并在思想感情上来个取而代之么？这样读书，即使学到一些古典作品的技巧，又有什么用呢？这当然是个别的例子，而且是文学的例子，但美术方面不能说没有，也不能不防。有些学生可能在古典作品中受到了作者审美趣味的影响，审美趣味又直接作用于形象，结果虽然在写生或创作中画的是今天的劳动妇女，但人物的体态及思想情绪都是"古典"的。相反，面对着今天轰轰烈烈的现实生活，却感到不够"画味"。也有个别的学生对古代人物的兴趣远远超过对今天现实生活中的主人公的关注。

为了更确切地表现对象，灵活地运用前人的描法是允许的，但硬搬就不是件好事情了。我们首先应该给学生指出，前人创造这个描法所根据的是客观物象的特征。他们根据自己的感受，苦心经营，概括总结出一套规律，这就是所谓"十八描"等描法的出处。我们要学习"十八描"，首先要研究前人是怎样感受物象，以至表现物象。我们要掌握这把使生活变成艺术的锁匙，这不是一件简单的事，更不是依样画葫芦可以领会到的。由于学生对这点不明确，经常会出现这些弊病：如画粗布棉袄时，却硬套《八十七神仙卷》的手法，感受与表现不是一致的，而是矛盾的。这样学习传统不仅不能通过实践进一步体会传统方法之可贵处，相反，由于画不出对象的感觉而开始怀疑传统方法的表现力。正是因为传统方法是前人长年累月进行艺术概括的结果，所以这种经过艺术概括的规律性更多体现着事物的一般性，我们所以能将前人的经验运用于写生，也是因为在这一般性中，可以找到与我们所描绘的物象相一致的具体性。如果不从自己的感受出发，而从别人现成的经验出发，这种"不能显示特征的概念式的描写，只能说是符号，不能称之为艺术形象"。（蔡文）正如作为中国古典戏剧中的"程式化"这一艺术特色，它既是体现一般规律性的一种艺术概括，又是有助于角色具体的性格特征的鲜明形象化的手法。一条重要的原则即：程式化的运用必须服从具体的角色的需要。学习程式化不是为了走向概念化，而是为了加强艺术的感染力。这精神同样适用于学习中国古典美术。明确学习是为了创造，为了不使规律性的东西僵化，为了创造性地运用规律。

更具体地说：我们认为临摹有两个目的：一个是学习前人具体的艺术技巧，如用笔、用墨、用色等。"不入虎穴，焉得虎子"，在战术上轻视不得。"若想懂得它的法则，体味它的真髓，除了临摹作品之外，没有其它的途径。"（蔡文）还有一个目的，是学习前人现实主义的创作方法：学习如何把自己对生活的感受变为艺术，如何处理艺术的真实（区别于生活的真实又高于生活的真实），如何巧妙地揭示主题，又如何使主题的明确与处理手法的含蓄得到和谐统一，如何通过"势"与"质"、"整体"与"细节"的处理来刻画人物的精神面貌。

这两个目的是不可分割的，但往往在临摹课当中，会偏重前者、忽视后者。而后者恰好是承继传统的最本质的部分。学生在着手临摹之前，教师先为他们布置一次"读画会"——临摹范本欣赏。主要由教师对作品进行全面的分析，学生可谈体会，提出问题，这做法的效率是很好的。今后在临摹实践的同时，应该注意古典画论的学习。也只有通过实践，才能证实画论中哪些是精华部分，应加以发扬，哪些是糟粕部分，应加以抛弃。

二、写生

"写生的目的，是要掌握这样一种造形的本领——不仅仅能够精细而又准确地描写客观对象，而且能够概括而又生动地表现客观对象；不仅仅有面对着真人实物进行描绘的能力；而且有根据记忆概括物象造形的能力；不仅能够状物，而且能够传神，既绘形，又抒情，既写实而又写意，以至达到得心应手、意到笔随的最高阶段。"（蔡文）

如果不辩证地看待写生与记忆、写形与传神的内在联系，就不可能很好地达到写生的目的。

为了表现物象，首先要认识物象，"认识的真正任务在于经过感觉而达到思维，到达于逐步了解客观事物的内部矛盾，了解它的规律性，了解这一过程和那一过程的内部联系"。（毛泽东：《实践论》）如果对人体的组织结构及其内在联系缺乏认识，就很难想象能准确而又生动地塑造人物动态。如果对头颅的构造、五官比例以及面部肌肉的运动关系把握不住，也很难想象能"以形传神"。这一点也可以说是艺术中的"科学"成分，更确切的说是一种"艺术科学"，而不是"自然科学"。也许有人有这种看法："古人没有学过解剖，还不是照样传神？"我们说他们虽没有具备我们今天的优越条件，然而他们所表现的，仍然是以他们所认识的为基础。古典的优秀作品总是"形神兼备"的，即使是某些作品特别强调神，但也不能不通过一定的形来表现，不然人们就无从领会他们表达的神。从我们在敦煌所见到的唐塑《力士》

（206窟）的两个坚强有力的手臂看来，作者对人体的结构及运动规律已有了相当高的认识水平。相形之下，隋代的彩塑在这方面略逊一筹，这不能不说是人类对事物的理解愈深，愈广，就愈有利于艺术的向前发展。唐代的壁画不是也由于承继了魏隋的"传神"的优良传统，而在形体的塑造方面体现得更为准确，更"合乎自然"，因而使得人物表现得更可亲近，说服力更强吗？唐代阎立本的《历代帝王图》、敦煌壁画以及永乐宫壁画中许多生动优美的人物，凡是我们给予高度评价的这些作品，都刻画了带有普遍意义的具有共性的典型人物，而这些人物又具有明确的、别人不能替代的个性。不能否认，在我们传统的许多人物肖像画中，存在着"雷同""类型化"的毛病。这种毛病的产生，首先是作者对对象缺乏深刻具体的认识。这种认识包括精神与形体两个方面。而具体的性格特征的表现又必须借助形体的表现，如果对表现对象性格特征有决定意义的结构特征、肌肉变化，甚至由某种特定的表情而引起了额与颊的皱纹等细节把握不住的话，或者说是看到了而不能通过一定的造型手段表现出来，那么人物形象就会容易流于空洞概念。清代《带红瓴帽者像》（佚名，董希文藏）其所以有说服力，正是因为人物是具体的。

我们今天所处的时代是一个空前伟大的时代，真是"数风流人物，还看今朝"。在建设社会主义的过程中有多少了不起的"平凡人"，应该歌颂！国画应该很好地担当这个光荣的任务。虽然我们有着优秀的传神的传统，但今天对传神的要求，应远远超过古人；因为我们有马列主义，有毛泽东思想的武装，我们能以阶级的观点去分析人，研究人，我们对自然属性及社会属性的把握应该胜过古人。对古人的水平不可超越的说法是没有根据的。

当然归根结底，我们首先要使学生把基础打好。

过去在一个相当长的时间内，我们流行着这种说法：素描是一切造型艺术的基础之一，现在看来这说法有一定的道理，但不够全面。我们认为，素描是造型艺术的基础，特别是应指出这是针对造型任务的一项基础，它概括不了作为完整的造型艺术这一概念的基础内容。所以我们后来把素描课的名称改为造型基础课，在概念上似乎比较确切了些。因为基础应指包括素描、色彩等一系列从认识到表现对象所采用的一切艺术手法，就国画人物来说，就应包括白描、工笔淡彩、工笔重彩、半工意、意笔等写生手法。我们还认为默写、想象画等应该作为基础课中的重要部分，过去没有把它的作用给予充分估计。

因此我们非常同意"四写"中"写生"课程的总称，它可以包罗上述种种写生方法，这些方法既解决了多种专门的技巧，同时又完成了造型的锻炼，这样统一起来是有好处的。

这前提明确了，关于造型基础中吸收传统与外来的问题，也比较容易解决。

传统的写生方法中极其宝贵的经验是对物象作本质的探求，即我们通常说的强调"组织结构"，从外在联系深入到内在联系。这种观察对象的方法不仅是由表及里，而且是由左到右，由前到后，由上到下。可以说是相当科学的、全面的认识物象的方法。它不受具体的时间、空间的限制，不受固定光源阴影的影响。为了探求物象的本质，我们可以揭开自然阴影的障碍，把它看个清清楚楚。如果在表现时这个部分是一个相当重要的细节，我们可以把它从模模糊糊中拉出来，突出它。正如花卉画家可以揭开叶子仔细观察一下花的全貌，又可以拨开一下花瓣，再观察一下花蕊的构造一样。

宋郭熙说："学画花者，以一枝花置深坑中临其上而瞰之，则花之四面得矣。学画竹者，取一枝竹，因月夜照其影于素壁上，则竹之真形出矣！"董其昌也说过："山行时见奇树，须四面取之。"这些经验都说明：只有当我们全面地认识了物象之后，才能使物象在不同条件、不同的角度下都得到正确的反映。

所以我们在素描练习中应经常提醒学生不要过多地追求那些与表现本质无关的、繁琐的明暗调子的变化，而强调多理解组织结构。这样不等于说完全排斥明暗体面对表现物象的作用。因为结构关系是由体面形成的，而明暗的变化，又是出自体面的起伏。清丁皋就曾说过："凡天下之事事物物，总不外乎阴阳，以光而论，明曰阳，暗曰阴。以宇舍论，外曰阳，内曰阴。以物而论，高曰阳，低曰阴。以培塿论，凸曰阳，凹曰阴，岂人之面，独无然乎？惟其有阴有阳，故笔有虚有实。"

所以不能认为我们的传统与明暗是绝缘的，事实上不论在山水、花鸟或人物的创作中，明暗都已得到了很好的运用。虽然国画的传统是强调线条对造型的作用，但线的运用终究是手段（即使是重要的手段）而不能当成目的。为了确切地表现对象的具体特征，适当地利用一些明暗体面的构成因素也是可以的，如果这些因素确是体现了对象重要的关键、不可缺少的细节的话。从这个意义上来说，西洋素描的某些方法可以作为有益的营养加以吸收。更具体地说来，如对透视学的研究、垂直线及水平线利用、对人体组织结构规律深入细致的探求等，对我们，特别是初学者、低年级的学生，是很有好处的。这些科学的规律法则，首先要求牢固地掌握，然后再灵活运用，不能因为强调了国画手法的特殊性就忽视了造型艺术的共同规律。应该承认这方面的知识在我们自己的人物画传统中还有一个相当大的缺陷，我们有责任给它作补充，使之更加完整。

这方面的基础主要是培养学生观察理解物象的能力，而培养学生艺术表现能力还得从更多方面来入手。

先谈谈白描。它是与色彩画相对而言的一种以"线"作为造型基本特色的艺术表现手法，在我国悠久的美术史中，占有独特的地位，在世界的美术史中，同样占有独特的地位。虽然这种形式，不是我们所专用的，在外国，"线"这也属于他们的素描范畴，例如盎格尔、荷尔拜因的某些素描人物写生，门采尔的《阴间的老阎王普庐托和三头怪犬塞贝庐斯》等，明显地与我们的白描有近似之处。但值得骄傲的是，这方面已成为我们的优秀传统，已发展得十分成熟。毛笔这种独特的工具也给白描形式带来了极大的有利条件，变化多端的线条使得简洁的线条与丰富的内容取得了很好的统一，整体与局部的关系取得了很好的统一。不论是传统的山水花鸟还是人物画，都能看到这特点；从画面的整体来看，既体现大的气势，从每个局部来看，又认真地交代了物象的细节特征（如远树之树叶状，丛花中的花朵的花蕊，远人之发须或衣饰）。国画之所以能"远看取其势，近看取其质"是与"骨法用笔"的表现方法分不开的。

我们应该珍视这种艺术语言，所以教学中我们既把白描当成学习国画入门的基础手段，也当成一种具有高度概括力的艺术形式。在低年级我们安排较多的白描课，它便于深入细致地理解对象的组织结构，并使学生对我们的造型规律有个初步了解；同时白描又是工笔淡彩、工笔重彩等课程的重要基础。在高年级我们也安排一定的白描课，是因为经过了几年的认识，学生对人的组织结构关系已有了更细致深入的认识，对人的精神状态有了较高的把握能力，这些都给高度概括的白描奠定了可靠的基础。我们觉得这样安排符合循序渐进的原则，同时又符合了造型艺术的共同规律和国画的特殊规律。

关于工笔与意笔的锻炼问题，过去（1962年之前）我们的看法是不够全面的。过去只认为工笔是基础，似乎学好了工笔，意笔就自然会学好。从循序渐进来看，确有一定的道理，但也不尽然。古今有不少先例，画了一辈子"工"的，也不一定就能画好"意"（如于非闇），而善画"意"的也不全是靠工笔为基础（如吴昌硕）。这两种相关的、可以互为补充的方法，应当如齐白石主张的那样："善写意者专言其神，工写生者只重其形，要写生而复写意，写意而后复写生，自能形神俱见，非偶然可得也。"

应该说不论工与意，手法虽不同，但总的要求是一致的，即都要求对所描绘的物象有深刻的理解。意笔画看起来极其粗鲁，其实在观察方法上是极其细致的，在艺术效果上是极其微妙的，意笔之可贵处即在于粗中有细，达到豪放与细腻的统一。齐白石曾说过："缶老的画豪放处易取，小心处难攻"，吴昌硕自己也说过"奔放处要不离法度，精微处要照顾气魄"，所以写意画决不能草率为之，这一点是与工笔画要求一致的地方。但工与意又是两种完全不同的艺术语言，是各有其发展体系的。我们同意这种看法：意笔也应该有它自己的基础，应该有它自己的循序渐进的措施（过去在最高班才安插半工意课，现改由三年级开始）。就拿造型基础来说，我们设想也可有所不同要求，考虑如何更适应工与意的不同表现方法。从半工意到大写意之间应该同样包含着由浅入深，由简（单）到繁，再由繁到简（练）的过程。

关于起稿的方法，工笔与半工意与意笔应有所不同。一般说来，开始学习工笔用另一张铅笔或炭笔稿较为稳当，可便于学生从不断纠正错误中找出准确肯定的线来，此即古人所谓"九朽一罢"的道理。清沈宗骞说："九朽者不厌多改，一罢者一笔便了。"对形象确定之后，然后再过稿上宣纸，勾线着色仍然是对着模特儿，尊重自己对模特儿的感受，对原有的稿子进行补充或纠正。等到起稿已有把握时也可以省去过稿的过程，直接到正稿上起稿。做到这一点首先要"胸有成竹"，这"一罢"的基础仍然是"九朽"而不是盲目肯定。半工意的稿主要是定部位、比例，定出大体特征，更具体的刻画应该是在落笔时，所以更加要求学生要胸有成竹，起稿应该把对象看透，把主要特征记在心里。在起稿时，就是把自己对对象的认识初步肯定下来，并同时考虑表现方法、黑白、虚实、疏密等处理，等到有把握时，可鼓励学生不起炭稿，而直接用毛笔在宣纸上完成，这当然只适宜于高年级。

中国画的色彩我们平时研究得比较少，在教学中存在的问题也比较多，以后有待于专题讨论。今天我们先把主要的问题摆一摆，并就基础课中的色彩教学问题提出初步意见。

在低年级我们安排一定学时的水彩课，目的是想通过它来学习外来的色彩经验，对色彩学的基本规律有所理解，是作为营养来吸收的。这样做是否好，还有待实践来检验。而学习中国画色彩的经验，当然应该通过专业课来解决。

我们认为从色彩的基本规律来看，国画与西画有着共同的规律：如冷色与暖色的对比规律，对比与调和这一矛盾统一的规律等。这方面传统绘画已积累了许多宝贵经验．同时在画论中也有不少涉及，但可惜缺乏系统的整理，多半停留于点滴之经验谈，而西洋在这方面确是走前了一步。我们有责任把这面的缺陷补上。

除上述的共同规律外，国画具有其特定的规律：如国画更着重物象的固有色，不受外光的约束，正与国画其它的造型特色一致！追求物象的"素质"，即固有的本质。在色彩的冷暖对比方面，中国画不强调局部的繁复的变化关系，而强调单纯的大体的变化关系。所以，虽然中西画都要求"色彩丰富"，都要求起到色彩的"感情作用"，但国画的丰富更偏重于"单纯"中见"丰富"，这正与国画"以少胜多"的另一造型特色一致。又由于国画的主要材料之一"墨"的巧妙运用，使物象的明度对比关系提高到最高度，使画面并未着意地去追求自然光线的作用而同样能达到极其明快的效果。在国画中"墨"与"色"是相互作用、相互辉映的。

虽然我们懂得了这些道理，但在教学中仍然容易产生下面的偏向：跨越了对对象具体的色彩与明度关系的认识与探求的过程，过早地进行所谓"艺术的加工"，追求"不似之似"，结果就会导致色彩上的公式化、概念化。实际上有些学生是为了怕困难而被动地将深色的皮肤改为浅赭色，有时看来画面艺术效果还不错，但遗憾的是学生还是没有学会染深色皮肤。所以我们认为，作带色彩的写生练习时，不论工笔或半工意应尽可能做到忠实对象，不要随便更改模特儿的色相与明度。应明确基本练习与创作不同，基本练习应该着重解决具体的色彩关系。当然这样也不是说要求学生一点不能动地如实描写，不然又可能出现另一种偏向。因为艺术的真实究竟不同于生活的真实，纯客观的描写不仅仅在创作中要不得，在习作中同样也要不得。一方面我们要尊重客观（不然容易导致形式主义），另外我们也要尊重主观（不然容易导致自然主义），发挥主观的能动作用。这样才有可能把对象画得更生动、更美，使文艺的真实高于生活的真实。具体地说，有时为了加强画面的对比效果，或为了色调更加完善统一，允许对某些色相或明度有所加强或减弱。但这种调节只能是主动的，是为了达到某一种特定的目的的。这样处理色彩的主客观的关系，既符合基本练习特殊要求，又符合了创作中色彩运用的一般规律。

三、速写

"速写"如从表面字眼上去解释，似乎仅仅是速度的问题，是在某种不允许慢写的特殊的条件下的一种写生手段。显然这看法是极其片面的。

速写主要的意义在于最有效地培养我们敏锐的观察力和艺术的概括能力。它让我们掌握这样一种重要的观察事物的方法：在一瞬间就应该判断哪些是属于具有本质意义的特征，应该"取"；哪些是属非本质的、极其偶然性的现象，把繁复的对象弄得有条有理。除了分出"精华"与"糟粕"，还分清了主次、轻重、缓急的关系。要具备这样的技巧，除了多做"拳不离手"那样的不间断的磨练，还有一个重要条件，甚至是决定成败的基本条件，那就是要熟悉所描绘的事物。只有掌握客观事物的规律，才能得心应手地表现出来。叶浅予同志谈到他画舞蹈速写的经验时说："怎样才能把一瞬间的舞蹈动态画下来？我认为这取决于是否能掌握舞蹈运动的规律。但要掌握这规律，首先要懂得舞蹈。"他又说："一个不熟悉的剧种，或是一个新上演的舞目，我不敢轻于动笔。遇到这种情况，我经常会看两遍。第一遍，专门看不动笔，是为了欣赏它，研究它，熟悉它，第二遍才动手画。"画人物肖像速写也如此，能否通过寥寥数笔刻画出对象的主要特征，达到"传神"的地步，首先决定于理解对象的深度。有了对生活的认识的"深度"，才保证了描绘生活的"速度"。我们经常有这种体会：刚下乡头几天我们画了一些人像速写，当时还觉得很像，但当我们与农民交了朋友，逐步深入了解他们之后，再回来看看这些速写，就觉得不行了，只是"空得赵郎状貌"，并未"移其神气"。这不能只怪感觉不好、技巧不高，而主要是理解不深。所以作为感觉敏锐见长的速写它不能只停留于感性认识的阶段，只凭感觉画画是不够的。"感觉到了的东西，我们不能立刻理解它，只有理解了的东西，才更深刻地感觉它。"（毛泽东：《实践论》）当然这样说不等于要求我们对国画所有的事物都有了深刻的理解之后，才去表现，事实上这是一个反复的过程。认识的提高有赖于实践——速写的实践，反映生活的过程也是一个深入认识的过程。从这一意义来看就奠定了速写在造型艺术中的重要地位。同时这个过程又是积累形象、积累生活的过程。速写与默写在这个过程中是扭在一起进行的，是既分不开又互不能代替的。记忆能作用于速写，更好地把握事物的本质，而速写，又能补充记忆更为丰富的具体特征。因此我们说速写在形象思维的活动中不能与逻辑思维分割开来孤立进行。速写不但是经常作为收集某一创作素材的手段，作为积累形象的手段，而且也可能使速写本身具有一定的创作因素。某些速写虽然它只是记录了某些生活现象，但通过这一现象它又对生活进行了一定程度的概括，表现了生活的本质含义，出现了一定的典型性，那么速写应该说具有了超越一般写生含义的价值，也与创作一样起到了让观众从中认识生活的含义（如邵宇同志过去画的速写以及最近画的阿尔巴尼亚速写，伍必端等同志在抗美援朝时期画的朝鲜前线的速写等的作用，并能通过有限的形象，诱发观众无限丰富的想象。反之，如果阶级观念模糊、思想感情不健康、审美观有问题，在速写活动中也会得到明显的反映。例如有的学生刚到气势磅礴的堵海工地，他不是为这种"向海洋宣战"的精神所激动，而是立即拿了速写本对着破茅房画起来，据说这样才能发扬国画的笔墨之长；有的人不愿下到新型的农村——中山圣狮大队，据说也是因为圣狮都是砖瓦房，又没有带银练、绣花边的围裙，也没有长辫子，于是也就认为难以"入画"。由于对新的生活抱着一种冷漠的态度，速写活动也就成为无根之木，就会枯死。缺乏对生活的激情，速写也就成为一具没有灵魂的僵尸，所以速写在一定程度上也可作为查验学生的政治态度和思想感情的手段。

这里还得强调一点：我们应该坚持不懈地在速写方面作顽强的磨练，真正做到"拳不离手"。不是为了"交差"，而是看成一种自觉的劳动、一种良好的习惯。养成习惯以后，才会感到不是一种负担。相反的，不画就会觉得手发痒。日常的速写练习内容还应该注意多样一些。现在发现有些偏向：有些学生只画人，或者画人也只对背影感兴趣，路子太窄了。比如动物就很少画，不画就不熟悉，画不好就更不敢画。这个现象多少也会影响到创作取材的不够宽广。最近一次国画系学生下乡实习中有两个典型例子：风景科的学生在山区画风景时，有个老乡问："你们怎么不画人？"他回答说："我们是风景科的，我们是画树的。"人物科的学生在顺德农村画人像时，有的老乡问："去年工艺系师生来的时候画了很多好看的风景，你们怎么不画？"他回答说："我们是人物科的，专画人。"难怪动物无人画，看来非成立一个动物科不成。通过这两个似乎是有些凑巧的例子，足以提醒我们要及时纠正这种单打一偏向。

最后我们也顺便答复一下某些学生提出的一个问题：

我国历代的美术家有没有速写这方面的经验呢？这方面，我们了解得很少，大家所熟知的五代黄荃的《珍禽图》可以代表古代美术家早有严格写生的习惯，然而并非速写。五代顾闳中《韩熙载夜宴图》的"目识心记"的创作方法能够代表古代美术家在创作中发挥记忆能力所得的宝贵经验。许多优秀的山水画与花鸟画也可能有过一些速写稿，但据我们所知，传统的作画经验，恐怕更主要的是根据所记住的印象作画，对着对象写生时也是贯彻了"静而求之，默认于心，闭目如在目前，放笔如在笔底"的写生与默写相结合的方法。其实速写本身也体现了这种写生与默写相结合的方法。如不运用这种方法，而用看一眼画一笔的方法，不能设想能顺利地画下瞬间万变的舞姿。另外，古代艺术家给我们留下了丰富的传统画论，如沈宗骞在《芥舟学画编》中十分推崇朱彝尊说的一句话："观人之神如飞鸟之过目，其去愈速，其神愈全。"这岂不也是速写的道理？年代离我们太远的速写实例，虽不好找，但如果看一看现代的老前辈齐白石与黄宾虹的速写稿也可证明这个传统是存在的。有的同志还看到过一张任伯年的人物画，上画题着作该画的经过，说正好和某公写这幅肖像，忽然蜡烛燃尽了，不得已只能继续以燃纸照明，将它完成。可以设想在燃纸的时间内该画也算是相当速的"速"写了。所以与其说"四写"之扭在一起锻炼是我们今日之提倡，倒不如说是我们继续着这个优秀传统，并且使它更向前推进一步，让它在我们的创作领域中发挥更强大的威力。

四、默写

前面已谈到过默写与写生与速写的不可分割的关系，它们应该从学习的开始就挂上钩，相辅相长，成为基础训练的完整系统。根据不同的条件，又可提出不同的侧重点。如低年级一般应偏重写生练习，高年级应强调默写练习。强调也不等于增多独立的默写课时间，而是应该在写生与速写教学中同样重视默写运用。过去我们在教学中注意得很不够，往往满足于学生已能把对象画像了，而不问他是怎么画出来的（有些学生确是"磨"出来的），是不是已真正地把对象"消化了"，并牢牢地把握住对象的形与神的主要特征。默写固然是以感性认识为基础，但比速写，似乎它需要更多"思维活动"，更需要使认识深化。经过去粗存精、去伪存真、由此及彼、由表及里的功夫，就可能避免上面讲的只凭着看一眼画一笔的这样的感觉去作画。反过来，正确的写生态度又给默写提供很好的基础，即使对象走开了，学生还是有可能做到"闭目如在目前，放笔如在笔底"。

　　默写的重要作用不止于基本训练，应该说它更广泛地作用着创作活动。上面已经说过的积累生活积累形象的过程中，默写与速写是扭在一起进行的，而对中国画家来说，对默写的作用往往给予更高的评价。中国画家之所以离开对象也能作画，不但能画，而且往往比写生的水平高得多（如画黄山，现场写生易受限制，往往不易写出黄山之精神），原因也正在于画家有着丰富的生活积累，也就是"胸有成竹"。一般来说，能牢固地留在记忆中的是最鲜明、最具有代表性的特征。也正是因为被描画的客观物象在作者的胸中已起了潜移默化的作用，才能达到郭熙所说的"境界已熟，心手已应"的地步。郑板桥在题画竹中介绍了他画竹的经验是具有代表性的。他说："江馆清秋，晨起看竹，烟光、日影、雾气，皆疏动于浮枝密叶之间，胸中勃勃，遂有画意。其实胸中之竹，并不是眼中之竹也。因而磨墨展纸，落笔倏作变相，手中之竹，又不是胸中之竹也。总之，意在笔先者，定则也；趣在法外者，化机也。独画去乎哉！"这几个"变"的过程正是充分运用了写生、默写、想象的经验，通过个别的因素进行集中概括的过程。笔下之竹虽不一定绝似眼中之竹，但前者却更能体现竹之精神面貌，同时他所说的"定则"与"化机"，实质上就是辩证地阐明了国画艺术中"必然"与"偶然"的关系。只有当作者充分地了解客观事物的规律之后，艺术中"偶然性"才有可能有助于传神而不至流于玩弄趣味。

　　我们试过这样几种默写方法：一种是写生完了之后，让模特儿离开，让学生将写生的对象从相同的角度或不同的角度默出来。不一定默得十分详尽，而是要求默下主要的。这做法我们体会到最适合于最初阶段的默写练习。我们经常发现这种情况：学生的默写作业的成绩比写生的成绩还要好（如王玉珏默写的《妇女头像》），因为它真正抛弃了一些不必要的繁琐描绘部分，而且将对象的精神状态作了扼要而有力的表现；另一种是要学生自己选择他所感兴趣的对象来默写，或指明默写同班的同学，或不指明哪个班。学生对这种练习十分感兴趣，经常因作品的"传神"，而引起满堂大笑。这样做的最大好处，是促使学生在日常生活中不要轻易地放过由眼睛来找特征的机会，也是我们常说的"心画"；还有一种是可以由教师指定默写哪一个人，这种默写比较困难，似乎更适合放在高年级试行。另外还可以默写电影、话剧中的角色或舞蹈的印象。

"构图练习"实际上是将默写由默写某一具体对象扩大到默写生活，它是默写与创作之中介。也是基本训练与创作之中介，应该给予重视。它促使学生经常关心周围生活中有积极意义的美好的事物，而且及时将它反映出来。所以我们要求学生每个月必须交构图作业（课外的）一幅，这做法已取得初步的成绩。在贯彻"四写"后的下乡实习中，创作的进展也比过去顺利了些，每个学生都是从好几个构图中选择较好的作为创作的基础，对构一幅图并不感到多么严重与困难。

一幅构图练习如果认真对待，而不是草率从事的话，那么也可能成为一幅耐人寻味的完整作品（如张惠容的《踏歌图》）。

通过构图练习可以最有效地检验学生所学的基本功是否巩固，是否善于运用这些手段去反映生活。同时通过构图练习，可有效地全面提高学生题款、盖章等方面的修养。

▍谈中国画人物画的问题
——在南京、上海的学术讲座

一、修养与传统

我在上海世界中学念书时，兴趣很广，不仅酷爱书法、绘画、诗词，还是校剧团演员，演过曹禺、吴祖光的剧作。这些经历对我后来的绘画事业大有帮助。

演戏对绘画很有好处，画家构图就好像导演在调度舞台。我以前在舞台上接触的问题，在绘画创作上出现了如何构图，如何通过设计动作来表现人物特征，既是戏剧又是美术。列宾就是自己做木偶，自己操纵演木偶戏。他的名作《查波罗什人》后来被改编成歌剧，导演设计了许多舞台调度方案，最后还不得不照搬列宾的画面，因为列宾的构图是再理想不过的了。

在中学里，我也喜欢诗词，学五言七言的旧诗，学填词。我现在画上的那些题诗还是那时打下的基础。后来到了中央美术学院，我又与几位同学一起组织鲁迅文艺社，请艾青等先生来讲诗，朗诵诗，这方面的修养是非常重要的。

我从小随李健老师学书法和篆刻，一共学了六年，在用笔用刀方面有了较扎实的基础。我深感广泛的修养对画家的重要，《文心雕龙》中有句话，叫"将赡才力，务在博见"，意思就是你要充分培养自己的才能，必须有广博的见识。我在中学里临过石涛、八大、吴昌硕、齐白石的画，后来到广东，随高剑父先生学画。我发现这些前辈都有一个共同的长处，即诗、书、画、金石都好，都很全面。我认为如果国画离开了这些基础，国画恐怕难以存在。吴昌硕先生讲过："蝌蚪老苔隶枝干"，说出了书法与绘画的关系。书画不仅同源，而且还同理。因为都是通过笔墨来体现精神。篆刻也一样，如均衡、对称、呼应、疏密、透气，都与绘画相通。有人认为没有这些就没有中国画，这是有道理的。在我看来，吸收西洋的并不可怕，可怕的是忘了祖宗，完全丢弃了传统的笔墨与诗、书、画、印相结合的表现方法。现在有些搞绘画的同志，往往不重视这些，仿佛这许多修养都是多余的。他们分秒必争，只顾画画，其实路是越走越窄了。

在十年动乱中我参加过所谓的"改画组"，也就是看哪幅创作上的题字不好，就挖掉，替作者重写，又剪又贴，像裁缝一样，我难受极了，心想怎么可以这样呢？这可是传统里没有的啊。故宫博物馆里哪幅画是这样的？那都是创作者自己的诗、书、画、印，是完美的整体。这个传统的中断与十年动乱中的中小学教育有关，以为这些都是"封""资""修"的东西，老师不教，学生不学，从而直接影响到我们国画的水平。传统随历史发展积淀下来的，不是任意可以割断的。这决非保守，而是要保护优秀的文化遗产。

我是高剑父先生最后一个学生，他主张吸收中西长处，特别是西洋的明暗、透视法、解剖学，画光、画影、画飞机、大炮、时装，这些以前国画里都没有。他创立了一个折衷画派，即岭南画派。可他酷爱传统。他有个师兄叫伍懿庄，两人同随居廉习画。伍懿庄是富家子，家藏历代名画很多，高剑父很想看，可伍却故意说，如果高剑父能下跪，拜他为师，他就让他看。高剑父认为那些名画中有许多足资借鉴的经验，为了学画，他最后不惜忍辱下跪。这故事流为美谈。高剑父先生主张吸收西洋技法，可还如此尊重传统。所以学岭南画派，学表面的容易，但要学到前辈的修养，十分不易。

二、形与神的问题

我赞成顾恺之"以形传神"的理论。传神是绘画的最高目的、最高要求。刚刚我已讲过，对于人物画来说，书法基础是重要的，但不像有人说的那样是最重要的基础。我不同意夸大到那种地步。在这个问题上，许多人物画家观点不尽一致。我认为人物画要传神，首先要解决一个造型问题，笔墨功夫决不能代替造型能力，还必须懂得艺术科学。以前颜文樑先生上透视、解剖课，李咏森先生上水彩课，这些课程研究的都是艺术规律，不学不行。

记得我去投考中央美术学院时，颜文樑与李健老师都同意，自己信心很足。我带了一九五〇年出版的我的第一本画册，到了北京，找到徐悲鸿先生，要求考研究生班。徐先生看了我的画，赞扬了几句后突然问我："你想不想学好画？"我说我当然想，不然就不会千里迢迢到北京了。悲鸿先生就严肃地劝我考一年级普通班，从基础开始，从零学起。我当时马上想通了，就考了普通班。现在回想起来，当时打基础对人物画是必不可少的。这个基础中包括一些西洋的教学经验，这些经验和我们传统的教学经验不大相同。但不论传统还是西洋，都无非是要解决一个对对象的认识问题。西洋教学讲究严格的人体解剖和透视。"十年"中，有人把契斯恰可夫的教学体系拿来鞭尸，全盘否定。对这样一个有成就的美术教育家，他的体系还是有道理的。他严格到要求你去研究一个纸团的复杂的透视面，以此锻炼你眼睛的高度准确。当然任何事情都要一分为二，素描也如此。它既可使你越来越神，也可使你越来越蠢，越磨越笨。但其责任不在素描，而关键看你的理解、方法是否正确。国画人物与山水花卉有相同点，但又有特殊性。画人物的眼、鼻、嘴，差之毫厘，失之千里；画花卉偶有出格反倒更妙。画人物要求很严，不能信手胡来。如果画李苦禅先生，若换了别人的眼睛，那就不是他了。所以掌握严格的准确的造型能力，对国画人物非无碍，反而能适应更多的题材。

西方早在文艺复兴时期就能很准确生动地塑造不同的人物形象了。但我们的传统在这方面有缺陷。很大一部分原因是由于封建思想的长期存在造成的。我们不能不加分析地一味赞扬古代的人物画。与达·芬奇同时代的唐寅，有《四美图》，画固然好，但缺点就是有些雷同，没有刻画出不同的特点。伦勃朗的时代相当于我国的清代，他画过《杜普教授剖学课》，足以说明当时人体研究对绘画的帮助。可当时我国呢，人的手都藏在袖中，不轻易看见，更不用说画人体了。清代对国画人物有所贡献的任伯年也吸收了一些外来的营养。

有人认为古代的画家工匠也没有专门学过解剖，人物也往往画得很好，所以画国画人物画不用学这些。这话带有片面性。古代的画工们尽管没学过解剖透视，但至少是研究过，在生活里决不可能没一点机会来观察、来研究。今天时代在前进，我们的认识也要提高。画当代人，尤其是领袖像，难度更大了。我画过不少像《激扬文字》《不灭的明灯》这类题材的画，既要形准又要传神，还须合于年龄，差一点就过不了关。马克思逝世一百周年时，中央要我与鸥洋画马克思恩格斯，题目是《伟大的友谊》与《批判哥达纲领》。接到任务时，我们感到既光荣，但又紧张。马克思本人我们不可能见过，前者要画三十来岁、大笑的马克思，后者又是低着头的，我们找遍了所有照片资料也没有我们合用的年龄与角度；最后，只能创造一个青年马克思的形象。在这个过程中，我们体会到没有基础不行啊！造型基础不是多了，还不够啊。

所以，形准是前提。但光有形准还不行，还要以形传神，把科学造型与传统笔墨相结合，在形准的基础上加以艺术的夸张，抓住对象的神，使作品形神兼备。我到河南南阳去观摩汉代画像砖画，很受启发。古人真聪明，画像砖中的人物、马匹、猛虎在形体上都很夸张，但牢牢抓住了对象的灵魂，表现得栩栩如生。这些夸张既没有脱离形体的特征，更没有离开物象的精神。所以国画人物，不能抛弃具体形象，即从形到不受具体形象的束缚，再到更象的地步，即神似。这是学画的正确途径。这个过程本身就是一个飞跃。

三、题材与兴趣

画什么题材，这与服务的对象很有关系。解放初，我们在中央美术学院画年画，画完后就拿到群众中去，让群众提意见，群众一看就议论了。有的说："哎哟，这个颜色可难看了，像猪肝。"我们回去就要考虑如何来改了。我们画画就是要让群众看，这点很明确。这几年不同了，不少同学不大管你这套，很多人一味搞所谓"新派"，叫人实在看不懂，搞得我也变成外行了。对比之下，年画就完全"吃不开"，太土了。我们美术学院，年画是必修的，在任何时候，我都坚持，多年未断。可前年却出了一点问题。上完年画课后，同学们派代表来"请愿"，希望学生的年画作业不要参加全校的成绩展览，怕丢脸。我说有什么好丢脸的？当然我们应该不断改进、提高，但我们走的路是对的，不容怀疑，更不能打退堂鼓。后来参加展示了，受到了校内外的鼓励。省美展及年画展国画系的年画获得了好几个奖。在发奖大会上我借此东风发了一次言，总结了得奖原因，加强了师生们的信心。

我去藏区，那里人民生活在高原地区，他们的家里到处贴满了年画，因为藏区人民熟悉的只是高原生活，通过年画，他们可以了解祖国的文化、各地的风土人情，所以年画是多么必不可少。我国农民有八九亿，年画是他们喜闻乐见的艺术，这个阵地怎能随意放弃呢？可现在有些人却不考虑艺术要为他们服务，不恰当地突出表现自我，只求自我陶醉，却不顾别人是否理解。创新当然是对的，但基本目的应该是为人民服务的，尊重广大人民的审美习惯。有人认为艺术应有创作的自由，西方就比我们自由。我们广东每年都有机会结识许多外国、香港的同行，许多人都讲了真心话。看起来，他们要画什么就画什么，其实他们受到了一个大的约束，那就是他们的画展必须有资本家撑腰，资本家欣赏什么画，你就得画什么。我看这可一点不自由。在西方，艺术就像商品一样，非得不断翻新花样不可，你求怪，别人没有的你有了，有人看上了你，就成了榜样，把你的画包下来，那你的创作都得听他的，你失去了反映社会生活的自由，这是最大的不自由。社会主义画家最值得自豪的就是可以给人民以最好的精神食粮。我们的服务对象应是广大人民，这是艺术的社会功能的问题。画马克思、画人民的生活就有社会功能，表现了社会主义的特点。

近年来我听外面来的人讲，国画的威信在海外下降了，贬值了。中央也提出要警惕艺术"商品化"的倾向。某些画家由于只顾赚钱，题材手法都用得太滥，没有新意。求量不求质的作品充斥市场，怎能不贬值呢？我们听了实在不好受。我们不能把我们的事业变成单纯的商品交易。对钱的兴趣浓了，就会对那些无利可图但人民、社会需要的画不感兴趣。尤其我们在学校从事教学工作的，工作之余作画的时间不多。我与鸥洋都这么想，凡是遇上假期，只要经济许可的话，我们就一定下生活。这么多年来我与她基本上是轮流下去，一下去就把一年的积蓄花光。下生活回来往往苦于无时间将感受到的进行消化，时间对我们太宝贵了。我们都是过了四五十岁的人了，如果我们利用这些时间都去搞展销画，轻轻松松，每月可以增加不少收入。而画马克思、恩格斯，辛辛苦苦，稿费还比不上一张舞蹈小品，你画不画？在这些问题上不能不考虑在学院里、在国画系师生中产生的影响。我意思也不是说清高到不要稿费，因为没有一点再生产的条件也是不成的。但如果是去追求稿费，为了钱就会毁了艺术、毁了人品。有的画确是感到吃力不讨好。好多年前，为了画《不灭的明灯》，我与鸥洋都先后上井冈山。前几年又合作《马上将军，马下诗人》（陈毅同志），又是两人先后去山东，沿着陈毅同志走过的路线收集素材，对老一辈的革命家，我们是有感情的，也是人物画家的责任。花了几乎一年的时间，画出来了，连北京参加评选的资格都没有。如果不是广西博物馆好心收藏了它，这么大一张画至今恐怕还放在床底下。在北京开会时刘文西等同志也诉过类似的苦。难怪这几年原来擅长画人物的，也不画人物，都画山水或花鸟了。有的有能力反映现实生活的，也不画地上画天上的了。我确是十分关注着这个问题。我希望人物画的队伍要壮大，而不是缩小。我们这次来南京开展览，主要目的是想听听意见，同时也是表明我们还是坚持在人物画的岗位上。

四、人物画的创新

创新离不开生活，必须通过生活，反映生活。坐在屋子里练功夫是重要的，但更重要的是研究新的对象，表现新的对象，来探索新的技巧。古人正是经过长期实践，才那么精妙地画出梅兰竹菊。人物画的关键也在实践，有些题材对国画来说难度较大，可你越不接触，难度就越大。比如部队生活就很难画，它不像山水那样，能充分发挥笔墨特点，但你也不能回避。六十年代初，我就抱着这个想法分别去海军和空军基地。海军的衣服，发亮的甲板，前人无现成经验。我的《浴日》就是当时画的，我就想探究一下能否用大写意的笔墨画军舰，我有意借鉴齐白石画大荷叶的方法来画海军服，画河水的线条来画海水。用画虾的办法来画水淋过的钢板的倒影。虽然效果不是最好，但我有了信心，这条路可以走。画空军更难。我到空军基地时，当地师长、政委鼓励我，说不管成败如何，对国画家来说总是个"革命行动"，因为以前画国画的人不去那儿。于是我也就大胆尝试了一个月，用生宣纸来画发亮的喷气式飞机，同样能解决问题，而且比一般素描更痛快。工厂你也得画。我到茂名石油公司，那现代化的厂房一尘不染，你根本找不到什么一波三折、小桥流水，这是一种八十年代的新的美，芥子园里笔法都用不上，但我们有责任在国画里把它表现出来。比如画机器，要直，但直得不能像工程图，还须有笔墨趣味，这真不容易。当然，画少数民族的条件好一些，因为他们的形象很有特点，服装特点也强。但我的创作中，留给大家印象较深的还不是画少数民族的，而是另外几张。一张是《一辈子第一回》，一个很普通的老大娘，她没有什么"有利条件"，很平常。我觉得画这种题材的难处就是要用内在美来打动观众。一个老太太、一个劳动者，她活了那么大年纪第一次拿到选民证，第一次当家作主。她那愉快的心情太动人了，超过了表面的美。画面上没有什么大动作，我只是根据太行山区老乡赶集把钱包在手帕里的动作，设想如果现在太行山区实行普选，她也必然是这个动作。

还有一幅《雪夜送饭》，它也没有什么太大的动作，但这幅画表现了人与人之间的真挚友爱。这是我在体验生活时感受到的，是社会主义的美，国画完全能表现。

《矿山新兵》是我刚从"牛棚"里放出来时画的。当时分配我去矿区，我只要能画，苦也不怕。只是矿区怎么画呢？后来在那儿生活了一段，大有感触，结果也画成了。所以画人物最重要的是表现本质的精神美。只要抓住了这点，什么对象都可画。

有人说国画应有个"扬长避短"的问题。我想，还是提"扬长克短"合适。这个短避不得，一避就使国画题材越来越狭，技巧得不到提高。这个短非克不可，只有克才能作出贡献。

国画必须创新。但是现在有些同志认为老百姓越是看不懂，就越新越好，有时变了形也丢了神。关于这个问题我和有的同志讨论过。在某省讲学时有个学生敢于发表自己看法。他把画都挂出来让我看。有些很好，有些我却看不出有什么美。他画人像，眼睛一个在上，一个在下，一边有耳，一边没有。画老年人脸，像原子弹受害者。我说这不够美，画的对象恐怕不是这样的。他说："杨老师，我不同意你的意见，你认为丑的我却认为美。"我们一下子成了对立面。我给他讲创新、讲变形不该故意丑化。双方讲了半天，还是格格不入。审美观、艺术观的差异如此之大，是近几年才有的事。我刚到藏时，有些藏民不愿让我们画，因为前不久有一批美术学校的学生到那儿画过。有的把他们画得很丑，藏民很恼火：坐了半天，一看吓坏了，再也不要他们画了。我于是想一定要恢复名誉。我抱着这个目的画了。他们一看兴趣就来了，很高兴。

有一位老师，去法国考察。回来后我问他法国艺术家对新派抽象画怎么看。他举了一例子。有个画家，家里挂了他老婆及孩子的肖像，很写实。可他喜欢的却是那些乱七八糟，不可理解的画。这不奇怪。因为艺术家，可以容忍一切，但也难以容忍将他老婆、孩子丑化。这个故事很说明问题。我们画画是为了让人民看的，现在有些青年忘了这点，画人物也就失去了正确的目标。

五、学画的方法

学画要向传统学，向外来学，向老师学，向生活学。其中向生活学最重要。艺术丝毫不能脱离生活，这是现实主义艺术最宝贵的经验。我对舞蹈很感兴趣，但以前画的舞蹈只是舞台上的。有时缺乏生活基础，会闹笑话。我画过一张新疆舞：一个维吾尔族姑娘在旋转。可我到了新疆，那边的同志就说："杨老师，你画的是哈萨克的帽子，维吾尔族的裙子。"可见画小品也离不开生活。

除了学传统的笔墨、皴法、染法，更重要的是研究前人如何将反映时代与表现手段相统一，怎么消化生活变成艺术。过去我画山水时，对荷叶皴不理解。后来到黄山，看到山的皱纹果然像荷叶皴，才明白古人原来是这样从大自然中提炼出荷叶皴的。学齐白石不光是学他如何几点一个小鸡，几笔一个虾子，而要学他高度概括生活的能力。黄胄画鸡，决不是白石的鸡，而是自己观察生活所得。来自生活，不熟练也可贵；脱离生活，熟练到落套，并不好。齐白石画过《蛙声十里出山泉》，1959年我和石鲁同志、程十发同志都一起住在白石纪念馆画画。石鲁同志受齐白石画的启发，画了一张《羊群出山沟》。一群白羊从山沟里出来，画面远看像瀑布一样，构图很妙，这是善于学习的典型例子。石鲁同志画《转战南北》的全过程我都看到了。他最可贵的是不满足老一套，一定要找出正确表现黄土高原的画法。艺术上就是这样，不能搞什么大李小李，大程小程。因为别人的经历、气质和修养你没有，摹仿最多只能学其表面。儿童画画爱摹仿，但也要向生活学，不能用李可染的牛、白石的虾来代替孩子们的创造。成年人如果鼓励孩子去摹仿，把摹仿当成主要手段，就错了。艺术的志趣来自生活的研究，来自不断地总结反映生活的经验教训，来自一种强烈的让观众跟我一起来感受大自然的美的愿望。不为名利所左右，而忠于艺术，像颜文樑老先生，九十一岁，还在勤勤恳恳作画，这种精神难得啊！他认为一个人要乐，又对我说不苦没有乐。这很辩证。下功夫多苦，你挨骂时多苦，画画并不一定受表扬、受鼓励，还会碰到许多意想不到的事情。我在藏区画《赛马冠军札考》一画时，正在赛马场上写生，没料到马跑在草地上没有声音，就没在意，突然一匹惊马从我身后跑过来，跳过我的头，马蹄踢伤了我的头，差点丢了命。画画要经过这份苦，看画的人怕是不知道的。但一旦你画成了，把充满活力的生活表现出来了，你就感到快乐。所以千万不要搞昙花一现，而应根深叶茂，关键是要有正确的学习方法。根要扎在生活的土壤中，就会越画越有味，越吃苦越有味。我和鸥洋回广州后，准备再苦几年，闯一下，争取有所突破。七年之后，也就是我六十岁时，再来向大家汇报。

（本文由陆扬根据录音整理，原载1983年《江苏省美术年鉴》）

▎学一点西洋素描有好处

学习中国人物画专业的，学一点西洋素描有没有好处，这个问题争论已久。有的说有好处，有的说不但没有好处，反而要学坏。说法不一。要立刻作出统一的结论，不可能，亦无必要。因为这是学术问题，可以公说公有理，婆说婆有理。每个人的学习经历不同，师承不同，方法不同，体会也必然不同。个人的经验中包括了真理，但个人的经验不等于真理，真理需要实践来检验。学中国画人物画的要不要学一点素描，也要通过长期的教学实践来检验。中、西画与中、西医的关系有些类似，一个病人得了急性盲肠炎，西医给病人动了外科手术，病人得救了，这是科学；但有些病找中医要两副去湿清火理胃的中草药，往往比吃西药片更有效，这也是科学。毋需去简单评价中西医哪个高明，但需认真分析中西医中哪些符合科学规律。好的就要学习，就要运用。吃良药有时会有副作用，但为了治病还是得吃下去，这叫抓主要矛盾。毛主席在关于画人体模特出儿的批示中说的"为了艺术学科，不惜小有牺牲……"这小有牺牲，就是已估计到可能会产生一些副作用。但毛主席对此持科学的态度，抓主要矛盾，并不因噎废食。学中国画人物画的，学了西洋素描法，会不会有副作用？也可能会有，但不是主要的，如果以功过论，学比不学要好。

凡是到过敦煌的人，都为我国有这么好的艺术传统而自豪。从敦煌的魏、晋、唐的壁画来看，可以明显地看到这个特点，即它既保持着汉代正宗文化的传统，又吸收了印度等外来艺术的营养（这种外来影响不论从内容、形式甚至人物造型都可以看出来），但至今不会有人怀疑这个中外文化荟萃之都，仍然是代表着我国优秀艺术传统的重要发源地。

中国的艺术家似乎从来就有学习外来经验的气魄，不论是六朝的张僧繇学习印度传人的凹凸法，明朝曾鲸学习西洋的明暗法以及明清优秀写真画、任伯年的人物画，都可以说明：吸收了外来营养，使传统的绘画发展了，而不是毁灭了。到了今天，科学文化高度发展，唯物辩证法这一任何一行的学习方法之根本法为广大群众所掌握，却反而担心吸收了外国的先进经验会使我们忘了祖宗，画了维纳斯就会变成高鼻子，我看这种顾虑大可不必。

过去国画界争论的素描问题，主要是指要不要用西洋的素描法来作为造型基础（基本训练的一个组成部分）的问题。我们不否认中国画有它自己独特的造型规律，而且中国画的白描也是素描的一种，素描这一概念也不是西洋专有的，连明暗法都不是西洋专有的。中国山水画中的"石分三面"就是一种明暗法，不过是强调结构，而不追究光源的明暗法。再让我们看看西洋中盎格尔（法）、约翰·奥加斯（英）、荷尔拜因（德）等人的素描作品，不能不让我们发出这样的赞叹："这简直是国画素描！"其实这也不足为怪，西洋素描也有多种多样，有的强调光源，强调明暗体面，有的也与东方艺术家的观察与表现方法近似，强调结构与线条的运用。这里可看出各国的艺术既有它鲜明的个性（特殊规律），也有它们之间的共性（普遍规律）。有一点我看是共同的，就是画人物的都把认识人体组织结构、人的内在与外在的运动规律作为艺术的基本功，以对"形"的掌握作为一种手段，最终达到传神的目的。有的人反对画素描的理由是古人没有画过素描，而同样达到传神的目的。我看如果阎立本、顾闳中、周昉这些大师现在还活着的话，不一定会同意这种观点。因为达到传神的因素很复杂，如果熟悉所描绘的人，不止是造型准确这一因素。但不能否认，造型的准确与否，与传达人物的精神面貌关系甚大，即所谓"差之毫分，失之千里"。我在上海博物馆看到明代王履的《华山图》，不禁感到，虽然时隔五个世纪，但看起来，很像今天画家画的新山水画。什么道理？除了作者有生活，还有一个重要因素，他画的华山确是逼真，确是有写实的能力。再细看他画上题序写道："……虽然意在形，舍形何以求意。"我更明白了，他的正确的实践，来源于他对形神关系的正确的认识。

我们的人物画虽然有极优秀的传统，但也没有一丝一毫可以自满自足的理由。应该承认对人体解剖学与色彩学等方面的科学研究，西洋是走在我们前面了。我们一方面为我们的优秀的人物画传统自豪，但我们又惋惜，我们古代人物画中人物形象雷同、公式化概念化的毛病也确实严重。在我们过去人物画中要找到像列宾《伏尔加纤夫》《宗教的行列》画中人物性格如此多样化的例子，确是不太容易。什么原因？我看不能简单地说我们的画家对人物的了解不如列宾深刻，但是要表达性格特征丰富多彩的人物，没有扎实的造型基础，没有建筑在科学的造型方法上的基础，要淋漓尽致地刻画各个人物的具体的特征，是有困难的。我想鲁迅先生当年呼吁"先要学好素描；此外，远近法的紧要不必说了，还有要紧的是明暗法"的道理，也正是在于他看到了我们的薄弱环节，而不是要青年盲目地去摹仿西洋。鲁迅先生最爱护我们的文化传统，但他的爱护不是像古董鉴赏家那样的爱护古董，而是要求革新，要求发展，这才是真正的爱护。徐悲鸿先生有一句话说得好："古法之佳者守之，垂绝者继之，不佳者改之，未足者增之，西方绘画之可采入者融之"，这完全附合"古为今用""洋为中用"的精神，他一生的艺术实践也体现了这个精神。他在艺术教育中也特别强调素描这一基本功，认为素描是一切造型艺术的基础，是"天下之公共语言"。对这一概念的解释是否准确，尚可以研究，但领会其精神，不是没有道理的。他肯定的是西洋一套训练造型的科学方法对任何一门绘画专业，包括中国画在内也是适用的。这种方法体现了造型艺术的普遍规律，如垂直、水平线的运用，结合解剖学及透视学进行物体分面法的运用以及合乎自然的明暗调子的运用，这些作为分析、研究对象，认识对象的手段，它的优越性是十分明显的。我们在长期的教学实践中总结出，在低年级采用西洋素描与中国白描配合进行训练的方法是可行的。学过素描的，再处理白描线条时，线条更附合客观些，线的内容也丰富些，在进行工笔重、淡彩的着色渲染时，形体的结构也比较准确，比较结实。我还想起了廿九年前我自己的经历。我在解放前学国画主要是从临摹石涛、八大、吴昌硕等作品入手的，也学了一点书法，自以为已入了国画的门，拿了作品及刚出版的我的国画集到北京去找徐悲鸿先生，我表示想报考中央美术学院的研究生班。徐先生看了作品先称赞了两句，接着忽然严肃地问我："你是不是已下决心要学好成材？"我一下子不明白他的意思，说："当然，不下决心，我就不会来北京了。"他就坦率地说："那好，我建议你从头学起，不进研究班而进普通班，先认真学好素描。"这几句话使我在廿多年的国画实践中反复思考，尤其是在处理难度较大的题材及人物时，对徐先生这几句中肯的意见体会更深，更感亲切。

我认为可以把基础素描（区别于作为独立的艺术表现形式的素描）比作"A、B、C"或"人、马、牛"，懂得这些字母、单字不等于能写诗，但各个不同风格的诗人在创造动人诗句这一艺术语言时，都应该巧妙地运用这些文字。徐先生把素描比作"天下之公共语言"，容易被人误解为艺术语言，而艺术语言每个国家应有鲜明的特点。中国画应该有它自己独特的造型规律。我们如果把素描作用局限在造型基础这一点上，并不会影响中国画的长处，却反而能弥补了它的短处。也就是徐先生说的："未足者增之，西方绘画之可采入者融之"。徐先生、蒋兆和先生等这些老一辈的艺术实践证明是行得通的。学过素描而在中国画人物画创新方面做出成绩的石鲁、黄胄、方增先、刘文西、周思聪等画的作品，也是有说服力的证明。这种素描基础对人物画的发展起着积极的作用，而不是相反。甚至在山水花鸟画家中也不乏这种例子：李可染先生的西画基础并不妨碍他的山水画成就，相反，他巧妙地运用了光影，却增加了他艺术独创的特色；李苦禅先生早年画油画，也并不妨碍他花鸟画的纯朴的传统特色；吴作人的深厚西洋素描功底是人所共知的，但这个功底不知不觉地体现在他笔下的牦牛、金鱼、骆驼之中，使笔墨与形象完美地统一起来。我看根据这些实践能否证明一些真理呢？

最近我从香港的一份杂志上看到一篇美术评论文章，把当前中国人画人物画的风格不多样归罪于徐悲鸿先生的素描教学法。我不同意这种观点。不可否认，老师的画风与学习方法对学生的影响很大，但好的老师都是提醒学生应以"造化"为师，而不是以"人之作物为师"。学生的水平可能不一样，聪明的学了基本方法，自己去探索、创新。而有的人，可能就依样照搬硬套，这就是我们经常对学生讲的学习方法不对头，把学"源"变成学"流"了，或者是把"规律"变成"框框"

了，那就难免变成了一个模子刻出来的。有人说画院的教学与美术学院不同，画院可以偏重学其一家一派的经验，这话有一定的道理，但不全面。如满足于传授一家之长，只培养小蒋兆和、小李可染、小傅抱石、小……恐怕也不是个办法。正确的学习方法应该是进得去、出得来、拿得起、丢得开，对西洋素描也是一样。我看当前的问题不是西洋的学多了，而是对传统的学习太少了。林彪、"四人帮"时期对洋的不准学，把石膏统统砸了，没有写生能力，只有求助于照片，国画里运用的岂止是西洋画的明暗法，而是照相的明暗法。博物馆封闭了，什么是我们的人物画传统法，一无所知，营养贫乏，如何能画出千姿百态？老一辈的素描根底，没有，比一比老一辈的笔墨功夫，差得远，这个两头空的现状倒是真正令人发愁。

我看，解放后中国画人物画的发展基本是健康的，即使面目还不够多样，但总的还是体现了这一时代的精神。纵观美术发展史，上百年一个大阶段才形成明显的变化，这也是合乎自然的发展规律。当然我们也有理由要求我们所处的这新的一百年中有更多的个人的不同风格特点，这个要求一点也不过分。只要思想真正解放，步子再迈得快一些，相信不久的将来，中国画人物画的百花齐放的局面一定会来到；只是我们要努力向生活学习，向传统学习，也不要排斥向外来的好经验学习。

（原载广州美院《美术学报》创刊号）

少年强，则国家强

尽管我在广州美术学院从教、从艺已经超过半个世纪，学生无数，而且他们中间许多是当今赫赫有名的艺术家，这固然令我感到欣慰，但说实话真正让我倍感自豪的是我在晚年成为了中国少儿美术教育战线上的一名新兵，我又重新出发了，带着我最后的愿望：为创建一个全新的现代中国少儿美术教育体系而努力。

做这件事情并非一时冲动，而是缘于一种责任感。退休之后我曾经去了美国我女儿杨红那里定居了几年，深切感受到了一个大国的国民素质高低是由教育而决定的。中国的经济正在高速发展，我们的教育能否跟上呢？以下是我的几点看法：

1. 现代美育的真正作用与意义

美术教育在当今社会的作用应该与上个世纪有所不同。我们在上个世纪从事的美术教育是一个较传统的模式：强调技法、步骤和写实观察能力，更多地体现出科学思维的特征，承担着反映生活、提高审美的责任，培养出来的人才已为我们新中国做出了很大贡献；而在这个世纪，一个创意经济时代已经来临，上个世纪的教育理念与体制在今天已经不可避免地凸显出它的不足与落后，美术教育在其中的定位和扮演的角色就非常值得我们重审与反思：现代美术教育最重要的意义和作用是培养现代化创造型人才，而创造型人才的观察力、想象力、创意思维乃至表达能力都必须从小培养，这也是我为何年近八旬仍致力于少儿美术教育的一个重要因素。强调创意思维的美术教育更贴近艺术思维的特点，更符合现代社会竞争能力培养的需求，是一种非常值得研究和推广的全新教学方式。

2. 儿童美术教育的师资不容忽视

我一直强调教小孩画画绝非"小儿科"。这是一个素质教育工程，需要千千万万素质高的少儿美术教育的园丁全心投入，毕生奉献。我之所以也走进了这个行列，就是希望能借助我女儿杨红在国外多年的教研经验以及我在国内教育界的资历与影响力，让全社会对现代少儿美育有一个足够的认识和应有的关注。

由于新的时代需要赋予了每一个从事少儿美术教育工作者新的责任和义务：就是如何用美术这个学科，把青少年培养成为有创新勇气和能力的人才。我们的师资如果不能与时俱进，就会耽误了一代人。老师自己画画水平高不等于教画画就称职，仅重视技能训练那样的"正规教育"也早跟不上现代创造型人才培养的需要，我们的老师在面对我们的学生——这个世纪的主人时，要深知自己肩上的担子不轻。作为老师，不要认为凭自己过去学的那点美术专业基础去教孩子绰绰有余，除了要不断地更新与充实自己的专业知识，更要见多识广，善于研究，勇于探索，这样才不负于新时代赋予我们的责任。

3. 对孩子与家长的双重启蒙

我们从事儿童美术教育的老师往往有着双重启蒙的义务，不仅对孩子，还需对家长。由于社会上的一些浮躁情绪和急功近利的因素，导致一些家长会把孩子带往一条不该走的路：孩子学画就是"学艺"，最好成为"能工巧匠"。这种期望值不仅容易扼杀了孩子的天性，也会因为不了解现代美育的真正作用而断送了孩子的前途。

中国自古以来都是具有悠久考试制度的教育传统，应试教育因此也持续至今。但在我看来这种制度也必然随着时代的发展与进步而有所改变。现代社会对人才的需求已经从单一走向多元，中国应试教育下输出的"尖子"人才在国外频频受挫的例子屡见不鲜，当今中国的现代化经济发展在国际上也面临着巨大的挑战。国家要发展，教育需先行；少年强，则国家强。我们任重而道远。

最后，我在此还要向《中国儿童美术集粹》的编辑部全体工作人员致敬，相信通过他们的努力，这套书将成为当今中国少儿美术教育园地的一朵奇葩，长盛不衰。

（本文为《中国儿童美术集粹》第四卷前言，人民美术出版社2008年版）

┃ 诗选

壁虎

（1949年7月18日于台北）

壁上伏忠肝，蝇蚊供四餐。

苦因生相恶，认作毒虺看。

歌一首——仿唐陆羽意

（1950年1月5日于广州）

不惜功名日，不惜娇子血，

不惜金钢钻，不惜美人色。

惟惜少年时，时光易逝不易得。

羊城岁暮

（1950年1月12日于广州）

寂云栖落南归雁，新雨带来六月风。

难见瑞年飞白雪，小园空舞象牙红。

过玉山

（1950年1月20日于归沪途中）

风光掠眼乐如何，南北今朝半已过。

除却荒坟三百里，黄山绿树茶田多。

朝起见雪

（1950年3月9日上海大雪）

何方高手真能事，醉后长吟几欲痴。

拂袖挥毫鲜用墨，一盂铅白泼寒姿。

题愚痴图

（1980年4月26日于广州）

敦煌壁画有愚痴，卖傻装疯作醉姿。

宿墨破毫传性格，古今中外一融之。

赴凌霄岩途中

（1980年"文革"后首次春游）

轻车隐没云霞路，笑语风传在九天。

画友诗人浮意境，伤痕忘尽写新篇。

题画

（1980年7月23日于银川）

平生首次画回民，巍坐端端难有神。

若要英雄传本色，挥刀跃马陕甘宁。

题画姜花赠红女十九初度

（1979年10月13日）

姜花身素洁，品质似为人。

画赠小红女，馨香吐一生。

忆秦娥——题新疆舞

（1980年于新疆白阳沟）

声声赞，萨尔达叛新装换，新装换，羊儿云集，马牛骠罕。哈萨小妹莎藜妲，载歌载舞如神幻，如神幻，草原痛饮，此情难散。

题画

（1981年11月于广州）

传神阿堵埋精深，能放能收重在魂。

借鉴古洋寻我法，平生最忌食残羹。

题画君子兰

（1982年3月于广州）

叶挺骨坚硬，俗称君子兰。

花红风雨后，哲理在其间。

题潘纹宣烈士画像

（1982年中秋之夜为纹宣造像）

感人日记泪中看，梦见凤凰入火原。

正是中秋生画意，不图秋菊写纹宣。

注：潘纹宣为画家潘洁兹之女，于知青下放时，因舍身救火，壮烈牺牲。

题画

（1983年1月于广州）

写形容易写神难，不着丹青若有颜。

探索十年方悟理，一程更比一程艰。

访大庆

（1983年8月于大庆油田）

昔日荒原人绝迹，恶风暴雪过沼湖。

一如大漠浮仙境，耀眼新城萨尔图。

颂钻井工人

（1983年8月于大庆油田）

浆泥塑铁身，冰雪透心灵。

井竖长征路，巍峨一代人。

题杨缨（十三岁）写生龙牙花

（1985年春节于广州）

笔老墨凝色艳浓，跃然腕底岭南风。

苦师造化见真趣，来日画家今稚童。

题杨红云南写生稿

（1985年11月2日于广州）

珍禽图卷夺天工，白石高翁貌不同。

自古丹青千万变，定师造化不离宗。

赴新德里途中

（1985年3月27日）

自古乃亲戚，敦煌阿陀佗。

马行是高僧，我辈波音达。

瞬间即千年，环宇方咫尺。

善哉好友邦，万岁五原则。

泛舟兰岛——访泰诗草之一

（1986年2月）

奇景缩舟底，果真不类同。

天然龙世界，自在水晶宫。

彩笔难描写，小诗不尽容，

沧波联友谊，情意共融融。

由芭蒂雅赴兰岛舟中即兴——访泰诗草之二

（1986年2月）

芭蒂湖深意更深，诗人画友浪中行。

泰华带水一衣近，万里河山践旧盟。

攀牙抒怀

（1986年2月）

乍似桂林景，绿裳衬贝珠。

象山曾跨海，异国见笙湖。

娓娓家乡调，翩翩舞袖舒。

低徊君莫笑，此境世间无。

题画朱继荣教授像

（1990年11月2日）

白发少颜不老翁，古稀犹作稚童功。

心机全在传精粹，名利无求自在中。

题画

（1990年10月5日于美国加州）

十七里途怪树丛，盘回曲折卧蛟龙。

纵横笔墨挥将去，不落春苔点艳红。

题画

（1990年10月6日于美国加州）

身老志坚根植土，写来运腕如起舞。

千姿百态古人无，芥子园应增画谱。

题画锦鲤

（1990年10月于美国康州）

头戴红绒帽，身披珠绣袍。

玉泉曾落户，越海亦同胞。

题画石鲁像

（1990年11月于美国康州）

妖孽横行百卉落，未逾花甲死不服。

任性痴狂对尘世，石公笑时我则哭。

题画石鲁病中像

（1991年4月5日于美国康州）

胆似虎豹，心如碧泉。

何处归宿，黄土高原。

题杨柳村侄画葫芦知了图

画葫芦易，易在依样。

画葫芦难，难在出新。

题与欧初合作之画

欧初传统我西洋，非马非驴唱怪腔。

画艺从无陈样板，且来避短共扬长。

注：癸酉画端阳欧初写墨竹，嘱余补人物，余补以裸女，观者为之一惊。

与陈芦荻谈诗、书、画、印

（1989年）

画需文韵诗需彩，不善写诗妙句来。

画印诗书融一体，大师自古是通才。

题画杨丽萍《孔雀舞》

（1993年10月）

傣家孔雀最销魂，海峡越飞第一人。

舞罢曲终情不断，本来两岸是乡亲。

题画

（1994年夏于美国洛杉矶寓所）

焰华竞放后庭中，任意剪裁入臆胸。

不步前人施水墨，丹青偏爱拂新风。

题写生加州橙

（1994年12月于美国洛杉矶寓所）

种橙后院一年整，盼煞苦辛栽树人。

最爱提篮放硕果，酸甜不论总深情。

六五感怀

（1995年）

沉浮岁月尽离奇，苦辣甜酸皆入诗。

莫笑老夫梳秃发，寿辰六五远征时。

▎ 画语录

　　△毛笔这一工具好像一匹烈性马，你愈怕它，它愈欺你；如果你征服了它，它就是一匹好马，任你自由驰骋。

　　△有人说国画家也要"扬长避短"，但从学习的角度看，对这个"短"不应"避"，而应"克"。

　　△学了传统技法，当然应该到生活中去运用，但决不能套用。不是让生活来迁就你的笔墨，而是笔墨要服从生活，用新的笔墨去反映新的生活。

　　△明清以来，写意花卉能达到如此得心应手的程度，人物画为何不能？吸收写意花鸟画的笔墨技法，借鉴写意花鸟画的创作经验，用居里夫人试验X镭的精神，反复地到生活中去实践，这个理想是完全可以实现的。这也是我今后要做的主要工作。

　　△学人物画，这两方面的功夫都要做够：一方面要认真学好传统的笔墨技巧、创作方法以及画论著作；另一方面要学好造型基础，包括持之以恒的速写练习。

　　△先学走路，再学跑步。先求准，再求变。先做到能"似"，再进一步追求"不似之似"的更高境界。

　　△可以说中国画没有不"变形"的，中国画的造型规律其中就包括了变形规律。变形是手段而不是目的，目的是为了传神达意。探求不脱离精神实质的"不似"是为了更"似"。齐白石主张作画要在"似与不似之间"，就是这个意思。我极不赞成游离了对象的精神实质去玩弄所谓变形的游戏。以前有人笼统地把明清的文人画指责为笔墨游戏，未免有些偏激。当前某些画的变形变得谁也看不懂，这才是真正的游戏。我

始终信奉《文心雕龙》中的两句话："酌奇而不失其真，玩华而不坠其实"，这是画家极好的座右铭。

△只摹仿别人创造的形象，或搬用别人现成的技法，即使这种所谓"速成"的方法可能使人不用花费多大力气就"一举成名"，但只能是昙花一现。要根深叶茂，只有走艰苦的道路，从取之不尽的生活源泉中去吸取营养。一个是流，一个是源，颠倒不得。一个是仿，一个是创，代替不得。

△写意人物画笔墨要奔放，但刻画人物思想感情要细致，这就叫做粗中有细。不然奔放就成为粗糙，不耐看。

△小品的量未必一定轻，如果是真情实感的精心之作。"巨作"的分量未必一定重，如果是虚张声势的小题大作。

△在我学画的经历中，书法、篆刻、音乐、文学、戏剧……给我带来了莫大的好处，而且我愈来愈感到这些方面的修养太重要了。画国画，也可以说是在画修养。

△画画就是要我行我素，我的理解，我的方法，我的风格。不怕有个人弱点，只怕没有个人的特点。

△发掘生活中的美，描绘生活中各种不同性格特征的形象，是我最大的乐趣。

△在基础松散的地基上建高楼大厦可能吗？我只在敦煌大戈壁上见过这样高楼大厦的幻影，但现实生活中还没有见过。

△说素描是绘画基础并不过分。有人说这是"老一套"，如果这老一套是体现了科学的规律性，那有什么不好呢？

△要"天才""神童"成才，必需要有一不太自由的过程，我从不赞成过早地给过多的自由，而我的意图，正是为了使他们更快地得到更大的自由。

△我总喜欢把学艺术的人比作长跑运动员，开始起步不要太快，慢一点叫别人鼓掌。不要昙花一现，冲一千米就掉队。可贵在坚持，这种慢，实际是快，到临近一万米终点时再冲刺，那时获得的掌声，才是真正值得庆贺的。

△画驴专家对自己画的驴不满意，这就是成功的诀窍。

△愈是在造化面前谦虚，愈能在宣纸面前果断。

△而诗、书、画、印融于一体的特色，正是中国画区别于世界上任何一门艺术的标志。

△能否通过寥寥数笔刻画出对象的主要特征，达到"传神"的地步，首先决定于理解对象的深度。有了对生活的认识的"深度"，才保证了描绘生活的"速度"。

△在学习方法上的致命伤是将艺术的"源"与"流"的关系颠倒了。

△要达到用笔的高度准确性，首先取决于对描绘对象认识的深刻性。只有把握住对象的本质，才有可能产生可靠的敏感，也才有可能产生果断的笔墨处理。

△在毛笔写生的过程中，不同的对象，必须寻找不同的笔墨去表现。笔墨的精神与对象的传神关系非常密切。

△一个学艺术的人，成功固然主要靠自己的努力，以苦作舟，以勤为径；但要达到彼岸，不致半途覆舟，或步入歧途，引路人确实是重要的。所以我从艺数十年来，每感稍有进步，即感念恩师之功。

△新潮流的新未必一定好，很可能反而成为流行病；老传统的经验未必一定过时无用，因为它体现了艺术的规律。

△古人真聪明，画象砖中的人物、马匹、猛虎在形体上都很夸张，但牢牢抓住了对象的灵魂，表现得栩栩如生。这些夸张既没有脱离形体的特征，更没有离开物象的精神。

△从像到不像，即从形到不受具体形象的束缚，再到更像的地步，即神似，这是学画的正确途径。这个过程本身就是一个飞跃。

△坐在屋子里练功夫是重要的，但更重要的是研究新的对象，表现新的对象，探索新的技巧。

△艺术上不能搞什么大李小李，大程小程。因为别人的经历、气质和修养你没有，摹仿最多只能学其表面。

△艺术上的志趣来自对生活的研究、来自不断地总结反映生活的经验教训，来自一种强烈的让观众跟我一起来感受大自然的美的愿望。

△一张肖像画的成败，基本功与笔墨技巧固然重要，但我感到最重要的还是要熟悉所画的对象。落墨之果断，用笔之凝练，主要取决于对

描绘对象"神"的把握程度。

△书法的功底愈到晚年愈感重要，我在画舞蹈人物时有时感到已不是在画，而是在写。

△艺术不是变戏法，一个理论的产生与确立，总是伴随着一段实践的经历，甚至是漫长的实践。

△我主张基本功的训练要严，但创作的路子要宽。

△我认为一个画家的成长要能运用三种力量：一是传统力量，一是外界力量，一是自我力量。

△既称为传统，就不存在过时的问题，这就是敦煌石窟的吸引力始终不衰的原因。

△自我的力量，包含着大我与小我。大我即我们民族的特色，小我即画家个人的风格。"国画姓国"，这话并没错，无非是提醒不要将我（大我、小我）的特点给别人吃掉。

△我一直在追求要像八大山人画鸟那样笔简意赅地创造我的新的大写意人物画。

△前辈的第一步虽未能达到完全理想的地步，但无此第一步，亦不能有后来的第二、第三步……

△前进不一定是对好的传统的丢弃，肯定过去好的经验也不意味着倒退。

杨之光艺术年表简编

（1930—2016）

1930年（出生）

10月，出生于上海市。祖籍广东揭西。

1943年（13岁）

就读于上海世界中学。拜书法家李健为师，学习书法、篆刻。

1948年（18岁）

就读于广州市立艺术专科学校西画科及南中美术院，随高剑父学中国画。

1949年（19岁）

赴台湾写生，并在台北市世界书局做刻印章临时工。

1950年（20岁）

出版《杨之光画集》。就读于中央美术学院绘画系，并得到徐悲鸿、叶浅予、董希文等老师指导。

1953年（23岁）

毕业于中央美术学院。8月参加筹建中南美术专科学校，于绘画系教授素描、国画、水彩。

1954年（24岁）

创作《一辈子第一回》，参加首届全国美展。任水彩教研组组长。

1956年（26岁）

绘画系分为彩墨系和油画系，任彩墨系教师。《一辈子第一回》获武汉市"向科学文化进军奖章"，原作由中国美术馆收藏。

1958年（28岁）

下放到湖北省国营周矶农场劳动锻炼。创作《雪夜送饭》。同年，中南美术专科学校南迁广州，更名为广州美术学院。

1959年（29岁）

《雪夜送饭》获维也纳第七届世界青年联欢节金质奖章及荣誉奖状，原作由中国美术馆收藏。创作《广州农民运动讲习所》。为周立波长篇小说《山乡巨变》画插图。

1960年（30岁）

赴敦煌考察，临摹壁画。

1961年（31岁）

任中国画系人物教研组组长。

1962年（32岁）

创作《浴日图》。

1963年（33岁）

广东美术家协会首次举办"杨之光人物画展览"。文章《扭在一起锻炼——国画系人物画科贯彻四写教学的体会》初稿完成。为于逢长篇小说《金沙洲》作插图六幅。出版《杨之光肖像画选》。

1964年（34岁）

为艾芜长篇小说《南行记》作插图。

1966年（36岁）

为金敬迈长篇小说《欧阳海之歌》作插图。下放农村"劳动改造"五年。

1971年（41岁）

重新恢复工作及创作。创作《矿山新兵》《红日照征途》。

1972年（42岁）

创作《白求恩》，并于加拿大蒙特利尔市展出。

1973年（43岁）

创作《激扬文字》（与鸥洋合作）。《矿山新兵》邮票全国发行。

1977年（47岁）

"王肇民、杨之光、郭绍纲作品展览"于广东多地展出。出版《中国画人物头像画法》。撰文《中国画的工具和用笔》《略谈中国画人物画中线的运用》，分别载于《美术》杂志第三、四期。

1978年（48岁）

任国画系副主任。到云南写生、创作。

1979年（49岁）

出席第四届全国文学艺术工作者代表大会，任中国美术家协会理事。出版专著《中国画人物画法》。文章《谈谈毛笔人物写生》刊载于《中国画人物线描水墨技法经验随笔》。撰文《谈国画"四写"教学》，刊于《艺术教育》第四、五期。

1980年（50岁）

赴宁夏讲学与写生，并赴甘南藏区、新疆写生。"杨之光西北写生画展"于广州开幕。撰文《真正的艺术家——记画家石鲁》，刊于《花城》第五期。任中国美术家协会广东分会常务理事。

1981年（51岁）

与黄胄合作《春风得意图》。撰文《根深叶茂与昙花一现——观黄胄作画随感》，刊于《南风》第九期。撰文《西北记游》，载于《文汇报》（香港）。

1982年（52岁）

出版《杨之光水墨写生集》。创作《蒋兆和像》。《一辈子第一回》参加法国春季沙龙美展。出版《杨之光西北写生》画集。发表《画像悟道记》于《羊城晚报》。任中国画系主任。

1984年（54岁）

应邀于香港中文大学等地讲学，并为赵少昂及杨善深画像。创作《儿子》及《天涯》（与鸥洋合作）。《儿子》于第六届全国美展中被评为优秀作品。"杨之光、鸥洋画展"先后于广州文化公园、香港集古斋展出。

1985年（55岁）

访问印度、尼泊尔，并进行写生、讲学活动，受到尼泊尔昌德首相接见。《藏族赛马冠军札考》获全国体育美展荣誉奖。出任广州美术学院副院长。

1986年（56岁）

出版《当代文艺家画像》。随广州诗社代表团访问泰国。参加"穗、港、澳国画联展"，并赴港、澳出席开幕式。出版《杨之光、鸥洋画集》。

1987年（57岁）

赴美考察美术教育并进行讲学。出版《杨之光画舞》。

1988年（58岁）

与鸥洋访问新加坡，并举办"杨之光、鸥洋画展"（新加坡豪珍画廊）。参加"武汉国际水墨画节"。参加第二十四届日本"亚细亚现代美术大展"。英国剑桥国际名人传记中心将杨之光收入《国际名人录（1987—1988）》。

1989年（59岁）

《杨之光、鸥洋选集》于新加坡出版。"杨之光水墨个展"于台北隔山画馆及台中举行，并出版美术年历。

1990年（60岁）

应美国康州格里菲斯艺术中心之邀请，赴美进行为期一年的研究工作，并展出访美新作，先后在美国库弗-斯托克顿学院、康涅狄格学院讲学。作品《小刀会》参加日本东京"中国现代巨匠绘画展"。为迎接第十一届亚洲运动会而作的《萨马兰奇像》在全国体育美展上展出，并赠送给国际奥委会主席萨马兰奇先生。从广州美术学院退休。英国剑桥国际名人传记中心将杨之光收入《国际名人录（1989—1990）》。

1991年（61岁）

"杨之光画展"于美国纽约孔子大厦隆重开幕，纽约国际文化中心向杨之光颁发了"中国画杰出成就奖"。于美国康州格里菲斯艺术中心再次展出访美新作。台北隔山画馆举办"杨之光游美写生展"。新加坡国家文物馆展出访美新作。被聘为中国画研究院院务委员、中国体育美术促进会顾问及泰国泰华艺术海外顾问。英国剑桥国际名人传记中心将杨之光收入《国际名人录（1990—1991）》。

1992年（62岁）

"杨之光访美新作观摩"在岭南画派纪念馆展出。

1993年（63岁）

台北隔山画馆举办"杨之光鸡年吉展"。出版画册《中国风采（一）·当代杰出画家——杨之光》。杨之光、鸥洋获美国加州旧金山市政府荣誉奖状。

1994年（64岁）

《孔雀舞》获台湾举办的"华夏艺术国际展"金奖。应美国洛杉矶艺术家雅集会及华人美术学会邀请先后举办学术报告及示范讲学。《星岛日报》（美国版）以"当代中国人物画之光"为大标题、整版彩色图文介绍杨之光学画经历及其新作。

1995年（65岁）

台北快雪堂举办"杨之光画展"。先后于中国美术馆、广州美术学院美术馆举办"杨之光四十年回顾展"。出版《杨之光速写集》《杨之光四十年回顾文集》。

1996年（66岁）

作品《吴作人先生像》获"全国中国画人物画展览"优秀奖。传记入编中外名人研究中心的《世界名人录》。应邀在台北国父纪念馆举办大型个展。

1997年（67岁）

向中国美术馆、广东美术馆、广州艺术博物院、广州美术学院中国画系捐赠毕生作品共一千二百余幅，文化部颁发"爱国义举奖"。

1998年（68岁）

广州市政府在广州艺术博物院设立"杨之光艺术馆"并举办"杨之光捐赠作品展"。

1999年（69岁）

创作反映解放军抗洪的大型作品《九八英雄颂》并入选"建国五十周年全国美展"。中国美术馆举办"馆藏杨之光作品展"。《拥抱美神——杨之光传》出版。

2000年（70岁）

广东美术馆举办"杨之光——生活与创作专题展"。

2002年（72岁）

出版《杨之光肖像画集》《杨之光画集》。创办"杨之光美术中心"。

2003年（73岁）

创作《抗非白衣战士邓练贤像》。《雪夜送饭》入选中国美术馆四十周年庆馆藏精品，并作为永久性陈列展品。出版《杨之光花鸟、动物、山水、书法作品选》。于广州美术学院举办"杨之光从教五十周年"纪念活动，举办"杨之光师生作品邀请展"及"中国画人物画教学学术研讨会"。出版《杨之光侧影》《杨之光教授师生邀请展作品集》《杨之光自书诗选》等。

2004年（74岁）

于广州珠江画舫举办"杨之光书画作品展"。广州华艺廊举办"杨之光作品展"。《抗非白衣战士邓练贤像》入选十届全国美展。出版《杨之光诗选》。"天河·杨之光美术中心""洛溪·杨之光美术中心"落成。

2005年（75岁）

出版《中国大画家杨之光》。创作《恩师徐悲鸿》像。作品《朝鲜族鼓舞》入选"神舟六号"搭载的国画长卷。出席北京纪念徐悲鸿诞辰110周年纪念活动，并在"徐悲鸿的艺术与艺术教育思想学术研讨会"上发言。广东美术馆举办大型展览"阳光雨露——杨之光美术中心成立三周年"，并出版大型画册《阳光雨露》。

2006年（76岁）

参加广州宝珍堂举办的"广东五大家书画作品展"。于广州大学城以《走自己的路》为题作公开讲学，同时举办"杨之光贫困生奖学金捐赠仪式"。任广东美术家协会顾问。作品《矿山新兵》（1971年）及《激扬文字》（1973年与鸥洋合作）入选广东美术家协会成立50年以来的50件经典作品。

2007年（77岁）

中国美术馆编辑出版《杨之光捐赠作品集》。入选"当代岭南文化名人五十家"。"江门·杨之光美术中心"落成。

2008年（78岁）

多次参加羊城晚报社、广州日报社、广东美协和广州美术学院赈灾书画作品义卖活动。作品《九八英雄颂》应邀参加"纪念改革开放30年全国优秀作品展"。

2009年（79岁）

出任中国国家画院顾问、院委。《矿山新兵》入选"新中国美术60年大展"。"与时代同行——杨之光从艺从教六十年回顾暨杨之光美术中心作品展"在中国美术馆隆重举行。出版《中国近现代美术家——杨之光画集》《阳光雨露——少儿TCT美术课程》。"东莞·杨之光美术中心"落成。

2010年（80岁）

获广东文艺最高荣誉奖——"广东文艺终身成就奖"。"顺德·杨之光美术中心""禅城·杨之光美术中心""长安·杨之光美术中心"落成。

2011年（81岁）

"阳江·杨之光美术中心"落成。

2012年（82岁）

"与大家同行之四——首届'杨之光杯'青少年创意美术大赛"优秀作品展及颁奖典礼在广州美术学院岭南画派纪念馆举行，出版《中国创造从这里点燃——首届"杨之光杯"青少年创意美术大赛优秀作品集》。"杨之光美术中心海珠旗舰校区"落成。杨之光美术中心"创意摇篮——少儿TCT视觉互动与体验"大型主题展在广州美术学院美术馆全馆展出。获美中商会颁发的"美中杰出贡献奖"。

2013年（83岁）

获中国美术最高奖"中国美术奖·终身成就奖"。"珠海·杨之光美术中心""杨之光美术中心佛山旗舰校区"落成。

2014年（84岁）

"上海华山·杨之光美术中心""上海静安·杨之光美术中心"落成。《杨之光传世作品全集》（首卷）出版。

2015年（85岁）

第二届"杨之光杯"青少年创意美术大赛优秀作品展及颁奖典礼在广州美术学院岭南画派纪念馆举行，出版《中国创造从这里点燃——第二届"杨之光杯"青少年创意美术大赛优秀作品集》。"上海闵行·杨之光美术中心""上海奉贤·杨之光美术中心"成立。

"扬时代之光——杨之光艺术研究展"在广州美术学院美术馆与岭南画派纪念馆全馆展出。

2016年（86岁）

5月14日19：30分在广州中山医学院附属第一医院因病与世长辞，享年86岁。